エッセイ三昧《ざんまい》

Ryoichi Wago
和合亮一

田畑書店

エッセイ三昧

目次

震災からの日々

詩人のあぐら

朝の文箱

手と手に

エッセーを書くことが好きである。かれこれもう十五年ぐらいになる。始まりは地元紙の福島民報新聞の連載だった。毎月の締め切りで、分量は三枚ぐらい（本稿と同じ分量です）。嬉しかったが、随筆などを書いた経験はなかった。なかなか書きたいことが見つからなくて困ってしまった。手が進まないのだ。

中原中也の故郷の山口市湯田《ゆだ》を訪ねた。そのことをまとめてみた。しかし単なる旅行記といおうか、感想文のようなものになってしまい、満足のいくものではない気がした。自分の書く文章に価値がつくものなのか、どうかということについて、真剣に向き合わなくてはならなくなった。ただ好きだからという段階から、言わば次の扉を開け始めたいと必死になっていた。書きかけの原稿が迷宮に見える。手探りの日々。

別の雑誌のエッセーの連載を始めた。これはなかなか珍しいお誘いだったかもしれない。私は当時、父親になったばかりで、その視点から育児をする毎日についてまとめてほしいという依頼であった。引き受けてなお手は動かず苦悩は極まった。やがて祖母が他界してしまった。ばあちゃん子だった私はこのことの喪失感を新聞に三回にわたり書き続けた。すると、それを読んだ方々から、多くの反応を頂いた。

こうなるまで深く実感できなかったのだが、人はいつしか死んでしまう。何かが変わった。育児雑誌に書くものにも重力を宿さなくてはいけないと分かった。命というものを別のまなざしで見つめるようになったのかもしれない。わが子の誕生と祖母の逝去。生と死を少しでもどこかにきちんと描くということが、自分の中における文章の決まりになっていった。ばあちゃんから何かが手渡されたのかもしれない。

現在もなお物を書く手は進んだり止まったりの繰り返しだ。思い悩んでいる時間を繰り返すと、体がこわばったようになる。全身の筋肉に凝りが生じてくる。こうなるとお手上げ。硬直状態となり、書きたいものが見えなくなる。いつしかマッサージに通うようになった。いろんなお店に行くと分かるようになるのだが、うまいマッサージ師は押された瞬間から直感が走り、初めからすっかりと良くなってしまった気になる。

指が体の濁っている細かな点をどんどんと探り当てていく。それは考えたりするより先に手指が触知しているところなのかもしれない。迷いがない。押されながら、なぜだか自分の文章もこうなっていくと良いといつも思う。私の言葉がところどころで読者の心の極点と知り合っていって、お互いの今を呟き始めるといい。こういうものが本当の手当てなのですよと教えてもらったことがあった。なるほど。やみくもに手を進めるのではなく、当てていく。今回の連載で、そのぬくもりを探していきたい。手を合わせる。

（南日本新聞〔以下同〕二〇一五年四月）

父心

私は高校の教師で、ずっと演劇部の顧問をしている。妻とは大学の演劇サークルで知り合った。三人家族。一人の息子がいる。彼は茶の間で時折交わされる父と母の演劇の四方山話を、幼い頃から聞かされて育ってきた。

春と秋。休日は練習ばかりになる。日曜日の朝に玄関先で私を追いかける幼い息子の姿を見て切なくなり、抱き上げて稽古場へと連れていったりもした。コンクールなどは必ず妻と二人で応援に来てくれた。入賞すると彼なりの祝福の言葉を叫びながらよちよち歩きでやってきた。反対に賞から外れて落胆している私の姿もよく知っている。しばらくの間、子ども心に近寄りがたさを感じているのが分かった。

中学校はバスケットボール部に所属した。高校も続けるのだろうと思っていた矢先、入学して間もなく一言。「オレ、演劇部に入ったよ」

父母は驚く。迷うことなく日々の練習に参加。茶の間では演劇の話題が増えていった。特に母と子の芝居談義は時折激しくなる。父は眠たくて寝室に先に逃げてしまうのだが、日付が変わっても続いていることもある。寝返りして家中に響く声を聞くともなしに聞きながら、何だかおかしくなってくすりと笑う。結婚したばかりの頃、子どもが演劇をやりたいと言ったらどうするかという話になり、深みにはまってしまうと心配だから、やはり止めることにしようという結論にいつも行きついていたのに。

ピンチが訪れる。一学年の部員は三人しかいなかった。二年生が秋の大会で引退した後、その部員たちも他の部へと移ってしまい、実質彼だけになってしまった。取りあえずは相手もいないので、孤独に発声練習やランニングなどをするしかなかった。一人で練習していて他の部の生徒に笑われたという話を家でするようになった。親心に何だかかわいそうになり、他の部に移ったらいいのではないかとアドバイスをしたが、辞めるつもりは無いと答えが返ってきた。かたくなな姿を見て、演劇へのやまない情熱を感じた。しかし父としては息子にはもっと教えることがあったのではないかと落ち込んだ。他の青春も準備してあげれば良かったのではないか。妻は小さい頃から好きなこと以外はやらない子だから、と。

冬の終わり。机に向かい夢中になって脚本を書いている姿があった。引退した先輩やクラスの友だちに声をかけて、自主公演をするらしい。ホールとのやりとりやチラシの製作なども全て彼がやった。照明や音響、大道具や受付など仲間たちのしっかりとした手助けがあった。本番は成功。お客さんがたくさん来てくれた。春にはその劇に心が動かされたという新入部員が十名も。廃部の危機は救われる。こうなると秋のコンクールには、親子対決が待っている。しかし負けてもいいと思っている。ここまで読んでくださり、気づかれた方も多いと思う。私はかなりの親バカなのかもしれない。

（二〇一五年五月）

床屋で祖父に励まされる

床屋へ。白髪は少ない方だと言われながら、少し染めたりしている。祖父のことを思い描く。白髪を一本抜くと十円ヤルゾと言われて、幼い私は渡された毛抜きで、よく引っ張ったものだった。ゴロンと茶の間に横になったその頭をかき分けて、いわば白い十円玉を探す。イテテという声を聞きながら、できる限り優しく引き抜く。それを白い紙の上に並べて、二人で本数を数えた。

彼は黒い財布を取り出していわばその報酬をくれた。テレビの上に置いてある、ドロップの缶にちょうとじのようなもので穴を開けた貯金箱に、そのコインを入れる。その音を二人で耳にするのもまた、楽しかった。そして夕方に散歩に行った。

いつも出かける床屋さんで、うとうとする。ボサボサに長くなって、くたびれている毛をかき分けられていると、しだいになぜだかふと、草高い野原や田園がゆっくりと浮かんでくる。彼の前後を歩きながら、面白いものを見つけようとした子どもの頃の遊びを思い出す。はっとわれに返る。信じられないことに、四十代後半になってしまったという年齢を感じてしまい、いささかぼうぜんとしてしまう。

よく野山を遊び回って、見つけ出したものが、鳥や虫の卵だった。小さなそれを発見して家に持って帰り、胸の上で包み込むようにして、ずっと手であたためていたことがあった。何の反応もない。それでもだいぶ頑張ったのを覚えている。大きな問題はそれが何の卵なのかよく分からないということだった。母に見つかると必ず没収されてしまう。

卵への想いはなかなかおさまらなくて、特にカマキリのそれを見つけるとうれしくて仕方がなかった。大体はカブトムシなどを飼ったりするビニールケースに入れておいたり、そのまま服のポケットに入れていたりした。あるうららかな朝に母の悲鳴で目覚める。一斉に小さな狩人たちが這い出る。小さいけれど意志を持った大群が、所せましと部屋を徘徊しているのが分かる。これに飽き足らず、蛙の卵もよく持ち帰って玄関のバケツの中などに隠していたものだった。ある日、たくさんの蛙たちが……。

季節が来ると生物は決まり事のように卵を産み、はっきりと生まれていく。きれいに散髪され梳《と》かされていると、誕生のイメージがどこからともなくやって来る。幼い頃に、さまざまな生き物たちの出現に感じていた強さが、あらためて私の心に何かを生みつけようとしている。年齢にしてはよく生えるほうだと教えられる。三週間に一回は切りに来たほうがいいとマスターにアドバイスされる。洗髪した髪を乾かしながら、晴れた気持ちになる。熱風にせわしなく動く、指の先の私の髪の根と草の葉の揺れ。風になびくその先。祖父と歩いた初夏の田んぼだ。カッコウの声だ。

（二〇一五年六月）

日曜日には襟を正して

詩人は酒を愛すという、なぜだか分からない決まりのようなもの（？）がある。誘われたらまず断らない。毎日の晩酌といきたいところであるが、生業の後に帰宅して執筆の仕事をちょこちょことしていて、身が入らなくなるのでそれは我慢している。しかし三日に一度ぐらいは誘惑に負ける。そして週末には必ず酒杯を傾けることにしている。

土曜日は良いのだが日曜日の夜の深酒は、翌日の出勤に確実に響く。思い悩んだ末に、早めに飲み始めることにした。午後三時すぎぐらいから栓を開ける。午後八時手前ぐらいで四、五時間。大体二次会まで行くことができた計算になる。切り上げて少し醒まして、午後十時過ぎには床につく。われながらとても真面目だと思う。しかし妻は律義に酔っている私の休日の姿に、ほとほと嫌気がさしているようである。

運命の日が来た。これまで要精検が出たことは一度もないのだが、この度の検診の結果でそのような表示があった。ある肝臓の数値が十倍近くにあがってしまったのであった。最近になって飲む機会が特に増えていた。影響していることは間違いない。言い訳をしても遅い様子だ。妻に事実を伝えたところ、即座にアルコール禁止令。

百八十度、生活を変える心で、これからは生きていかなくてはならないのか。まずいくつかの夜の約束を早速にお断りをしなくてはならなくなった。しかし自ら幹事に立候補した宴会は欠席などできない。その日の最初の注文。「ジュースの人」とみんなに聞きながらこっそりと自分も手を挙げると、一同が凍り付いたように「え」。「どうしたの」と質問攻撃。その間にきんきんに冷えた、もはや手の届かない存在の生ビールが店内を歩く。

しかしお酒を飲まないと決めると、その後はあまり追及されない。いったん杯を傾け出すと、飲む人は何の遠慮もない。気持ち良く話に興じている人々は、飲む・飲まないの境界線をあまり気になどしてはいない。四方山話を受け流しつつも、料理をしっかりと味わえるということも初めて分かった。満腹。しかし一次会が精いっぱいだ。

少しも飲まない妻や母などに、飲みながら延々と語り続けていることがよくあるが、こんなふうに私は見えているのだろうか。愚かな自分への思いやりを感じる。しかし顔を赤くしながら気持ちよく晩酌している父の姿には、幼い頃から息子として親しみと憧れを覚えてきた。

フェイスブックなどに断酒生活について書き込みをすると、全国から励ましのメッセージが届く。私は何という幸せ者なのだろう。頑張る。半月ほど我慢をして検査。

結果はすっかり元通り。飲み過ぎると今回の様に数値に影響が出ることを心に刻む。日曜日の夕方に襟を正すような気持ちでビールの栓を抜く。妻が一言。「ああ、元の暮らしに逆戻りかあ」。いいや、私は確かに何かを学んだ。新しい自分に乾杯。

（二〇一五年七月）

いいじゃん、いいじゃん。

書斎で私が書いている様子を、幼い頃から見つめて育った子どもだった。父が原稿を書いている時は、遊ぶことができないと知っていて、私が書き終わるのをよく眺めにやって来た。まだ終わっていないと、ため息をついたりしながら机の周りを歩いた。少し休憩したりすると、すぐに足元からよじ登ってきた。こうなると遊ぶしかなくなる。原稿が進まなくて困ったものだったが、その当時のことを思い出すと、懐かしくて微笑んでしまう。

書き上げたばかりの詩を、夕食時に妻に見せる。好評であれば、楽しく会話が弾む。不評であれば、ぽつぽつと言い合ううちに二人の機嫌は悪くなる。食卓の雰囲気は重たく暗くなっていく。それを察して息子の大地はいつも、「お父さんの詩、いいじゃん」と言って私を真剣にかばって(?)くれたのだった。詩という文学に夢中になっている父を、どんなふうに彼は受け止めてきたのだろうか。茶の間で毎日のように交わされた詩の話を。

鹿児島の詩人の高岡修氏が受賞された晩翠賞を、翌年に私もいただくことになった。授賞式の日に、どうしても欠席することのできない仕事が私にはあった。代わりに妻と息子が賞状を受け取ることになった。妻は式で、小学校一年生の息子は懇親会でスピーチをすることになった。それぞれに代理で挨拶をさせていただく段取りを主催者側でして下さったのである。その日の朝食の緊張感はただならぬものがあったことを今でも覚えている。

当日の彼は懸命に、大勢の大人たちの前で話をしてくれた。最後に「父をこれからもよろしくお願いします」と言ったら、会場から歓声と拍手がどうっと起きた。あまりの大きな反応に驚いたらしい。大地はそのまま会場の外へと駆け出してしまったそうだ。

日程を終えて懇親会の終わり頃に会場へと駆けつけた。その話を聞いたら、ふと涙が出そうになってしまった。高岡さんには「和合さんが話すよりも感動した」といたずらっぽく言われた。あっという間。早くも高校二年生である。三年前から詩を書き始めて、投稿をしたり、仲間と作る詩の雑誌に寄稿したりしている。二階の私の書斎の隣に勉強部屋があり、ドアを開けたままにしていると、廊下をはさんで一続きの部屋のようになる。詩を書いている若々しいその姿を見ると、負けずにこちらもやらなくちゃと思う。反対に私が夢中で書いていると、その様子をのぞきにくる。もはや現代詩におけるライバル関係である。

妻とは、学生時代に同じ演劇サークルで知り合ったのだった。その頃から詩を書き始めた私は、彼女に夢中で詩の話をあれこれとしていた。負けずにばんばん言い返されたりして、いつも談論風発の時間がやって来た。夕食を食べ終わると今は息子が詩の話を切り出す。母もいろいろとやり返す。負けじと応酬。やりとりを聞きながらソファーに寝ころぶ父。昔の自分がそこに居るようでにやけてしまう。「大地の詩、いいじゃん」と呟く。

（二〇一五年八月）

枕元への配達

夜明け。秋の気配。布団でごろごろ。朝から忙しいとか、夏に誕生日を迎えてまた一つ年を取ったから無理がきかなくなった……、などと自分に言い訳をして寝返りを打つ。いつもの習慣で四時に目覚める。窓辺で鳴いている虫の声が何とも良い響きで、聞き惚れて横になる。二度寝。締め切りがたくさんあるのに、ごろっとする時の背徳の感覚が、夏が終わってから自分の中で流行っている。楽しみのあまりない毎日の中で、禁じられたシーツの海に再度、五体を思い切って投げ出す時の快感はたとえようがない。波止場につなぎ止められていた船のロープが外れて、ゆっくりと波をたゆたう……、という感覚に似ている。

一度ここにはまってしまうと、なかなか抜け切れない。自堕落な感覚。私はもはや立ち直れないかもしれない。六時を過ぎる。本日も執筆の予定を全てフイにしてしまった。歯磨きをしながら、鏡に映った自分に謝る。急いで身支度をして、駅へ。

ホームに呆然と立つ。アナウンスがある。「間もなく列車が入ります。危ないですから黄色い線までお下がりください」。長年の暮らしから、良く分かっているのだ。例えば目の前に線が引いてあるとして、それを越えてさえしまえば、早く起きるのは当たり前になる。その手前にいると、何故起きられるのかと首をひねってしまう。このラインが習慣というものであり、それがいくつも引かれていき、その人の生き方が決まっていくのだ。「お下がりください」。オットト。

ある日、卒業生が勤め先の学校を訪ねてきてくれた。彼は東京の大学で地理学を学びたいという強い意志を持ちながら、新聞奨学生として頑張っている。二年生になり、まとまった休みをいただいたとのことで、福島へ里帰りした。

「先生は相変わらず、早起きしているんですか」。そうだった。彼らにはよく話をした。今日も朝四時に起きて机に向かってきたぞ。この中で先生よりも早く起きた人はいますか、と自慢げに。

「僕は今、一時四十五分起床です」「三時から配達を始めます」。午前五時すぎに仕事を終えて、一度休んで朝から大学へ。午後まで講義を受けて急いで配達所へと戻る。午後三時からは夕刊配達。午後七時ぐらいにようやくフリーに。その後にレポートを書いたりして、午後十時には眠るという生活を一年半も続けているそうだ。一線を越えている自信が目の奥で光った。

話を聞いているうちに、都会の路地裏で暗いうちからせっせと動き回っている彼の姿がありありと見えてきた。夜の東京の街を謳歌して、朝方に帰っていく同じ青年たちの姿もあるだろう。

一日の輪郭が全く違って見えることを知った時、人生へのまなざしは変わる。朝に早く起きることの良さはそこにある、と卒業前に熱く語って励ましたらしい。その意味が少しだけ分かった気がすると言い残して帰っていった。彼らへの言葉がそのまま、自分に返って来た。目の前を境にして、暗いうちからバイクに乗りせっせと動き回る彼の熱心な姿が、未明の枕元にやって来るようになった。

（二〇一五年九月）

炬燵はまだ早いけれど。

二十代の初めごろから詩を書き始めた。知人などから「詩人」というふうに初めての方に紹介されたりすると、何だか恥ずかしさがあって、またそれを受けた相手もいささか俯《うつむ》きがちになるような感じがして、落ち着かない気がしたものだった。

二十年以上も書き続けている、さすがに覚悟のようなものが心の中にできる。今はその違和感は無い。しかし会話の合間に「さすが詩人」と言われたりすると「今の話のどこ」と聞き返したくなる。相手には何か詩を思わせるようなところがあって、そこにリアクションを返してくれるのだ。反対に、詩人らしいことを今の自分は語っているのではないかと思って、何気なく相手の表情をちらりとうかがってみたりする。うまくいかないものである。

これはそのまま詩作にもあてはまる。拙作を読んでの感想。思わぬ発見の白い球。自分にとっての収穫であり、詩を作ることの醍醐味だと分かる。私と相手とが感じている何かは、同じものと違うものとがあり、それは互いの心で呼吸しながらも共存しているのだ。いつまでも推し量ることのできない深みが面白い。自分の放った球をどう受け止めて投げ返してくれるのか。キャッチボールの中で成り立つ何かがあるのだと感じる。

東北では次第に肌寒くなってくる季節である。詩を書き始めた頃にもらったある一通の手紙をふと思い出す。私の詩を気に入っているので、手元にあればいくつか送ってほしいという見ず知らずの方からのお便りだった。詩の雑誌の末尾の、全国の詩人の住所欄でそれを探して丁寧なお手紙を下さった。秋の終わり頃だったと思う。このようなことは初めてだったのでうれしくなって、掲載されているほとんどの詩誌を送った。

またお礼の手紙が届いた。日頃は長距離トラックの運転手をしており、日本全国を駆け回っている。だから休みには家でのんびり読書をするのを趣味にしている。これからゆっくり茶の間で、出したばかりの炬燵《こたつ》に入って、お送りいただいたのを読みふけります。ちなみに詩を書いたことは一度もない、読むのがただ好きなのですと書き添えられていた。きちんとした文字のたたずまい。人生経験を積まれたご年配の方だとお見受けした。

私は詩を読むことと、書くことの両輪でいつもあれこれ本を開いたり、何か書き出してみたりしている。しかし〈書くこと〉という車輪を一番の頼りにしていてはいけないんじゃないか。読むことに徹した視点から見えてくる世界がある。それを教えていただいた。

書くために読むことは時にせわしない。さすがに東北でも炬燵はまだ早いけれど、そこにとっぷりと足を入れて、ゆったり詩をおいかけるまなざしを思い浮かべてみる。最初に手紙を下さったこの方の眼が、私の中に詩人としていつもある。

（二〇一五年十月）

ああ鹿児島の白い熊よ

初めて行ったのは、十数年前になる。詩人の高岡修さんが、詩のセミナーを開き、そこでお話をさせていただいた。いろんなものを乗り継いで、桜島の見えるところまでやって来た。緊張が解けたのかもしれない。錦江湾を渡るフェリーに急いで乗ろうとして階段を上った時に、買ったばかりのノートパソコンを落としてしまった。故障はなかったが、新しいカバーに傷がついてしまった。

湾を進んでいくと、潜水艦がぬっと現れた。桜島から煙があがっているのが見えた。妻と幼い息子は先に着いていてこの船から合流した。パソコンの傷を妻に打ち明けると、それは鹿児島に初めて来た記念になると言われた。

夜は黒豚のしゃぶしゃぶをごちそうになった。たとえようのない美味に感動した。お肉も黒いとなぜだか勝手に思っていたので、とろけそうな赤身に驚いた。

息子は、巨大なかき氷の「しろくま」なるものを、高岡さんにごちそうになったとニコニコしていた。氷がどんぶりのようなものにぎっしりとあって、とても食べきれなかったけれどおいしかった、と。鹿児島と白熊？　不思議な取り合わせにその名を聞き返してしまった。

その後、指宿《いぶすき》の砂風呂を体験した。裸に浴衣を着て砂浜へ。波打ち際で足を浸せば水が熱い。大いなる熱い海の傍らに寝そべり、砂をかけられる感覚。原始的な汗。

二度目は二年前の八月。高岡さんが再びエスコートしてくださった。空港に降りたってすぐに、示現流の実演を見させていただいた。剣道をやっていたので、個人的に興味があった。一の太刀を疑わず、二の太刀要らず、本物は凄い。しまいに私も棒を握って、まね事をさせていただいた。気合を入れすぎて手に血豆が出来た。「志布志市志布志町志布志」という場所で、お話をさせていただいた。「志」の数に圧倒された。

夜は鹿児島市内を歩いた。灰が降っていて、傘をさして歩いている方が多い。軒先をホウキで掃いている人も。「この風景は珍しくないけれど、それにしても今日は多いですね」と高岡さんが教えてくれた。地球は生きている。賑やかな薩摩の街を歩きながら、原始からの胎動が足の裏側へ伝わってくるかのようだ。かき氷を食べさせる店は閉店していた。

二日後の八月十八日。空港からフライトした後、二時間ぐらいたって桜島で大噴火が起きた。成田空港に到着してからその事実を知る。アナウンスがあり、飛行機はしばらく見合わせるとのこと。もう少し遅れたら立ち往生だった。ロビーのテレビで噴煙の映像が流れた。その姿に大空が彫刻されていると瞬間に思った。振り下ろした一撃の感触が手と腕に鮮やかによみがえった。

今週末、国民文化祭に出演するため、また鹿児島へお伺いする。まずは白い熊を頬張り、三度目の正直としたい。

（二〇一五年十一月）

みぞれ交じりの空に

一年ほど前に新しく家を借りて、福島の町の東から駅を越えて西の方へと引っ越しをした。震災から四年半がたった秋に、この新しい住まいが除染されることとなった。今頃かと思う方も多いかもしれない。しかし作業の話が持ち上がるだけで良いほうなのである。まだまだ手つかずのままの状況が大きな割合を占める。

新しい家で個人的に気に入っている場所があった。庭を眺めることのできる縁側。いろいろな植木があり、芝生が生えそろっている様や庭石を眺めているのも何だか楽しい。小さな花壇のようなものをこしらえてみようかなどと、これまでの人生で一度たりとも思ったことのない発想が浮かぶ。そこに腰かけて、空の優しい光の中で本や新聞などに目を通すと、味わったことのない静けさを感じた。

工事する前に線量を計ってもらったところ、その縁側のすぐ先の軒下が驚くほど高い数値であることが判明した。つまり私はそれを前にして、ほっこりしていたのであった。すぐさま芝生はもちろん庭土も剝がされ、やがて穴を掘ってその汚染土は埋められた。仕事から戻ってきてみるとすっかり何もなくなった庭だけがあった。事故現場のように四隅に杭《くい》が立てられて、そこに埋まっているとのこと。

一夜明けてあっという間に一変した庭の表情をあらためて眺めつつ、職場へ。電車の中で揺られていると、ご年配の男性の声がふと耳に入る。「放射能ってヤツで全て狂っちまった」。仮設住宅の暮らしをめぐって隣のご友人と話しつづけている。認知症になってしまった姉は、もともと田んぼや畑で野良仕事をしたり、庭いじりをするのが大好きだった。仮設に来てからはほとんど外に出なくなってしまった。それが原因なのではないかと涙ぐんでいる様子である。車内のみんなでじっと話を聞く。

校庭を歩き、朝の学校へ（私は教師です）。震災後に移ってきた、ある高校のサテライト校が見える。九十年の歴史のある伝統校で、かつてたくさんの生徒たちが通っていた。移転後はとても少なくなってしまった。まだ早いのでプレハブの仮設校舎に人影はない。

今年から生徒の募集はなくなってしまったのだ。再来年の春に卒業生を出した後は、今のところ休校となる予定である。かつての町と高校の賑わいを思い浮かべる。生徒たちが巣立っていくと、この学び舎《や》もなくなってしまうのだろうか。二階の教室のガラスに映る空。

手から提げているビニール袋には駅のキヨスクで買ったばかりの地元の新聞とおむすび。「孤独死」の三文字。グラウンドで風が舞っている。とても小さな竜巻のようなものが、朝の光に照らされた初冬の土の上を滑っていく。しばらくしてふと見上げるとみぞれだ。あれから五年へ向かう日々だ。知ってほしい。このように震災は少しも終わっていない。

（二〇一五年十二月）

厄払い

新年早々、京都にやって来た。仕事を終えて、最後の一日はゆっくり散策をしよう、と。名物のイノダコーヒーを飲み、のんびりと朝食を食べる。ガイドブックを開き、予定を立てて、帰りの時間を確認しようと思う。財布を開く。入れていたはずの切符が見当たらない。急いでホテルの部屋に戻って探す。やはりない。そういえば昨晩に机の上で、財布の中に溜まった要らないレシートなどを捨てた。そこに交じってしまっていたのか。

激しく落ち込む。せっかく京都に来ているのだと気を取り直す。楽しもうと言い聞かせて、銀閣寺方面へ行く。お土産屋さんで猿の絵が描かれた色紙を見つける。とても可愛らしい。今年は申年。私も妻も申年生まれなので、それを買う。いいことがあると確信。次は市立の美術館へ行こうと思い立ち、大きな通りへとタクシーに乗る。すっかり元気になっている自分を感じる。

美術館の中を急ぎ足で回っているうちにまた気づく。今度はその色紙を先ほど降りた車内に忘れてきてしまった、と。表に出てみる。たくさんの車は並んでいるが、その一台はない。目の前に見える平安神宮の鳥居を眺めながら、気持ちが沈み込む。わざとゆっくりとした足取りで大きな境内を歩く。戻った心の勢いがあっただけに、深い奈落の底に突き落とされたかのようだ。もはや合掌するしかなかった。

通りに並んでいたタクシーに乗り、京都駅へ。親しく話しかけてくれる、運転手さん。本日の二度の失敗を話す。ハンドルを握っている人からの大きな声。「何してまんねんな、もう」「自分に怒るしかないわな、しっかりせいやって」「切符代、三万円!」「ほなもう一回買ったら六万円やないかい!」「もったいないな!」「京都まで来て、ふんだりけったりや!」「まあ、火がばあって出るステーキでも食べたと思ってあきらめとき」

傷口に塩を塗られている。しかし叱咤激励を浴びている感じでもある。「なんや落ち込んでんのか」「まあ、命失くしたわけではないよってに」と彼は大きく笑った。駅に到着。「おおきに」「気いつけて帰りいな」「無事に帰るんやで」

関西弁の力なのかもしれない。いやこの運転手さんの人柄なのか。何重にも目が覚めた。厄払いされた気がした。

高校生になるまで剣道をしていた。厳しい先生がいて、へこたれると物凄い声で気合を入れる人だった。その威力でまた竹刀を構えて稽古を続けた。何だか、そのような前に向かっていく気持ちを思い出しながら、駅へと向かう。タクシーに乗った時はレシートをもらうといいんや、そこに車の連絡先が書いてあるからなあと彼は教えてくれた。

話に夢中になったからなのか、彼も私も、渡すのも貰うのも忘れた。

(二〇一六年一月)

そして僕も途方に暮れる

実家に行ってきた妻と息子がある日、目を丸くして帰って来た。イノシシを目撃した。十数頭が収穫の終わった田んぼに立っていて、目が合ったとたんに、山へ駆けあがっていったのだ、と。のどかだなあと笑い飛ばしたいのだが、できない。実は原子力発電所の爆発以来、放射性物質を体内に蓄積しているという懸念から、野山で獣の狩猟が全くなされなくなった。このことが原因だ。

繁殖力はすさまじいものがあり、原発の被害が直接にあった浜通りなどの特に無人のエリアにおける個体数の増加は想像を絶する状況となっている。そして五十数キロも離れている中通りにおいても、目立った被害が起きている。例えば私の実家の裏山は、タケノコ林が大規模に広がっている。まさに彼らは根掘り葉掘り、大きな穴を作りながら食い荒らす。畑でも庭でも平気で走り回り、大きな足跡を残す。育てている作物を猪突猛進の勢いで食べ散らかす。ところどころに変な小道、いわゆるけものみちが出来ている。

近所のおじさんはこの荒くれものたちを柵に閉じ込めてこらしめてやろうとして、ある時に頑丈な囲いを作っていた。通りかかった四本足の輩《やから》が壁に体当たりしてきたそうである。その拍子に扉が閉まってしまい、閉じ込められてしまった。その周囲を獣たちがぐるぐると嘲笑《あざわら》うかのように回って、走り去っていった。みんなで笑いながら話を聞いていたが、何だか背筋に寒気を感じてそれぞれに真顔になった。別のおじさんは捕獲に成功。ある大学の研究チームと協力し合って、小型の衛星利用測位システム（ＧＰＳ）を取り付けて逃がしてみた。すると一晩で四、五十キロの道のりを軽々と移動していることがモニターで分かった。現れるイノシシたちは地元ではなく遠方からの客もいるのだろう。こうなると原発付近からこの山に来ているものもあるかもしれない。彼らには当たり前だが二十キロ圏内外の区別などない。森林の暗闇で八百万《やおよろず》の山の神々は鼻息を荒くしているのだ。

ある浜通りの町では行政から要請を受けて捕獲したイノシシを殺して冷凍して倉庫に積み上げているうちにスペースが間に合わなくなり、現在パンク状態であるという記事を読んだ。イノシシは厚生労働省の管轄、豚は農林水産省の管轄。野生化したイノシシとブタが勝手に交配して、イノブタがさらなる繁殖と被害を起こしている。そしてこのことについてはどこの省で管轄したらよいのか思い悩んでいるという噂も聞いた。

震災前のことだ。浜通りからの帰りに、道端でイノシシとその子どもたちの姿を見かけた。車を止めて、そろり、そろりと近づいてみた。仲良くゆっくりと木の根のあたりを探している親子の姿。ウリ坊があまりに可愛いので微笑んだら、気配を感じてさっと走って行ってしまった。あの家族は今頃、どうしているのだろう。

（二〇一六年二月）

そしてまた、いつか

朝はいつも同じ車両に乗る。始発の次の一本だ。席も大体同じところに決めている。似た顔ぶれの人々が先に座っていて、そこに私も定められたように腰を下ろす。カバンを足元に置き、缶コーヒーの口を開けて、一口がぶ飲みする。ノートパソコンを開き、目的の駅までの四十数分の執筆を始める。浮かんでくるまで、キーボードの上の指は動かない。どうしてもきょろきょろ眺めてしまう。

静かに目をつぶったり、新聞を眺めたり、スマホをいじったり、図書館で借りてきた分厚い本に夢中になっていたり……。ここに集う人々は私と同じで、この席での役割を与えられているかのようだ。列車は進む。止まる。ある駅では女子学生の二人が乗り込んでくる。いつも似たような服装でやってくる。前の晩などに、どんな服にするかについて相談しているのだろうか。ある日はきりりとしたスーツ姿だった。これから面接の試験を受けに行くのか。

しっかり熟睡している人がいる。軽くいびきをかきながら、同じ角度で首を曲げて深い眠りについている。ギュウギュウ詰めの列車の中で、ここまで自分の世界に没頭できる姿に比類ない才能を感じる。常に眠り足りないのでとても羨ましい。石のようになって、しっかり下を向いているので彼の顔は一度も見たことがない。恐らく駅ですれ違っても全く気が付かないだろう。

　その他の人々は分かる。駅の周辺などで出くわして目が合ったりするとお互いに、不思議な暗黙の了解が訪れる。知り合いなのかどうかといえば、毎朝顔を合わせているのだから、間違いなく知人だ。思い切って、挨拶をしていいものか、どうなのか。たとえ立ち話をしてみるとしても、共通の話題はこの電車のこと以外には考えつかないのかもしれないけれど。

　三月になると思いつくことがある。一年に一度、ある日の夕方六時半ごろに、福島駅の東口あたりに集まって、懇親会でもやりませんか、街へ繰り出しませんか、と。今年もこの常連の中から、四月になると全く顔を出さなくなる方がいらっしゃいます。送別も兼ねて「三月の会」などと称して語り合いませんか。よろしければ私が幹事をお引き受けしますよ。お馴染みの車内で顔をあげて、大きな声をかけるだけで、上手くいく気がする。

　あれこれ考えているうちに、電車は到着。降りる。ある日からホームですれ違う一人の生徒の姿がなくなった。それを毎朝、改札口で見送る母の姿も。いよいよ卒業したのだ。見送った後のお母さんと、いつの頃からか目が合い、挨拶や言葉を交わすようになった。話題がないのでいつも天気の話をした。もう会えないのか。どことなく淋しい。「三月の会」をやるなら、この二人にも声をかけたい。急がないと四月になる。どうやって連絡すると良いのだろうか。


（二〇一六年三月）

詩ノ交差点アリマス

詩を書いている和合です

詩を書き始めた頃。例えば町を一緒に友人と歩いていて、道端で出くわした彼の知人などに「詩を書いている和合くんです」などと紹介をされたりすると、ちょっとどうしていいか分からない気持ちになったものだった。相手の方もいたたまれない表情をしている（ように見えた）。やがてみんなでうつむく青春時代。思い出すだけで甘酸っぱい（苦い?）。

今はこうした感覚がない。そういえば自分の中の迷いのようなものはいつしか消えた。青年の頃より進歩も成長もない人間だが、どこか覚悟というものができたのかもしれない。長くやり続けてきたというだけのえたいのしれない何かなのだけれど。それが今の自分には唯一の財産なのだと思う。この心の寄る辺に着くまでに二十数年もかかった。

山形市内で「山形ビエンナーレ」が今年も開催された。街の中をあちこち歩きながら詩を書く、それを写真と共にツイッターなどにアップするという試みを数日にわたり行った。スタッフの東北芸工大の学生たちと一緒に歩く。立ち止まる。書く。撮る。また歩き出すの繰り返し。街の静かなざわめき。風。車。木。人の影。ひらめく。

その間、皆黙って書き終わるのを待っている。しかも街角にて立ったまま。もちろん私もである。道行く人に、どういう集団なのかと思われている気もするが、しだいにそうした視線にも慣れてくる。さまよった挙げ句にコーヒーなどをごちそうする。芸術の道に進みたくてその扉を探す若者たち。人生についての質問が飛んで来る。いつの間にか四十代後半である……、雑談交じりに話しながら、ついこの間まで私もこの中の一人だったはずなのにと寂しさも浮かぶ。

詩人のイメージを反対に問う。不健康そうに痩せていてベレー帽をかぶっている、白髪でつえをついている……など、どれにも該当しない体格の良い短髪の私であった。気難しい方が来られると思って初めはキンチョーしました、と。

あ。あそこだ。窓の向こう。近くに見えるデパートだ。あの八階の会議室だ。作家井上光晴氏の講演を聞いた。迫力に衝撃を受けて本気で文学をやろうと思った。先程から通りを歩いて思い出をたどりながら探していた場所。毅然とした作家の姿とその大きな声に、人生を変えられてしまった。私にはそのように若人へ肉薄する力はないけれど、生涯をかけて詩を書き続けていこうとしている後ろ姿だけは見せていきたい。記憶の風景が見つかってうれしい。まずコーヒーをお代わりしたい。

（河北新報〔以下同〕二〇一六年十月）

講演しながら耳を澄ませ

初めて講演をさせていただいたのは、二十五歳の時であった。ある町の文芸サークル主催の会に招かれた。ガチガチに緊張してしまって、ほとんどお客さんの顔を見ることができなかった。予定の半分も話さないうちに時間がたってしまい、終わりの礼をして額や頬に流れた汗を拭った。もう二度と講演会には呼ばれることはあるまいとはっきりと悟り、あるいは引き受けまいと誓った。講師として教えられることなど、何もないと分かった。

しかしその後も時折声をかけられた。断る勇気もないので出かけていく。ある時に奥会津の町の公民館へ。ご年配の方々の会だった。文学とは何か。あたふたと慌てて話し続ける若者にみな優しかった。私の専門分野である現代詩についてでありますが……と、難解や意味不明と言われてしまいがちな作品の数々を紹介。「ほうがい」「こういうものもあるんだない」などと会津弁で大きくうなずいて聴いてくれた。にこにこと孫を見つめるかのようなまなざしと慈愛に満ちたリアクション。すっかり癒やされてしまっている自分に気が付く。

次第に分かってきた。納得の呼吸だったり、ため息だったり、くすり笑いだったり、もうすぐあくびが出そうだったり……、話をしながら会場の中に耳を澄ませてそれを聞こうとすることから、コミュニケーションは始まるのだ。水の張った池に石を投げて波紋が広がっていくような、その瞬間を追いかけて語り続けていくことが大切。

息子が生まれて、その話題を新聞のエッセーなどに書いているうちに、しだいに「育児講演会」や「教育講演会」をしてほしいという依頼も来るようになった。会場の大きな看板に「和合亮一の育児講演会」と書かれており、現代詩人としては、どこか異国を旅しているような不思議な気持ちでそれを眺めたことを覚えている。話の合間にこれまで出会ってきた子どもの詩や手紙などを朗読しながら、笑ったり涙したり……。集まったお母さんたちに人を思う呼吸の尊さを深く教えられてきた気がする。

東日本大震災後は、福島の暮らしを語り続けている。行方不明のわが子を探し続ける姿。故郷に帰りたくても戻れない思い。会場から涙の気配を感じる。私も禁じ得なくなる。いまだに解決していないこの災いのさまざまについて、私たちの涙だけが物差しであると感じる。向き合っている方々のそれぞれの息遣いに水の鏡のようなものを感じる。皆さんに教えてほしいことがあります……、心の中で小さな石を静かに投げるようにして、つぶやいている。

（二〇一六年十一月）

シンガポールのカフェにて

シンガポール・ライターズ・フェスティバルというものがあり、招待をしていただいた。羽田空港から直通の飛行機が出ている。深夜0時すぎのフライト。時差により一時間ほど縮み、朝の六時すぎに到着の予定。海を渡る際の出発前はいつもそうだが、今回は夜更けの旅立ちなので余計に心細く感じてしまい、待ち時間にラウンジでアルコールに心を励ましてもらうより他にすべはなかった。

飛行機の座席に着いたら、すぐに熟睡しようと決めていたが、しばらくして夜食用の機内食がやってきた。よく冷えた白ワインも。目が覚めてしまった。味わいつつ、モニターで映画でも見ながら眠気を誘うことにしよう……。席の前方の画面の表示に従い検索。すっかり見逃してしまい、その話になるとうつむくしかなかった『シン・ゴジラ』『君の名は。』の二本が新着のラインアップに。今年一番の話題作だ。果してそんなに面白いのかと実は疑っていた。

面白過ぎる。どんどん突き進むゴジラ。切ない二人の青春の季節。すっかり興奮していると、もはや朝になっていた。いくつかのシンポジウムなどに出演するのだが、その打ち合わせが到着してからある。徹夜で臨むしかない。ワインをお代わり。機体はシンガポールへ降下。窓を眺めると海辺にたくさんの船が停泊しているのが分かった。驚くほどの数。おびただしく水に浮かぶ明かりの点滅を眺めながら、この国の活気を想像した。

二日目の午前中。ある美術館に向かった。入るとすぐに、スタッフが気軽に挨拶をしてくれた。見ている間にも、展示室の中は彼らの楽しげな会話に満ちている。椅子に座って膝掛けをしている女性に、ずっと見つめられている日本の美術館とは、空気感がまるで違う。私が見ている前に立って作品に見入っているスタッフの姿がある。あるいは立ったままスマートフォンをいじっているスタッフも……。そして作品だけがあり、誰もいない部屋も……。違い過ぎる。

アートを通して、その土地の風土や歴史を知ったり、想像したりするのが好きだ。赤道直下の国ならではの作品性がある。いくつかに見とれた。その中に厳しい顔をした日本兵とおびえている人々の姿が描かれた大きな一枚があった。かつてこの国は大日本帝国に占領されたことがある。画家が抱いていた日本への怒りが伝わってきた。日本にいると、どうしても一つの偏った視点から何事も発想してしまうのだが、異郷にいると別のさまざまな真実があることが分かる。迫ってくる。見入ってしまった。

隣のホテルのレストランでコーヒー。この国はあらゆる人種と肌の色にあふれている。身なりもいろいろ。みな自由に堂々と歩いている。日本にはない、風通しの良さを感じる。あるテーブルの四人の会話の独特のイントネーションを聞き逃さなかった。席を立ったタイミングが一緒だったので、話し掛けてみた。ご旅行ですか。東北地方の方々ですよね。「はい、山形です。あなたはどこから」。はい、福島です。一気に異国の緊張がほぐれていく私たち。

（二〇一七年一月）

文字の力　会う前から親しく

時評というものをご存じだろうか。新聞や雑誌の文化欄などでお見かけする方が多いと思う。例えば毎月の話題の本、音楽や映画などを、批評を添えながらおススメしていくコーナーである。詩集の時評を新聞などで担当して、十五年ほどになる。全国の詩人や出版社から新しい詩集を送っていただく。春から夏の終わりぐらいまでは、実は刊行が少ない。反対に秋から今頃にかけては刊行点数が多い。一カ月で七、八十冊以上になる時もある。

書斎は本の山となる。次から次へと積み重ねるしかなくなるので、いくつものタワーが完成する。それだけ詩を書く仲間がこの日本にいるのだということが目で分かる。積み上がった姿を眺めていると、詩や文学の世界の見えない動向なるものが読む前の段階で分かる気がする。読み終えると、実家の空き部屋などに定期的に運ぶことにしているが、もはやそちらも満杯に近い。

紙を束ねてホチキスで綴じただけの手作りも含めて、やはり大変な数の同人誌も届く。毎月発行の雑誌などは自分の中でおなじみになる。良い作品に出会う喜びはもちろんだが、編集をしている方の近況報告を交えた後書きなどを読むのが楽しみになる。ある雑誌は同人たちの月ごとの定例会とその夜の懇親会の様子を必ず写真入りで載せていた。誰が何を飲んだとか酒盛りの場面が克明にリポートされている。最初にそこを開いてしまっている自分に気がついて、クスリとしたことがある。いわゆる同好の士の親しみというものだろう。一方的に詩を読んでいるうちに気心が知れてくるような感じがある。文字を通じて知り合っただけの関係だが、じかに会って親しくなるよりも深まっていく気がする。実際に会う機会などがあって、いつも読んでいますよ、初めましてなどと挨拶をするが、これから仲良くならなくても既に人物を深く知っているような気持ちになる。文字の潜在的な力の中に、そうしたものがあるのかもしれない。

良い一冊というものは、読む前から存在感がある。良い詩とはまず最初に目に飛び込んでくる力がある。だから実はすぐにおススメを選ぶことができる。もしこの感覚が長く詩を読みつづけているからこその私の直感によるものであるのなら、私もまた、それを誰かに与えるものを、必ずや書いていきたいのである。そう思わせてくれるのも、日々のうれしい訪問があるからなのだ。タワーを崩さないように……。静かに本を開きながらうなずく。

（二〇一七年一月）

巣立ちと朝の静けさ

あと何度自分自身卒業すれば（尾崎豊）

震災の時に、私の息子は小学校六年生だった。卒業式は福島のほとんどの学校がそうであったが行われなかった。春の卒業シーズンが来ると思い出すのだ。せめてその意味を味わわせてあげたかった、と。

あれからまた六年が過ぎた。この春で高校を卒業となる。これぞ運命のいたずらというものなのかもしれない。またその晴れ姿を見ることができなくなってしまった。担任しているクラスの卒業式と重なってしまったのだ。彼の姿を映すビデオカメラを妻に委ねて、卒業式に向けての準備に追われることにした。

三十四人のわが生徒たち。新しい社会へ立派に送り出すことこそが教師の使命。式は、担任にとって最大のイベントである。この一日を境に彼らは学生服のみならず、高校生という人生における輝かしい青春の日々も脱ぐ。それを見届けることが最後の仕事として誇らしく、それと同時に、何だか取り残されるような気持ちにもなる。旅立ちと見送りの日となる。

そもそも私は、人と別れるのが苦手である。生徒たちを送り出すのはこれで七回目だが、何度やっても慣れるということはない。特に式が終わってからの最後のホームルームで、生徒たちへ贈る挨拶の時がやってくる。これがいわば送別の辞になる。彼らのみならず保護者も含めてそれへの期待は高まっていく（気がする）。ちなみに私の高校時代の恩師の最後の言は「サンダルを忘れずに持って帰れよ」だった。この域にはまだ達していない。

あの日の津波に巻き込まれてしまったかつての教え子がいる。教室などでよく夢を語ってくれた彼だった。恐ろしい黒い波の壁が目の前に迫っても、人を助けようとして懸命に働いた。今も行方不明のままだ。その分まで生きてほしいということを話した。

さて私は電車通勤である。数人の生徒たちといつも一緒になっていた。翌朝、電車に乗る彼らの姿は、当たり前だがなかった。いつものことがそうではなくなる一日とは、このようにも淡々と静かにやってくるのだ。列車を降りて、学校へ。素っ気ない。

片付けをしに誰もいない教室へ。あまりの静けさに制服姿の彼らと、そして息子の顔が浮かんだ。若々しい鳥たちの鮮やかな巣立ちの朝はまぶしい。誰もいない机と椅子だけが並んでいる。情けなくも私だけが残った。もうしばらく卒業できない様子である。

（二〇一七年三月）

巡る春に手をつなぐ

地震から一年後の熊本に出かけた。仙台空港から福岡空港へ、博多から新幹線で熊本へ。深夜に到着してホテルの玄関から見上げると熊本城の影が見えた。黙ったままだったので人と言葉を交わしたくなって、フロントで「お城が目の前なのですね」と話し掛けると、先ほどまでライトアップしていたんですよ、と。部屋に行って窓を開く。黒くて大きなたたずまいが見えた。

目覚めた途端にカーテンを開ける。天守閣が見えた。破損した隙間からは空と雲が覗いている。揺れによりかなり痛めつけられたのだ。かろうじて天守閣と屋根とが残り、ああして立ち続けている。駅からこの宿まで、昨晩、倒壊したたくさんの建物の跡を眺めてきた。更地になっていたり、まだ片付けられずに残っていたりするものもあった。それなのに名城よ、よく耐えたものだ。お堀の桜は満開である。朝日の中に荘厳にたたずんでいる。

東日本大震災の後で、私はまず現地に足を運んでほしいとよく話したり書いたりしてきた。そう言いながらも私自身、熊本に足を運ぶのに一年もかかってしまった。大学生が車ごと転落してしまった阿蘇大橋のあった谷や、断層の上にかろうじて立っている傾いた民家や電信柱などが並ぶ集落を巡らせていただいた。想像以上の揺れの激しさと深さを直感した。熊本と福島。揺らされていた者同士だからこそ、より分かる感覚である。

南阿蘇村の高野台団地という、アパートや新興住宅などが立ち並ぶ閑静な住宅地であった丘へ。土砂崩れにより数多くの家が数百メートル先まで流されてしまった場所である。亡くなった方がおり、花束やペットボトルの飲み物などが供えられていた。雄大な阿蘇の山々が連なる景色とまだ撤去されていない屋根や壁や柱や家具。手を合わせた。

次への移動のための車に乗る前に、靴に付着した赤みのある粘土質の泥をアスファルトの表面で少しだけこすった。崩れた住居とそれに被さっている大量の土砂を、振り返って眺めてみると、黒い津波が押し寄せてきたあの六年前の光景で頭がいっぱいとなった。

雨が叩きつける。もやが舞う。このような春の荒天は阿蘇の土地に多い。案内してくださった記者の方が教えてくださった。昨年はこういう雨の中で行方不明者の捜索活動がずっと続いた、と。熊本の光景の一つ一つにあの日の私たちの故郷の姿がある。

これからも巡る春を生きて、共に手をつながなくてはいけない。

（二〇一七年四月）

気づけば午前の四時です

私は朝型人間である。早起きには自信がある。国語の教師をしている。「忙しいですよね。いつ原稿を書いているのですか」と尋ねられることが多い。「朝です」と答えると相手の方の顔色は変わる。いつも何時ころに起きるのですか。「四時です」。例えば夜中まで起きて物を書いているると不健康な印象に受け取られるのかもしれない。夜明け前に起きて机に向かっていると伝えると、なんという熱心な方なのだというリアクションがある。

朝の授業などにも効き目がある。授業の初めに眠たそうな生徒たちに向かって、朝は何時に起きましたかと問う。先生は四時です、とわざときっぱり言う。それから机に二時間ほど向かって、学校に来ています、と。夜遅くまで勉強していたという生徒もあるだろう。実は私は単に早く眠って起きて、好きな物書きをしているだけの話なのである。しかし生徒たちにぴりりと何かが走っていくのが分かる。朝の威力とは偉大なものだ。

自慢したいから起きているというわけではない。学校から戻ると体力は限界。思い切って早く寝る。自然と早起きに。未明の静寂。昼間には見つからない時間と精神の奥行きのようなものがある。時の流れの感覚が異なる。四時から、五時から、六時からと過ごしていると、まるで一定ではない気がする。目覚めたばかりのたった一人の世界で感じている差異。太陽が昇ると時間に正常が宿る。書くのを止める。出勤の支度をする。

しかし学生時代の私は夜型であった。だから夜更けの闇の静けさも本当は好きである。この間。土曜日の夜。時間が空いた。いつも出かけていることが多いので家で過ごすのが珍しい。そして明日も数カ月ぶりの休日ではないか。嬉しくて眠れなくなってしまった。いつもは早めに布団に入ってしまい、熟睡している午前一時。机に向かってみた。こんな時間に原稿を書くなど、しばらくあり得なかった。何とも新鮮だ。

窓を開け放つ。丸い月がぽっかりと浮かんでいる。満月と私。一対一。隣家の赤い屋根が月光に照らされて、私の眼を射抜いてしまった。興奮して眠れない。原稿と格闘。時々にその明るい空の使者に見とれつつ。それはゆるりと雲を渡り、西の山へ。この時、さっと消えたのだ。空の流れが変わっていく。気づけば四時。いつも私が起きる時刻。もう眠ることにしよう。夜なのか、朝なのか。まもなく太陽が現れる。逃げるように、目を閉じよう。

（二〇一七年六月）

幾つになっても……

八月十八日。例えば数字を横に並べてみると「8」の間に「1」がある。とてもバランスが良いと思う。朝のニュースなどで、アナウンサーが最初に日付を言う。私のために口にしている気がしてしまう。駅の売店などに行き、並んでいる新聞の日付を目で追う。じっとそれらを見つめていると、全部を買い占めてしまいたくなる。どうしてなのか。8・1・8は私の誕生日なのである。

この日が来るとよく思い出すことがある。二十代の終わり頃に息子が誕生。育児に専念するために妻が仕事を辞めてしまったこともあって、いささか家計が苦しくなった。その年のプレゼントにと、コンサートのチケットを渡してくれたことがあった。

二人分の費用の捻出が難しかったのと、幼い子どもを連れて行くのが大変だということから、一枚だけの贈り物だった。

子どもと一緒に会場まで車で送ってくれて、帰りにはまた迎えに来てくれた。帰宅後は缶ビールで乾杯した。妻の心が何よりも嬉しかった。

あれから二十年近くたった。若い時分と比べると経済的には少し楽になった。さて何をしようかなどと本人から尋ねてみると、ここ数年はいつまでこだわっているのと笑われてしまう。もう誕生日云々の年齢じゃないでしょ。実は同じ年の生まれなので、私も妻もラスト四十代。来年は五十代。共に確実に年を取っている。不惑の十年も終わる。いよいよ来年は天命を知る。お互いに笑ってうなずく。確かに。ケーキは注文してあるわよ……、と。なるほど。

理屈は分かるけれど、盛り上がりたい私はどこか物足りない。8・1・8はいつも、お盆の休みが明けるタイミングでもある。久しぶりの学校勤務の仕事を終えて、夕方に職場の前のコンビニに買い物へ。今の季節であればほとんど毎日のようにアイスコーヒーを買うのだが、久しぶりで、やはりすっかり忘れていた。店員さんが「いつもの一杯は?」と不思議そうに言った。あ、そうだ。慌てて氷の入ったカップを購入して、マシンにセット。ところが、アイスではなくホットのボタンを押してしまった。為《な》す術《すべ》もなくみつめた。失敗。仕方ない。飲めないことはない。

店員さんが新しいカップを持ってきてくれた。「どうぞ代えてください。サービスです。誕生日ですから」。ありがとうございます。どうして知っているんですか。「お盆休みの前に、私に今日だって言ってましたよ」。目配せしてくれた。やはりいい日だ。

（二〇一七年七月）

かけがえのない秋に

久しぶりの磯の香りである。南三陸の海。朝日が水面《みなも》に光をこぼしている。震災の年の冬に、高台にあるホテルに一泊したことがあるが、それ以来だ。震災から六年がたち、海辺で暮らす人々の姿を訪ねていく番組のお話をいただき、お受けすることにした。旅番組のような側面もあり、詩人としてはなかなかに珍しい企画である。

ただ今はテレビカメラを抱えた撮影クルーと一緒。早朝の船の上。漁師の高橋さんに案内していただきながら、ホタテとカキの養殖場へ。すぐさま海の上の感想を求められるが「静かですね」と呟いてしまった。頭の中では震災の時の津波の映像が呼び覚まされていた。眼前の静けさが残酷な印象にも映っていた。たどりついた漁場はひときわ静寂な印象であった。海鳥の影。水の中でホタテやカキが新しい息をしている。潮の匂いが濃くなった。

高橋さんが引き揚げて貝の籠を見せてくれた。網に囲まれた細長い筒の仕掛け。等間隔で仕切られている。船のへりに高く提げられたそれらは、各階が透けて見える建物のようだ。驚いているのだろうか、貝殻がぱくぱくと口を開いて何かを話しかけてくる。それを一つぱっと取り出して、手にした道具で中身をさっとさばく。とたんに丸い貝柱が目の前に登場した。さあどうぞと差し出された。カメラが私の顔の前にやってくる。

甘味が口の中に広がる。「あまい」と一言。続けて「うまい」。何という表現力の乏しさだろう。日ごろから語彙《ごい》力を、表現力をなどといろんなところで話しているのに、いざとなればこのようなことしか出てこない。己の食レポの才能の限界を知る。高橋さんは震災後に海を離れたそうである。家族や友や漁場などを失い、深い傷を心に負った。大きなものを奪っていった波。しかしどうしても忘れられなかった。こうして戻ってきた、と。

南三陸さんさん商店街へ。撮影隊と共に歩いているので振り向かれてしまう。お刺身が並んでいる店へ。可愛らしい男の子が私たちの前を行ったり来たりして気にしている。カメラは回り続けている。生きのいいものを選び皿へと載せる。テーブルに座る。先ほどの子どもが近くで見つめている。「食べた後、美味しいって言うよ」と母親にささやいている。予想されてしまっている。違うことを口に出そう。頑張る。かけがえのない南三陸の味。あの日の後の海を生きる人々の姿がはっきり浮かぶ。「オイシイ」。彼は笑顔でうなずいた。「ほら言った」。


（二〇一七年八月）

やはりここはエスプレッソで

ああ憧れのルーブル美術館。あまりにも広い。高い天井。巨大な絵画を見上げた。一枚を前にして話し込んでいる人々や、広々とした床に座り込んでスケッチする姿がある。たくさんの生徒を前にして、講義をしている場面もあちらこちらに。

名画の前で写真を撮ったりしても良いのである。自由だ。あれこれと語り合い、笑っている世界中の人々。耳に入り込む雑踏のざわめきの波は、さながら人混みの多い駅の構内に似ている感じすらある。

アジア人の観光客グループだったが、目の前でちょっとしたつかみ合いが起きてしまった。大声で騒ぎ合っている。言葉は分からないが、撮影の件で、もめている様子。

例えば日本であったなら、すぐに誰かが矢のようにやってきて仲裁に入るだろうが、飛んでこない。職員と思われる方が通り過ぎたが、気に留めていない。群衆に紛れていく。

よくあることなのだろうか。あちらの通路では明らかに恋人同士がもめている。恐らく彼氏が負けている。応援する。

絵と人間とどちらにも気を取られつつ、ならばこちらも負けじとデジカメやケータイを向ける。

ドラクロワの有名な《民衆を導く自由の女神》を発見。神様に会ったような気持ちになる。真ん中で旗を掲げる女性の真似をしてポーズを取る人の隣に立つ。笑顔で自撮りをしてみた。

ミロのヴィーナス、スザンナの沐浴《もくよく》、ナポレオンの戴冠……。名画であるほどに人々の目が注がれて、熱い息がかかっている。さながらそこに生きてたたずんでいるかのような存在感と体温とを感じた。絵の前で恋しい人物と見つめ合っている感覚になる。

いよいよ横綱に会いに行くことにした。表示に従い、迷路のように続く廊下と階段を抜ける。広すぎるほどのスペースだが、そこに入りきれない人だかりと熱気がある。人間たちの背中の大いなる壁と写真を撮ろうとしてその頭上に両手を伸ばす無数の影に驚かされる。後ろにすぐ誰かがくっついてきたので、満員電車の車両に立っているみたいにして身動きのとれないまま前に進むしかない。その先にモナリザの絵があった。ほほ笑まれてしまった。

全てを見終えることなどできない。夕暮れ。いささか呆然として館を出た。露店のカフェに座る。比べると日本の美術館は、緊張と静寂に包まれていると分かる。あらためてその感じをどこか、親しく思っていることが分かり、くすりと笑いたくなった。

エスプレッソが運ばれてきた。その前に庭の樹木から大きな葉が卓上へ落ちてきた。その色彩と葉脈の美しさに見とれた。さっとそれを取り除いて、カップが小気味よく置かれた。こういうこともよくあるのだろう。

（二〇一七年九月）

男旅

今年の和合家の最大の話題は、息子が一人暮らしを始めたことである。演劇の勉強がしたいという一念で、大学へ。

キャンパスのある埼玉の所沢に住み、新しい仲間と芝居の稽古をしたり、池袋や新宿などでアルバイトをしたりの生活を順調に送っている。

学生時代に演劇をやっていた私と妻は、はじめ彼の希望を聞いた時に、恐れていたことが、ついに……と観念するしかなかった。高校の仲間と劇団を作り、没頭している彼の熱い青春の日々を見て、覚悟はしていたのだ。もちろん、引き留めたかったのであったが。

休みが続くと時々に家に戻る。上演の台本などの原稿を書いている。幼い頃から詩を書き、中学から高校にかけて雑誌などに投稿して入選していた。詩作もまた始めたいとこの間は言っていた。

家に居る時は演劇や文学に関する本を読んだり、カタコトとパソコンのキーに文字を打ち込んだりしている。私の書斎と息子の部屋は隣り合っている。それぞれに机に座っていると息子の作品に向かう熱気が迫ってくるようで、何だか負けそうになる。

この間の秋の連休にも、ひょっこり戻ってきた。私も真ん中の日に休みが取れたので、どこかへ行こうという話になった。開口一番、「森の中に行きたい」。

白河から那須甲子《なすかし》道路を通り、奥会津へと向かう途中の森林の中に、観音沼という名所があることをネットにて発見。そこへ向かうことにした。妻は仕事があり、不参加。こういう場合の私たちの道行きを、通称「男旅」と二人で呼んでいる。

道中も話は尽きない。食事をしたりする親しい友だちもできて慣れたようだが、最近まで都会の暮らしの寂しさがどうしてもあった、と。誰かと語りたくても部屋に帰ると一人でいるしかない。そもそも家に戻ると一日の出来事をあれこれと、ずっとおしゃべりしている子どもだった。

黙って夕食を食べる時が一番の孤独を感じてしまうらしい……。何と可哀想に。秋の大自然に包まれながら、親バカの度合いと車の速度は静かに上がっていく。紅葉の楽園を突き進む。

下郷町《しもごうまち》に到着。錦秋の田園の真ん中にご年配の夫婦で営まれているそば屋を発見。注文して待つ。空が高い。稲が実っているのが窓から見える。流れる時間が違う。かなり長い。

小一時間。お茶を啜《すす》りながら、椅子に座っているお客さん同士でなんとなく語り始める。関東から来ている方が多い。あれこれ話が盛り上がる。奥さんもそこに混ざる。ご主人がこしらえているそばは一向に来ない。

皆でおしゃべりに夢中になる。笑う。息子が呟く。東京じゃ、あり得ないなあ。隣り合えば黙り込んでいる。本当はこんなふうに、誰も彼も何でもいいから話したいんだろうな。

（二〇一七年十月）

空のムコウ

山に囲まれて暮らしている。四方八方を眺めながら、ずっと育ってきたのであまり考えたことはなかったが、最近になってなじみの山景に、あらためて惹かれている自分に気づいている。あの向こうには何があるのかというイメージを、幼い頃からずっと与えてくれたものであった。

例えばあれを越えると外国だと断言する級友がいたが、ならば行ってみたいと山の上を見つめてきた。あるいは近所のおじさんは、あそこに輝くきのこがいっぱい生えているのだと真っ赤な嘘を子どもたちについていたが、それを探しに行きたいなあと夢を見ていた。憧れの目を投げていたが、今もどこか似た気持ちが残る。

書斎のベランダから、吾妻と安達太良《あだたら》の山々の並ぶ姿を拝むことができる。どちらも見えるので、気に入っている。山頂からビビビと信号が送られてきて執筆が進むとまで、そう簡単にはいかないけれども、物を書く想像力を多かれ少なかれ刺激してくれている。

週末など講演に出かけた先の宿にて、早朝などに起き出してビルに囲まれた窓の外の景色を眺めつつ原稿を書いたりすることが多いが（実は今もそうです）、稜線を追うような視線の動きにはならない。

空と山の際を走る曲線の存在はない。整然と構成がなされている論理的なビルの影がもたらす直線の世界であると言えるだろう。イヤ嫌いではない。都会の朝の静けさも憂鬱も好きなのだが。十二月に福島市内で雪が積もるということはまずない。山々はどこか控えめだが、それぞれに白く化粧をしている。空に近づくほどに濃くなっていく。神の領域だ。

三角の帽子を被った頭の間から、遥かなる山形や宮城の山の高嶺《たかね》。目が痛くなるほどの純白。光った彫刻が飛び込んでくるかのようだ。こちらよりも厳しい外気と連なる美を感じる。極端に白いそれらの険しい顔を確認したくなり手前の山の向こうに探す。

先日。都内のある郊外へ講演に出かけた帰り道の電車にて、わざわざ時間をつくって聞きにきてくれた友人と横向きの席に並んで座り、あれこれ話し込んだ。

突然に会話をさえぎり、この辺りからうまくいけば、ビルの間から富士山が見えるはずだと言い出した。それからは目を凝らして、話はそっちのけになり集中している。尖《とが》った姿を絶対に見たいようだ。

飢えているその感覚はもはや本能に近いのかもしれない。それにしてもそんなに目を皿にしなくてもよいのでは。面白くなってクスリ。

堅牢《けんろう》な建物の群れから、その影を透かしてみることはできなかった。次の駅に着いた。電車の中で別れの挨拶をしながら残念だったと彼が呟いた。あそこに見えるという期待が大事だと言ってみた。微笑みつつ降りた。人混みに消えた。

（二〇一七年十一月）

相棒は目薬です

目の痛みと見えにくさを感じて眼科へ。目薬を処方していただく。二種類の点眼薬となる。これを最低でも七～八回は点けなさいとのこと。そのような習慣が、これまでに一度も無い私は、あんぐりと口を開けてしまった。眼科医はきっぱりと言った。和合さん、これはあなたの仕事だと思いなさい、そうすればやるしかないでしょ、と。

これは無理だと家族に話すと、守らなくてはと皆が口を揃える。若い頃からずっと文字を読み原稿を書くことを続けてきて、目を酷使してきたのだから、しっかりとケアを。お医者さんの説明によると、夢中になってしまうとまばたきを忘れてしまう人がいる、と。そこにドライアイの原因の一つがある。ひどくなると目の表面は傷ついていく。乾燥により様々な症状は起きる。確かにそれをするのを忘れている時が多いのかもしれない。

とにかくその回数を守らねばと心配気である。これは至難の業だと思って、最初からあきらめていると、父がかなり思案した様子で、一日経って早朝にアドバイスをくれた。「昨日、ずうっと考えていたんだけどな」うん。うん。「朝起きた時と夜寝る前に、それぞれ必ず一回と決めておくと、それだけで二回は終わるんだぞ」。なるほど。第一段階としてクリアできるかもしれない。四十代も終盤に来た息子だが、父の導きはいつまでも必要だ。

実は幼いころから目薬が苦手なのだ。直接に落ちてくる瞬間が怖い。皆はよく出来るものである。そういえばプールで目を開くのもいつまでも拒否していたが、あれと同じことが今、私の身に起きているのかもしれない。上手い方法はないものか。ふと電車の中や職場などで目薬をしている人のことを研究してみる。観察の結果として気づいてしまった。口を開けたままで薬をさす人が五割ぐらいあるという事実を（統計ではなく印象のみ）。

さて一進一退を繰り返しているうちにも、習慣は出来てくるものである。幸いにして高校教師である私は、二時間目の休み時間、昼休み、五時間目の……などと決めているうちに、何となく手と指が自然と動くようになってきた。いささか痒みを覚えるようになる。また診てもらった。これは花粉のアレルギーによるもの。また目薬が追加に。目が丸くなった。さらに三回の点眼をプラスしなさいとのこと。目玉が飛び出た。遠くを見つめるようなまなざしで医師は言った。「治療だと思わなければ良いのです。これはあなたの仕事です」。


（二〇一七年十二月）

もっと水をあげたかった

ポインセチアとシクラメン。冬の始まりに玄関に二つの鉢がやってきた。妻が友人からプレゼントされた。書斎の窓に飾ってみたくなった。

こっそり持ってきた。ウットリ。原稿を書きながら、ちらりと目をやる。どこか異郷の鮮やかな風景にでも、ふと迷い込んだ心地になる。本とソファと書きかけの原稿などしかなかった野《や》暮《ぼ》ったい世界に、新鮮な赤や緑が塗られたような感じがあった。

ところで我が人生において、これまで数々の鉢植えに水をあげすぎてきてしまった。根腐れを起こして、駄目になっていった。すぐにでもたくさんあげたいのだが、我慢のしどころなのだ。獅子を谷底へと突き落とす獅子の気持ちである。

しばらくたったある日、ポインセチアの葉がいささか垂れ下がり始めた。スクラムを組んでいるごとく中心に集まっていたシクラメンの花も茎も元気なく放射状に広がっている。その友人に尋ねてみた。これぞ水不足の兆候らしい。いささか極端すぎてしまった。ようやくあげる時が来た。

ごくごくと彼らは土の中で飲み干した。驚くほどにどちらもすぐに、くっきりと背や手を伸ばした。これこそは生きている実感そのものである。こんなに手応えを返してくれる存在が、私の毎日の傍らにあるとは。愛おしくなって、子どもの髪に触れるようにして優しく撫《な》でてみる。

鉢の中の命たちは、根を張って、きちんと植物であることを全うしている。深いところからこんこんと水をくみ上げているかのように自然と心の奥が静まってゆくのを感じる。安らかである。殺風景な空間を、緑と花でいっぱいにしてはどうだろう。今年で五十歳だが、いよいよ趣味と呼べるものと出会ったのかもしれない。指の腹で茎や葉をなぞりながら感謝を伝える。

親しい日々のうちに、指の先のひりひりした感覚に気づく。手の甲の痒《かゆ》みにも。水で洗っても変な感じが残ってしまう。体のあちこちも痒い。生来のぜんそく持ちであるのだが、息苦しくなっている自分に気づく。おかしい。これは完全に何らかの症状だ。次第に我慢がならなくなって、インターネットなどで調べてみた。冬の植物に、体質的に過剰なアレルギー反応を示す人があるとの事実を発見。何という運命のいたずらだろう。次は私が谷底へと突き落とされてしまった。家の中にはもう置けないのだろうか。

捨てるか。暮らすか。それが問題だ。心を鬼にするしかないのか。しかし、互いを分かり合った日々が忘れられない。

そして空っぽの窓際を見つめている。苦悩と葛藤の末に行きつけのカフェで育ててもらうことにした。

東京へ息子が出ていき、この春で一年だ。引っ越した日の夜の寂しさに似ている。

（二〇一八年一月）

杉田駅を過ぎた

朝は六時台の電車に乗る。この暮らしは早くも四年になるが、まだ慣れない心地がある。およそ四十分間。大体はノートパソコンを開いて、原稿を書くことにしている。

福島から職場のある本宮まで七つの駅がある。執筆が進んでいる時は、ああもう着いたのかという感覚になる。

駄目な時はパソコンから目を離しがちになる。まだこのあたりかと車窓を眺めている。だいたい五つ目の二本松駅を過ぎるあたりで、スパートをかけることにしている。

これは自慢になるのかどうか。これまでの人生において電車にて、例えば睡眠や泥酔などにより乗り過ごしてしまったことは一度もなかった。

ある日、友人から仙台にいるがこれから福島で会おうと夕方過ぎに電話がきた。約束通りに待っていたが、しかし現れなかった。やがて連絡。既に仙台駅前にて飲みすぎてしまっており、白石あたりで熟睡してしまった。目覚めたのは上野だった、と。

その彼は後日に仙台の銘菓を持って謝りにやってきた。あらためて乾杯して笑った。しかしこういう人生は送りたくないとこの時に、ひそかに心に誓ったのであった。

降りる時間が近づくとひしひしと見えないプレッシャーがやって来る。それと同時に集中力が高まっていく。これは新しい発見でもあったのだが、その一瞬に思ってもみなかったイメージがぱっと出てくることがあるのだ。

言わば締め切り効果なのかもしれない。筆が止まらなくなることも。ホームに降りてからも立ったままで、書き続けていることがよくある。

最近はそれに加えて、改札口まで歩きながら、左手でパソコン本体、右手でキーという恰好《かっこう》で画面を睨《にら》みつつ歩くようにもなってしまった。

知り合いとすれ違うが、何だか声をかけにくいと後日に言われてしまう。妻と駅で偶然に会ったことが最近になってあったが、その姿を見かけてそのうちに転ぶと心配された。しかし歩きながら原稿を書くのは、なかなか良い実感が作品にこもっていく気がする（かも）。二宮金次郎の気持ちが分かる（かな）。

さて、ここだけの話なので内密にしていただきたい。実は一昨日、ついに乗り過ごしてしまったのであった。

書きかけの詩のフレーズがひらめいた。書き足した。すこし削った。見直した。あっという間に本宮駅を通り過ぎた。窓に映る未知の景色を眺めた。気が動転した。その先の五百川駅のホームでうつむきながら降りた。自戒。たとえ夢中になっていたとしても、一つ手前の駅の名前を頭の中で繰り返すことにしよう。そのためにあの名はあるのかもしれなかった。名は「杉田駅」。すぎた、過ぎた――。次だ。

（二〇一八年二月）

点滴の言葉

時折、講演会の会場の皆さんが同じ職業や分野の方々……ということがある。

例えば総会や定期大会、研究会などでお話しをさせていただくとそうなる。

これまでの経験だと刑事さんだったり、あるいは看護師さんやお坊さんだったり、保育士さんだったり。同業者つまり学校の先生方に向かってという場合も多い。

全てが校長先生という時と、学生時代に演劇をやっていたせいか全部が演出家という会は、始まるまでかなり緊張したことを覚えている。

小児科のお医者さんのセミナーにお伺いした。

私は実はぜんそく持ちであり、幼い頃からずっと苦しんできた。血管注射や点滴などを打ったり薬を飲んだりしていたものだった。

入院もよくした。学期の半分を休んでしまったこともあった。医学の力をいつも信じていた。

そしてある時から自分もそういう仕事がしたいと思うようになった。

完璧な文系であることに気づかされるまでの私の目標であった。分岐点にて別のレールへ。

そのようなお話を冒頭でさせていただいているうちに、ふと思い出が巡ってきた。

また発作が起きて点滴を受けていた。ベッドに横たわって、滴が落ちるのを眺めていた。常に忙しそうにしているのだが、先生があれこれ珍しく話しかけてきてくれた。

それに一つ一つ答えていると「きみはなかなか面白いことを言う人だね」とけらけら笑ってくれるのだった。いつもこういう時に空想している物語を話してみた。「すごいね。大人になったら作家になれるんじゃない」などと言ってくれたのだった。

休みがちの子どもだったので、そんなふうに褒めてもらったのは初めてだった。親でも教師でもない、お医者さんの言葉。点滴。

このようなエピソードをある女子医学生から、先日、聞いたことがあった。

地震の直後に、母と二人で湾岸を走っていて、車ごと波を受けた。沖へ連れていかれそうになったが、木の間に車体がはさまれた。車内に黒い土砂がどんどん入ってきた。ドアは開かない。もうだめかと思った時、ガラスが割れて真っ黒な死の塊は出ていった。二人とも助かった。消えるはずだった命。誰かを助ける人になろう。医者に。やがて医大に合格。

セミナーの終わりに、このことを紹介した。そして、このような志のある人を、ぜひ機会があれば励ましてほしいという話をそこに付け加えた。かけられた至言は一生を左右するかもしれない、と。私もあの日の小児科の先生の助言を心に刻み、やがて作家の道を……。いや、さらなる分岐点にて別のレールへ。詩人へと向かったのかもしれなかった。

（二〇一八年三月）

心に大漁旗を

新地町にて漁師を営んでいる小野春雄さんから、相馬沖の試験操業で収穫した魚や蟹などを送っていただいた。

春のシラウオ。心がときめいた。お礼の電話をした。

小野さんには仲の良かった弟さんがいた。震災時には漁をしていた。津波が押し寄せてきた折にエンジンが故障してしまった。無念にも波に巻き込まれてしまった。弟のことを思いながら、新しい船を造ることにしたとお聞きした。

今度、進水式があるので来ませんかというお誘いを受けた。相馬から新地の海まで新しい船が大漁旗を掲げてやって来る姿を見てみたい。そう述べたところ「いや見るんでなくって、乗ってみっぺ」。

かくして船出に参加させてもらうことになった。当日は早朝にまず造船所に集合した。新しい船が置かれていた。脚立を立てて船に軽々と乗り込んでいく漁師さんたち。デッキまではかなり高い。真似をして恐る恐る登ってみた。この時点で、早くもかなり緊張してしまった。

進水式の様々な儀式があった。手を合わせた。その後、船の上から、集まった人々に餅が撒かれた。幼い頃に楽しみにしていた新築の家の建前の式を思い出した。隣でご年配の漁師さんが「船は一生のもんだ。家とおんなじだ」と呟いた。

波に襲われてしまう直前の弟の最後の声を船の無線で耳にした。不意の別れがずっと心に残っている、と小野さんが静かに話して下さった。彼の乗っていた一隻の面影を静かに重ねて朝陽に映える新しい姿を見つめているのだろう。小野さんの傍らに新しい船主になる息子さんの姿があった。

無事に着水。新しい大漁旗をいくつかの柱に掲げながら船は進む。これまで幾度も相馬の浜辺に立ち海を眺めてきたが反対から眺めたのは初めてだ。やがて新地の港が見えてきた。入る前に時計と反対に三度回り、酒を撒いてから入港する風習を守る。多くの人々が出迎えてくれた。

若い漁師さんが、震災からの日々でこんなふうに集まったことはなかった、と教えてくれた。家族や家を失った人が多くて、お祝いなどをする気持ちにはなれなかった、と。

原発の爆発の後からずっと、本操業の見通しはまだ立たない。費用のかかる船の新造への心配の声もあったそうである。しかし止めたらここで終わりだ。例えば子ばかりではなく孫、その先の代までも相馬の漁業を残してやりたいという一心で、小野さんはあらためて、時の大海原へと漕ぎ出した。

港に歓声。また餅が撒かれた。両手を挙げる人々。

移動して祝宴となった。漁師さんたちは次々と演歌を歌った。私も演歌に挑戦。上手いと褒めてもらった。光る空を舞った大漁旗が宴会場の壁の真ん中に飾られていた。誇りを知った。

（二〇一八年四月）

二時間後の世界から

インドネシアへ。深夜にフライトをして、お昼前に着く予定。スラウェシ島のマカッサルという街にて開催される、国際作家フェスティバルに招待を受けた。

赤道の近くに位置している。熱帯雨林気候の現在は乾期だということで、日中は三十度を超えるらしい。

日本は雨の天気が続き、このところ肌寒い。いきなり夏の気持ちになれるのだろうか。到着。フェスティバルの創始者の一人である松井和久さんに案内され、おススメのワンタンメンを食べる。

実はここに来るまでに時計の針を二度も合わせた。一つの国の中で二つの時差の境目がある。時間との不思議な見つめ合いの感覚がある。この地ではおよそ日本と二時間の差がある。こうして早めの昼食を食べているが、とっくに日常の昼は過ぎているのだ。時の谷間をのぞくようにして、腕時計を眺めてみた。

ホテルに入ると窓から歌声が聞こえた。インドネシアに暮らす人々の八割はイスラム教徒。時を告げるようにしてアザーン（コーランの朗唱）の声が何度か街に響き渡る。

午後の強い日差しに照り映える街並み。宇宙が見えるかのような青々とした空に吸われる、祈りの声と暮らしの影。窓の下にプールがある。親子が大きく笑いながら浮輪につかまっている。夕方にはイベントにて詩の朗読をしたり、取材を受けたりした。松井さんはそわそわしていた。ぜひ夕陽を見せたいとお昼から繰り返し話していた。

予定が終わって、会場のすぐ目の前の海辺へと直行。しかし残念ながら日が沈んでしまった。松井さんは「失敗した」と悔しがったが、ほんのりと残っている雲の原色の赤みを眺めて、日本とは違う落日を想像することができた。またアザーンが聞こえてくる。人々が波打ち際に集まっている。

やがて帰国。私も「失敗した」。財布をホテルのベッドの脇の金庫に入れたまま、戻ってきてしまった。松井さんがまだそのホテルに滞在し、そして明後日にインドネシアから福島へ仕事があって来られるとのことだったので、預かっていただいた。

三日ぶりの、あっという間の再会となった。かの国では軽装で汗をかきまくっていた二人だったのに、長そでのシャツやトレーナーを着こみ、雨雲を見あげる。

二時間後の世界からやって来た財布を感謝して受け取る。お茶を飲み、しばらく話をして別れた。また「失敗した」。

言おうとして言わなかったことに気付いた。帰りの飛行機の窓で、ずっと夕焼けを眺めることができましたよ、と。時の周回を追いかけるようにして。

（二〇一八年五月）

河童が出たぞ

奥深い山、そして沼。あそこに河童《かっぱ》が出たぞ……。そのような話を幼い頃に皆と夢中でした覚えがある。その渦に混ざっていると、本当にそれを見た気持ちになってくるのだった。釣りをしていて沼べりから河童の笑い声が聞こえた気がして、友だちとさおを放り出して逃げてきたこともあった。今思えば、近くで山仕事をしていた人たちの声だったのだろう。それがまた自慢話のようになった。

近くに河童の名のついた温泉がある。これもうわさによると主の夢の中に頭の上に皿を載せた数匹が現れて、ここを掘るとよいのだと指し示したそうである。その通りにやってみたところ湧き出てきたとか。本当かどうかは謎。

ある時に試しに行ってみると大人や子どもの河童の石像が玄関や廊下でお客さんをもてなしてくれるユニークなたたずまいであった。大きな体をした大王もいた。その後、館内などのリニューアルが何度かなされているが、足を踏み入れるとクスリとしてしまうような親しみの持てる雰囲気は変わらない。

あの震災のさなかにもその姿が不思議と頭に浮かんできたのであった。風呂の水が出なくて十日を過ぎても体を洗えなかった。放射線量が高くなったり、大きな余震が続いたり、食べ物や飲み物も手に入らなかったりして、私のみならず誰もが追い詰められていた。全身をかきむしりたくなる気持ちとはこのようなものであるか。ふと温泉の石像が頭をよぎった……。連絡してみたところ昼間から夕方だけ空いているとのこと。しかし、ガソリンが手に入らないので、車を運転することが出来ない。タクシーを頼んで行ってみた。自家発電のためなのか、中は薄暗かったが、きちんと営業していた。

久しぶりに洗い、入った。湯船からあがった。数人の方と脱衣所で体を拭いていた。祖父とその孫と思われる少年（避難をしなかったのだととっさにまず思った）が、少し先で服を着ようとしていた。

震災の日々の疲れなのか、突然に祖父は、ばたりと倒れた。すぐに人が集まってきた。気が付いた様子であり、しばらくして起き上がった。ほっとした。最後は周りの方と言葉を交わしていた。その間、少年はずっと心配して、声もあげずに泣いていた。

湯に浸かった心地よさはあったものの、何だか彼と一緒に泣き続けたような切ない心持ちになってきて、しばらくぼうぜんとしてしまった。

タクシーを呼んで、帰路へ。夕日が力なく追いかけてくる。運転手さんに「十日も風呂に入れなくって、頭がおかしくなりそうでした」とつぶやいた。「垢《あか》では死にませんよ、人間は」と返された。

主のまぶたの裏に河童が出てこなければ、つまりは本日の風呂には入れなかったのであった。その夢の真偽については分からないけれど感謝をしたい。

（二〇一八年六月）

アブラゼミ、クマゼミ。

実家のすぐ近くには小さな集会場と公園があって、よく遊んでいた。いつものようにブランコに乗ったりしていた。ある人が話し掛けてきた。

これから、一緒にデパートに行かないか。うれしくなって夢中で後を付いて行った。しばらく二人で歩いているうちに、その彼は突然いなくなった。どのタイミングで消えてしまったのか。思い出すことはできない。独りぼっちになったと分かった途端に、さあっと夏の風がせわしなく吹いた気がしたことを覚えている。

全ての景色がまるで違う星の上にあるもののように見えたことを。家に帰ろうと思っても、少しも行く道の見当はつかない。進むほどによそよそしく冷たい風景が並んでいる。アブラゼミがしきりに鳴いていたことも。大変なことが起きてしまった。わあと大きな声で泣くしかない。さまよっているうちにしだいに暗くなっていく。足が棒になっていく。

夕焼けの赤みが恐ろしかった。犬の鳴き声があちこちから追いかけてきた。

探しに来ていた近所の人に見つけてもらって無事に戻ることができた。親や大人たちに囲まれて、良かったと抱きしめられて頭をなでられた。

彼はなぜ私を連れ出したのだろう。謎が残った。見かけた人の話によると、その集会場にて彼と話していたのは一度だけではなかったらしい。親しかったからこそ、後を付いて行ったのだろう。どうして一人にしたのだろう。時が過ぎれば、悪戯《いたずら》をされたという話で決着となった。すっかりと大人になり、こう思うことがある。私はまだ迷子になった時の気持ちのままなのではあるまいか。帰り道が分からなくなって泣きだした、あの瞬間が不思議とよみがえることがある。その延長を今も生きているのではないか。

風景が別のものにはっきりと見えたあの日から日常の隣にある別の世界を生きてみたいという心が、どこかで少しずつ芽生えてきたのかもしれない。その根や葉のようなものが、いつしか詩を書くようになって言葉の旅へと駆らせているのかもしれない。枝に強い陽射しが降り注ぐ。

クマゼミの声にわれに返る。

さまざまなことを問いかけるかのように弧を描きながら渦巻く激しい声たちの影に、しつこく誘われているのだ。

迷宮に入ってしまった。

とめどなく考えを巡らせながら今、実は道に迷っている最中である。

そろそろ誰かに助けてもらいたいが、五十歳を手前にして泣くわけにもいかない。

朝の宿からの散歩が楽しくて、かなり遠くまで来てしまったらしい。さて、ここはどこなのだろう。

夏の淡路島であることだけは確かなのだった。

（二〇一八年七月）

デビューした夏を思う。

福島市の東部の山口という地区に集まってたくさんの親戚が暮らしている。お盆と正月には、その家の長男があいさつ回りをするのが江戸時代からの決まりとなっている。

デビューは早くもやって来た。父の足が不自由になってしまったということもあり、十代の終わりごろから引き受けることとなった。一日で十数軒も、盆礼と年始をして歩くことに。

始りは夏であった。新調したばかりの似合わないスーツを着て玄関に立つ。「結構なお盆でございます。よろしくお願いいたします」とお辞儀をする。話題がみつからない時はまずは天気の話をするとよいと父に教えられた。

その日は曇り空の小雨。玉のように汗をかきながら、たどたどしく晴れでもなく雨でもない話の切り出し方をしたことを覚えている。

それぞれの家の盆棚の前に座り、お線香に火をともす。手を合わせた後に茶の間に通される。その家ごとにお茶や麦茶、ジュースなどが勧められる。飲む。その間にトウモロコシや漬物やスイカなどが次々に出てくる。真面目に食べていると満腹になる。それでも飲食し続けなくてはならない（と初めは思っていた）。ああ社交界はなかなかにおなかが苦しいものだ、と。

一軒につき三十分。いくら話をするのが好きでも、大変なエネルギーが要る。最後の数軒は頭がもうろうとしてくる。精神的にも肉体的にも追い詰められていく。こうなるともはや修行に似ている。

しかしやめてはならない。なぜなら和合家の歴史と伝統がここにあるからだ。

何年もたつうちにすっかり慣れてきて、話もあれこれとできるようになった。若いころに農協の組合のみんなであちらこちらに行った旅行の思い出話をいつも詳しくしてくれるおばあさんがいた。特にヨーロッパやアメリカへ出掛けたことを、写真なども見せてくれたりしながら。

悲しくも亡くなってしまった時、仕事が終わって時間がとても遅くなったが、ぜひにと顔出しに行かせていただいた。

ご焼香の後に、盆と正月に必ずやって来る私に話をするのを楽しみにしていたと聞いた。もう会えないのだと深く切なく思った。

そしてこのような習わしがあるからこそ、生き死にの意味と涙をみんなで共に分かち合えるのだとはっきりと感じた。親戚の意味とはここにあるのだ、と。

時が流れた。最近になって大がかりな親戚回りを全体的に中止することに決まった。小規模にしていこう、と。それに従ってこの夏も数軒に行っただけだった。みんなで決めたことなので異論はない。しかしふと心の中で、デビューしたころの私が、これで良いのだろうかとつぶやいているのだ。あの日のように大玉の汗をかきながら。

（二〇一八年八月）

結ぶ歌を作りたい

校歌や応援歌などを作らせていただく機会がある。現在も来春開校の二つの学校の詞を作っている。

教師を務めている人間としてもちろん、これらがいかに大事なものであるかを知っている。入学式、卒業式など学校の行事のみならず、例えば野球の応援や、先生方の忘年会や同窓会の会合などでも高らかに歌われる。口ずさむ子どもたちと人々の暮らしの場面を友のような親しみを込めてイメージすることから始める。

張り切って資料などを事前に集めて、それを元にまず一通り製作を終えてから現地に行ってみたことがある。サビの部分に調べてみた山や川の名を置いてみたが、この町からその影は全く見えないし、水はもう流れていないと教えられた。やはり足を運んでみなければならないのだと思った。歌詞の雰囲気と学校や町の姿もずいぶんと違う。こういうものなのだと分かった気がした。

だから必ず現地には足を運ぶことにしている。校舎の中を歩いたり、校庭に立ったり、近辺の風景を味わったりしているうちに、作詞者としてもたらされる縁を感じる。この土地にしかない風や土の匂いのようなものを言葉に変えていこうという気持ちになる。次第にふっと直感が湧いてくる。

統合校の歌の依頼をしてきた町のある職員の方々があった。まず最初に出た話は、忙しいとは思うけれども、一度でもこちらに来てほしいとのことだった。これは議会で出た話らしい。

私からもぜひお願いしますとお答えすると、笑顔になって帰って行った。しかし、また間を置かずに相談をしにやって来られた。

和合さんにとっての、私たちの町の思い出とか、親戚、縁者などが住んでいるなどの事実はなかったでしょうかという話であった。これもやはり話題になったらしい。

ううむ。残念ながら、まず無いと思います。彼らはひどくがっかりした様子である。そこを何とかと言われたが、こればかりはうそをつくわけにもいかない。沈黙。

そういえば父が警察官になって最初に赴任したのが皆さんの町です。これじゃ駄目ですよね。それだと二人は膝を打った。急いで戻っていった。

翌日の朝に正式に依頼があった。そういうものなのかなあと何だかおかしくなった。やがて後日に視察に行った時には、若い父の姿を思い描きながら、さまざまな景色を巡ることができた。歌が結ぶ縁、縁が結ぶ歌。二つが重なって初めてできるのだ。そんな気持ちでまずは作詞の筆を握ることにした。

（二〇一八年九月）

灯りの下で

東京に行ってしまった息子の部屋を勝手に読書部屋にしている。朝は書斎で原稿を書くことに必死なので、夜はなるべくリラックスして読書がしてみたい。電気スタンドの明かりだけで本を開いて静かに過ごすことにしている。

詩人の長田弘さんのあるエッセーの中に「夜の灯《あか》りの下に見いだされるべき言葉への夢」という読書の魅力を語る一節がある。首の曲がったスタンドの灯りの下で好きなだけ本を開く楽しみが書かれているが、その場面をまねしている。

最初に柔軟体操をするようなこころもちで詩集を開くことにしている。これも別の先輩の詩人からの教えだが、一日一つでも詩を読みなさいという話をなるべく守りたいと思っている。

それからどちらかといえば本と組み合って、柔道、もとい熟読というよりは、乱取りもとい乱読の時間へと進んでいく。

息子の青春をこの部屋で思いながら自分を振り返ってみる。なぜだかボタンをかけ違えたかのようになって、悩みふけってしまったことが自分にもあった。誰でも考えることだが「人はなぜ生きるのか」「働くのか」など哲学的な命題を勝手に抱え込んでしまったのだった。何もかも嫌になり気力も奪われてしまった。ある日も朝から考え込んでみたが何も前に進まなかった。ふと本棚にある本を片っ端から読み始めた。

とにかく猛烈に開き、文字を追いかけ続けた。いつの間にか考えが追いつかなくなっていった。それでも目と指は許さなかった。息をすることさえできないような緊張感に室内は満ちていって、言葉を追っているのに後ろから反対に追いかけられているような焦りを感じた。

はらはらと雨が降り落ちてくる感じが心の中にあった。すると涙が止まらなくなった。とにかく生きていこうと思った。本にはすごい力がある。生きること、それは一冊の本を開くことだと分かった。

光の下の机の上も次第に散乱してくる。ばらばらに本があるのを眺めると不意に思い出すのが、津波の後の海辺の光景である。

震災の後にガソリンが手に入ってすぐに相馬や新地の海を見に出掛けた。海辺にはあらゆるものが散乱していた。新地駅の近くでレコードとたくさんの本を見つけた。レコードはブルーノートの一枚だった。本はいろいろなジャンルがあった。皆それぞれに海水を含んでいた。立ち尽くしながら聞こえた気がしたのは、ジャズの旋律とページをめくる音だった。生きた歳月の物音だった。その人が読みふけったものがたくさんあった。

静かに目に浮かぶ。

祈りながら灯りの下でページを触っている。

（二〇一八年十一月）

貝殻を手のひらに

バスの窓から南三陸を眺めた。やはり震災の年の冬にこの辺りを見て回った。その時は町の広い所にがれきが積み上がっていて、それは見あげるほどであった。公園に設置されていた機関車が、おもちゃが捨てられてあるかのようにその中腹で横倒しになっていた。鉄骨がむき出しになっている建物が点在していた。屋上には波で運ばれてきた車や小さな舟が残っていた。

震災前に家族で夏をのんびりとこの辺りで過ごしたことがあった。ホテル観洋に連泊して海辺で遊んだり魚や貝を味わったりしたものだった。

優しかった街があの日の波を受けて激しく変貌してしまっていた。それから七年後の風景はすっかりと整地がなされており、たくさんの土が盛られていた。クレーン車やトラックがいくつも見えた。

日曜日なので皆休んでいる。穏やかな空と雲の下の光景に静かに実感する。あの街は消えてしまったのだ。

バスから下りて、遠くに宿の影を眺めながら砂浜の公園を歩いてみた。夕日が追いかけてくるかのように水面を照らしていて光の道が出来上がっていた。ご年配の女性が熱心に海の中を見ている。

どうしても視線の先が気になり隣で見つめてみた。にこやかにあそこにいると教えてくれた。澄んでいて底の奥まではっきりと分かる。長い棒のように大きなナマコであった。流れによりふわりと体を揺らして恥ずかしそうにおなかを見せる。可愛らしさと不思議な美しさに惹かれた。あれこれとお話をした。震災前はこの近くの海沿いに住んでいた、と。地震の直後に眺めてみると波がすっかり引いて海の底が遠くまで見えた。

大きな津波が来ると直感して高台に避難をした。一九六〇年にやはりここを襲ったチリ津波のことを覚えていて全く同じ何かを感じた。あの時も歩けるぐらいに水がなくなって無数の魚が跳ねていた。それを獲《と》りに行った人がやがてさらわれてしまったことも話してくれた。

逃げるようにして波は一度引いたのだった。幼い頃の記憶が心の中で叫んだから避難を急いだ。早く、高台へ。そして間もなくして牙をむきながらまっ黒い巨大な姿で戻ってきた。

今日はご主人の魚釣りのお供をして来られたそうである。これからの時間はアナゴが釣れるらしい。堤防の先にしなる竿《さお》と人影が見えた。礼を述べて別れた。

すぐにこんにちはとあいさつをされた。小さな男の子が貝殻を拾っていた。手の中の宝物を見せてくれた。お返しにと思ってさっきの生物を紹介しようと思った。二人で夢中でのぞきこんだ。いなかった。寂しくなった。水のさらなる先へ歩いていったのだ。

（二〇一八年十二月）

リスのシッポに誘われて

一月二日の午後十時に羽田をフライト。トランジットのためにカナダのバンクーバー空港へ。時差の不思議。現地時間で同じ二日の午後一時に到着。

そこから四時間ほどでサンフランシスコ空港へ。近くのホテルの部屋に入る。荒らされていた。焦ってフロントに問い合わせると、まだ室内の改装の途中だったらしい。間違って通されたのだった。ホッと胸をなでおろす。

アメリカの詩人たちと対談をするために郊外へ。電車やバスで一時間半から二時間ほどかけての移動。アメリカ人は男女ともにたくましい体つきである。座席にいると囲まれてしまう感じがある。当たり前だが、日本語は聞こえてこない。

乗り物も時間通りではなくて、早かったり遅かったりの誤差が時々にある。日本は一分でも遅れたら謝罪のアナウンスが入るのに。なるべく早めにホームへ。気温は秋の初めといったところ。ロックリッジの青空。

カタコトの英語力であれこれ尋ねながら前へ進む。さて道に迷ってしまった。途方に暮れている間、いつも目を奪ったのはリスであった。大きなシッポを揺らせて、からかうみたいにして前をかすめていく。

新聞が庭先に出しっぱなしになっている。新聞受けがない。聞くところによれば、あまり雨が降らないからだそうである。家々のたたずまいが美しい。豊かな自然に逆らうことなく、陽《ひ》の光を浴びて大きな窓を通りに向けて静かに建っている。風になびく街路樹の音に包まれる。バークレーの丘から眺める海。雄大な景色であるほどに、すっかり迷っている異邦人は心細い。

行きだけではなく帰りも道を間違える。何とかホテルに戻る。へとへとになり一階のバーカウンターで夕食。ジャズのバンドがライブをしている。お客は誰もいない。ビールを片手にずっと聞き続けた。ジャズには迷い道の苦労をうやむやにしてしまう力があると分かった。一曲ごとに手をたたく。ミュージシャンが目配せをしてくれる。疲れてしまったが耳だけは頑張っている。ビールをおかわりする。「咳《せき》をしても一人」ならぬ拍手をしても一人。なかなかに寂しいものがある。しかしアメリカの石にかじりついてでも楽しんでやるぞと自分に言い聞かせる。

その後の日々も、路頭に迷う、宿へ帰る……を繰り返した。そして戻ると、後はやることがなかった。ある日は夕食後に、近くの海辺まで歩いてみた。ベンチに座り、ぼんやり眺めていると、何となく思い出した。こういう孤独な夕暮れがあったことを。

たった一人で、これから後は何もすることがない。持て余すしかない。大きなシッポのように時間が後からくっついてくるような退屈がそういえばあった。暗くなっていく水辺で落とし物を見つけたような心持ちになった。

（二〇一九年一月）

はじめの光を

南相馬に六年ほど暮らした。大学を卒業して、二十代の終わりまでを過ごした。今、五十代に差し掛かったばかりであるが、比べてみるとかなり自分の時間があった。何かをしてみたい。でもやることがない。休みの日などは朝から退屈で、ぶつけようのない若さを持て余していたものだった。

思い立ってロードバイク型の自転車を購入してみた。気の向くままにあちらこちらに出掛けるようになった。

ある日曜日、片道三時間ほどの浪江の請戸《うけど》の港を目指してみた。そこに公園とレストハウスがあることを下調べしておいた。朝過ぎに出掛けて、昼前に到着。のんびりとおむすびを頬張るなどという計画をした。

新品の車体は快適だが、乗り過ぎて足腰が痛くなってきた。休憩して神社に立ち寄ったり、店先のベンチで腰を下ろしたりという時間も新鮮だった。近づくほどに空と風の感じが変わっていく。山育ちとしてはワクワクしてくる。それにしても、なかなかたどり着かない。

くたくたになって、ゴールする。息を整えながらもぼうぜんと海を眺めていると、大きな宇宙の時間の底にぽつりと存在しているようで詩のようなものを書いてみたくなったものだった。ただ見つめてみる。味わったことのない孤独な気分だが、かけがえのない心の静寂さがあった。

帰り道は波の音が次第に遠のくのを感じながら、わざとゆっくりとペダルをこいだ。振り返ると手を振るように沖の波間が輝いていた。戻ってからはシャワーを浴びてビールを飲んだ。ノートを広げて何かを熱心に書き連ねた。言葉の塊がだんだん詩に変わっていった。

それからは、こんなふうに悠然とした海と向かい合う一日を時折過ごした。大げさかもしれないがここに詩作の出発の一場面があった気がする。

原発が爆発した後、請戸はそこから程近いということから、救助隊などの立ち入りがすぐに禁止となった。自力で津波からはい上がってきて、助けられることなく水際で命を落とした方がたくさんあったといううわさを聞いた。宝石のようにきらめいていた水辺と静かな凪《なぎ》の調べを知っていただけに、耳を覆いたくなるほどのつらい気持ちにかられた。細部まで悲劇が想像できるようだった。

歳月がたった今は立ち入りができるようになった。先日新設の「なみえ創成小・中学校」の校歌の作詞の依頼があった。想を練るために近くの請戸の海辺に出掛けてみた。

津波を受けてすっかり更地になっていた。言葉が出てこない。車を走らせた。廃墟となってしまったがレストハウスが立っていた。かつての岸辺の姿は奪われてしまったが、沖の海景の明るさは変わっていない。子どもたちに景色を、あの光の姿を贈りたいと思った。心の中でノートを広げる。

（二〇一九年二月）

米坂線をご一緒に

春へと向かう日曜日。予定がない。珍しい。妻は泊まりに出掛けており不在。これまた珍しい。せっかくの一日。何かをしようではないか。

ここで困るのは趣味がないことである。あれこれと考えたあげく、ふと米坂線に乗ってみようと思い立った。

通勤にていつも福島駅から一つ目の笹木野駅で降りるのだが、いつも線路の先の風景が気になっていて、いつかはと考えていた。春を探しに旅に出てみようではないか。

目的もないのに電車に乗る。いわゆるこれは「乗り鉄」と呼ばれるものである。思い返せば、例えば昨日休みですることがなかったから只見線に乗ってきたなどと話しかけられたりすると本当に他にやることはなかったのだろうかと尋ねてみたくなったり、線路脇でたくさんのカメラと人が並んでいる光景を道すがら珍しい気持ちで眺めてきたりしてきたものであったが、ついに私も鉄道ファンの仲間入りか。自問自答しつつ朝の七時の電車に乗ってしまった。

理由はある。五年も電車通勤をしているうちに乗ることがすっかりと日常化してしまったのだ。環境は人を変える。電車の中が最も集中して原稿が書けてしまう心と体に、すっかりなってしまったのである。ノートパソコンと資料をリュックサックに。ぶらりとした道行きの途中に書きかけの原稿に取り組むこととしよう。そうか。よく乗っている新幹線「つばさ」と同じ線路の風景であるのがすぐに分かった。あっという間に通りすぎない窓の光景がどこか新鮮に映る。

雪だ。ホームで「とうげの力持ち」を売っている人がある。昔、幼い頃に祖母と二人で一度だけ電車に乗り、この光景を見掛けたことがある。峠駅だ。まだあるのだ。古いアルバムを引っ張り出している気持ちになった。次の大沢駅も雪除けの屋根の中にあった。停車しているとどこにも逃げられない気がするのが懐かしい。ここは栗子峠の横腹あたりだ。目を細めながら厚手のコートを着て乗り込む人の影がある。見事に春の気配は消滅してしまった。

米沢で乗り換えて、置賜《おきたま》、高畠へ。窓を眺めているうちにふと子どもの頃の記憶がまた追いかけてきた。

電化製品が趣味だった叔父は、よく遊び先に持っていったビデオカメラの映像をいくつも見せてくれた。当時のカメラは高価で珍しかった。旅先でのバスや列車の車窓の貴重な撮影記録を流してくれた。平凡な道でもワクワクした。彼の大好きなサイダーを飲みながら二人でずっと眺めたのを思い出す。

赤湯の空は快晴。雲の上の祖母や叔父と電車に乗って。

（二〇一九年三月）

草を食む

詩を書くことに行き詰まってしまうと、書斎にいても仕方がない。窓から眺められる吾妻山の麓に、広々とした野原や丘がある。

そこまで車で出掛けていき、良いところで降りて、あてもなく歩くことにしている。

ゆっくりと中国の奥地を旅した時に巡った、チベットに近い草原を思ってみる。

かつて世界中から五百人ほどの詩人たちが集まった国際詩祭があった。招待を受けた。中国の青海省にて行われた。貸し切られたホテルの全ての宿泊客が詩人というなかなかめずらしい状況であった。

詩を巡る講演や、シンポジウム、朗読会などが毎日のように繰り広げられた。寺院や民俗村、渓谷などへ出掛ける時間も設けられていて、バス二十台ぐらいで詩人たちが大移動する様子は、どこか圧巻という感じであった。

特に黄河の源流を見に出掛ける日があり、前から楽しみにしていた。バスが進むうちに険しいところに差し掛かり、それらしい所へやって来たのだが、一向に降りる気配はなかった。

次第に河が見えなくなってしまった。バスのガイドさんに尋ねてみたところ、もう通り過ぎたと言われた。辺りは停車できない場所なのだろう。他の詩人たちは気付いたのだろうか。その河の始まりの光景に新しい詩の種があるかもしれないと期待していたのだが残念だった。

草原をひたすら巡った一日もあった。いくつかの民族村で休憩した。バター茶とパンと果物をいつもごちそうになる。もてなしの踊りも披露してくれた。草色の服で踊る人々の軽快な手足は、草と共に生きる暮らしをしなやかに伝えてくれるかのようだった。

帰り道で山岳地帯に差し掛かった時に、霧が出てきた。大きくて黒い物体がのっそりと次から次へと現れているのが分かった。太陽が出て風が吹くと一斉に視界が晴れた。

あっと詩人たちは声を上げそうになった。真っ黒な毛むくじゃらの牛たちが放牧されていて、皆じっとこちらを見つめていたのだ。風を受けて立っていて、沈黙している。毛が伸び放題に長く、どこか恐ろしいほどの姿である。静かに草を食《は》んでいた。うねっていく道を進むたびに異形の動物と詩人たちは出会い続けた。お互いに黙ったままに。

記憶をたどるようにして日本の野原の小道を行く。

黙ってバスを見ていた黒々とした野牛の姿。彼らが草ぼうぼうの丘で、今もなおじっと立っていると思うと、かなたから涼しい風が吹いてくるような気がして何かまた書いてみようと思えてくる。「草原があると思うだけで、私たちの心は自然に和らいでいる」というある歴史作家の話を思い出して、近所の山河に見ることのできなかった源流の幻を追ってみる。

（二〇一九年四月）

蛙の声に

夜になると聞こえてくるにぎやかな彼らの声。本宮駅。ホームに立っていると、さながら大合唱である。残業を終えて、それを耳にしながら電車を待って、帰宅するところである。

何となくホッとして顔がほころんでくる。幼い頃から野山に響き渡る輪唱を聞いて育ってきたからなのかもしれない。あれこれと思い出している。

ある日。夜中に雷が鳴り、突然の雨となった。すぐにやんだ。玄関のガラス戸を何度もたたく音がした。目を覚ました家族全員で勇気を振り絞って電気をつけてみると、訪問者は確かにあった。

大きな蛙が二匹も玄関に真白いおなかを見せて貼り付いていた。少年の私が戸を少しだけ開けてみると、すごい勢いで雨上がりの闇の中へジャンプして鳥が飛び去るようにして消えた。こんなふうに彼らは時折不意にやって来て居なくなるのだ。

震災で避難をした後に、福島県の川内村や大熊町にすぐに帰還した方々とお話をしたことも浮かんできた。

最初に戻った時には人の気配がなくて寂しくて仕方がなかった。特に夜は明かりもなく車も通らず、静か過ぎて不気味だった、と。

やがて親戚や仲間たちが戻ってきて、あちこちの田んぼに水が張られるようになった。夕方に彼らの声が懐かしく鳴り響いて、少しずつ昔が戻っていくのかもしれないと実感したと語ってくれた。

いつも耳にしていた当たり前のものが、すっかり失われてしまった。それが聞こえ出した瞬間に、生活の記憶と故郷への親しさのようなものが確かに訪れたのである。地を這う歌声はこのように私たちの暮らしの調べなのである。

ところで、こよなく彼らを愛した福島の詩人と言えば草野心平さんである。

蛙を素材にした数多くの詩を世に残したが、普段から深い親しみを感じていたらしい。彼らもそうだったのだろうか。心平さんが亡くなった折には、葬儀の列に大きなガマガエルが何匹も並んだという逸話が、まことしやかに地元には残っている。

電車を待ちながら、騒がしい音に包まれているうちに心平さんに尋ねてみたくなった。今のこの時代をどう思いますか？　震災と、その後の日本をどんなふうに感じていますか。一度でいいから話がしてみたかった。

電車がやって来て、心静かに乗った。安達を過ぎて、松川駅に到着。次は金谷川。

ドアが開いた。辺りの天地の声が一斉に飛び込んできた。はっとした。心平さんが乗ってきたのか、新しい時代が滑り込んできたのか。ふとやって来た。

（二〇一九年五月）

どん、どん、どん。

誰もいない体育館に大きな和太鼓があった。試しにどんと鳴らしてみた。

少年の日々がやって来た。吹かれていた夏の風も一緒に。

暑い季節になると、家の隣の集会場で夏祭りや盆踊りの太鼓の練習があるのだった。誰かが叩き出すと人が集まって来た。だんだんと陽が落ちるぐらいから始められた。

どうしても混ざりたかった。しかし大人以外は立ち入り禁止であった。その当時、両親は仕事の関係で別の町に住んでいて、祖母と二人暮らしだった。寂しさもあったのかもしれない。明かりの中でわいわいと楽しそうに奏でている人々がうらやましかった。

彼らはコップに日本酒をなみなみと注ぎ、ぐいっとあおっていた。大声を上げて気持ち良さそうに叩いている。とても少年が簡単に入っていける雰囲気ではない。

遠巻きに顔を出して、群像にほほ笑みながら一歩ずつ接近してゆく。バリアーをゆっくりと壊していく作戦に出た。あまりに熱心にやって来るので、ほっておけなくなったのだろう。しばらくすると声を掛けてもらい、その輪の中に潜入することに成功した。

かくして憧れのバチを持たせてもらったのだけれど、稽古の中身は厳しかった。じっと見ていた通りにまねをしてみるのだが、駄目だと叱られた。真ん中を叩いているつもりでも、ここだと言われた。音が曇っているとか、持つ手を空に向かってぴんと伸ばすのだ、などと難しい。ただ叩けばいいっていうもんじゃない。ある日、すっかり酔いが回って赤ら顔の長老がずばりと言った。

この太鼓は牛の革を使っているんだぞ。これは本当に生きていたものなんだ、と。一枚の全体を触るようにして大声で教えてくれたのだった。

命をしっかりと受け止めながら、大人たちは毎日を生き抜いて、夜な夜な集まり、語り合い、酒を飲んでいるのだ。打つ音と笛の音色。叩き、歌い、笑い、時に小踊りする人間たち。これだけで祭りだ。家の明かりが数えるほどしかない山間。その上の涼しい月と星を眺めながら、ヨシ、ただ叩くだけはないものを見せてやるぞと意気込んだ。さらに肩に力が入ってしまって、バチを握り過ぎて、手のひらと指が痛くなったことを今でも覚えている。

盆踊りの夜にやぐらへ上がることを許された。大人以外でそこへのはしごを上るのは自分が初めてだった。当日は大きなハッピを着た少年をほほ笑ましく皆は見守ってくれた。見下ろすと踊る輪が二重にも三重にも出来上がり、特別に、にぎやかに見えた。

今は時代の流れなのか、叩く人も踊る人もぐっと減ってしまった感じがある。

音に宿る記憶。

どん。真ん中を叩いているつもり。誰もいない。

（二〇一九年六月）

トンビにあこがれて

かなり気分がふさぎ込んでしまって、一人になって考えてみたいと思った。

福島市から飯坂を抜けて山の上を目指していくと茂庭《もにわ》という地区があり、中腹に大きな「摺上《すりかみ》川《がわ》ダム」がある。水をたたえた風景が気に入っていて、いわゆるパワースポットだと勝手に思っている。しかし途中で「熊に注意」とか「クマ出没」などという看板がひときわ目に入った。深く分け入るのはやめにしようと思った。

駐車場に到着。たくさんの子どもたちがハイキングに来ていた。かわいらしいお猿さんの群れを思わせるようで広場はとてもにぎやかだ。横切ろうとするとふとバスの表示が目に入る。校歌を作詞した学校の子どもたちであった。「いつも歌ってくれてありがとう」などというおじさんが急に現れたら困るだろうと思い、この場から離れて人のいないところを探すことにした。山々から水面へ吹きおろされてくる風が当たって、さざ波が起きているのをやがて見渡すことができた。

周りは遊歩道になっている。同じくダムの水面を眺めている方がいたので、一周できるのでしょうかと尋ねてみた。誠実な面持ちで「そういう計画だったんでしょうけど」と。なるほど。

歩く気持ちが乗ってきたところで道は途切れていた。その先は立ち入り禁止になっている。引き返してみると木陰のベンチに腰掛けておむすびを頬張る年配のご夫婦の姿があり、お辞儀を交わした。なかなか一人にはなれないものだ。

また別の方角へ。山の奥に続く道を歩いてみた。かつて別の山だが本当の猿の群れと出くわしたことがあった。先頭の一匹は崖の上から小さな石を転がしてきた。あざ笑うようにして私を見ていたが、それが人間の顔にそっくりだったことを思い出した。

やがて古めかしいトンネルが見えた。どきりとした。近づいていくと穴から冷風がやってきた。迷路の先なのかもしれない。ここを抜けると答えが見つかるのかもしれない。はるか谷間に古めかしい鉄橋が見える。渡るのか渡らないのか。そうしたことで人生は簡単に決まってしまうこともあるものだ。

一人になるとまた落ち込みの気分が強くなってきた。このまま歩き続けて消えてなくなってしまおうか。何やら死に場所を探している旅人のような気持ちになってくる。パワースポットなのに今日は何も得られない気がしてきた。戻ることにした。

風がさらに強くなった。子どもたちは早くも帰ってしまっていた。トンビが羽根を水平にして、あらがうことなく両手を広げるようにしてさっそうと前をにらんで空に浮かんでいる。

ああ、あの感じだ。今の自分に足りないのは。吹いてくる風にあんなふうに乗ればいいのか。水の先で山々の影が静かに見守ってくれている気がした。まねをして手を広げてみた。飛んだ。飛びたい。

（二〇一九年七月）

相撲取りになれ

たまにだがぱぱっとご飯に生卵をかけて急いでかきこんだりしていると、子どもの頃が懐かしくなる。よく学校に行く前の朝などに「卵かけご飯」を食べたものだ。

三世代の大家族で食べるという時間が日々に必ずあった。朝七時、夜六時半、休みの日は昼十二時。きっかりと食事の時間は決まっていて、みんなで「いただきます」と唱えて食べた。特に「卵かけ……」を私は好んだ。栄養があるからといつも家族に食べるように勧められていたことも大きな理由だった。

食事については定められた時刻を守り、別行動は許されなかった。テーブルのある台所にはテレビがなかったので、必ず会話をしなくてはならなかった。私が何を話してもみんなはそれに応じて笑ってくれた。子ども心に盛り上げなくてはと思い、あれこれと頑張ったことを覚えている。

野菜が苦手であり、学校では給食の時間が嫌で、どのようにしのぐのか、そのことばかりを考えて過ごしていた。もはや苦行の時間でしかなく教室の昼休みはいつも黙っていた。反対に家では料理担当の祖母が、苦手なものを外して好きな具材ばかりで作ってくれたので、うれしくて仕方がなかった。だから日中の分までしゃべり続けた。ニンジン、シイタケ、ピーマン、トマト、ネギ。あれほど駄目だった野菜が今は好物になっているのだから人生とは不思議だ（ネギは変わらず駄目です）。

やがて祖父はみんなより先に夕食を済ませて、早めに布団に入るようになった。私が学校から帰ってくると茶の間のテレビで相撲をみながら箸を動かしている姿があった。

一人が寂しかったこともあったのだろう。一緒にと勧めるのだった。育ち盛りの私は迷わずおなかいっぱいに食べてしまう。そして仕事から戻ってくる父を囲んで夜にもまた口を動かすのである。どんどん縦にも横にも成長（膨張）していくのであった。食卓の楽しさはあの頃は当たり前だったが、今は忙しくて一人で黙ってさっと食べてしまうことが割合に多いので、箸も口も止まらない夢中の感じを思い出しては懐かしんでいる。

家には雌鶏が何羽もいたので卵は豊富にあった。祖父が好んで食べていたのは、祖母の得意の甘い味の卵焼き。そして鶏肉を甘辛いしょうゆの汁で似て、ご飯にかけたもの。

帰宅するなり、それを頬張っていた私だった。祖父は相撲の中継を眺めながら、盛んに「相撲取りになれ」と言っていた。夕方に丼に入った白い飯が必ず用意されていたことを思えば本気だったのかもしれない。立て続けに五杯ほどを平らげたこともあった。素質はあったのかも。

ああバタバタと出掛ける前に「卵かけ……」を済ませていると、あの卵焼きやしょうゆのしみた鶏肉や飯が恋しくなってくる。相撲のテレビ中継の声と共に深くなっていく茶の間の窓の夕暮れも。

（二〇一九年八月）

修理が必要

二十歳の頃に井上光晴氏の文学講座に参加した。初めて目の前にした作家だった。このように教えてくれた。「賞をもらってしまうと堕落してしまう人が多い。しっかりと覚えておきなさい」と。その話に大きくうなずいた私であった。これからの人生にそんな機会は決して来ないだろうという気持ちがはっきりとまずあったからである。その後、いろいろな出来事があったのだけれど、この時の戒めを心にしっかりと掲げていきたいといつも思ってきた。

賞によっていろいろな形がある。ある賞では最終選考に残ったという通知の文書と共に、審査会の日の午後は、連絡のつく場所への待機をお願いしますという事務書類も届く。自宅の電話番号を記して署名をして、印鑑を押して、緊張しながら返送したことを覚えている。

その当日は昼すぎから待っていたが、次第にプレッシャーに耐えきれなくなり、午後三時をすぎて家族みんなで外出をしてしまうことにした。夜に差し掛かってから戻ってみると、受賞の知らせが電話やファクスにて何度も。慌てて電話をする。開口一番に「どちらにいらっしゃったんですか」。かくして伝説を作ってしまった。

反対に最終候補に残っている旨を知らされない場合もある（後で発表となる）。突然に「受賞です」との連絡を頂いたことがあった。電話口で「おめでとうございます」と報告される。審査会の日時もこちらは知らないので、たったいま行われている最中だという独特のハリノムシロ状態を味わうこともない。こちらの方が精神の健康には良いかもしれない。

萩原朔太郎賞や鮎川信夫賞、高見順賞など、それぞれ四回の最終候補を経験してきた。先日に朔太郎賞の知らせを頂いた折りには、その電話を受け取った瞬間に、長い歳月の一つの影がさっと過ぎていった気がした。

その日は雨がずっと降っていた。何だか一粒ずつ聞こえてくるような不思議な感覚に捕らわれた。耳が研ぎ澄まされていくみたいでなかなか知らせを受けた日の夜は眠れなかった。朔太郎という詩人の存在が今までで最も親しく、近くに感じられた。

決定となるまでの心の疲れが出てしまったのだろうか。その後、しばらく頭がぼうっとしてしまった。三日後の朝にスマートフォンを、駅前のロータリー付近で落としてしまった。

ふと手を滑らせたことにまず驚いた。硬い路面に突き刺さるようになり、画面に激しいヒビが入った。広がる傷を細かく眺めた。冷静なつもりであったのだが、気持ちが落ち着いていないのが分かった。落下なのか。堕落なのか。われに返ろうと思った。まずは修理に。

（二〇一九年九月）

敷居を踏まないように

毎年のように夏になると、福島県の川俣町《かわまたまち》にある母の実家へ出掛けていった。いとこがたくさん集まるのである。十数人ほどにもなることがあり、町民プールに行ったり、花火をしたり、お祭りのような毎日だった。

朝、一番先に目が覚めると、祖母が茶の間でにこにこしながら待っていてくれた。母の子どもの頃の話やいろいろな町の昔話をしてくれた。ただうなずいて聞いているだけなのだが「あんたは賢いねえ」と時々に褒めてくれた。

夢中で遊んでいると祖母から全員が叱られることもよくあった。敷居を踏んじゃだめだと言われた。どうしてなのと尋ねると即答。「じいちゃんの頭の上だから」。

すると私たちは必ず仏壇の上の遺影を眺めた。体格が良くてきりっとした顔立ち。頭には髪の毛があまり無い様子。そこに足では痛いだろうと思いつつ会ったことのない祖父に深い親しみを感じた。敷居をよごしてはいけないということを子どもたちに教えたかったのだろうと想像する。

秋の三連休に大型台風に見舞われた。初日の夜半から未明にかけて東北を直撃するとの情報だったので、二階に上がりひたすら庭や近所の様子を見張っていた。

大きめの側溝を激しくながれていくのがはっきりと見えた。あふれ出したらと思っていたが何とか持ちこたえている様子だった。

一夜明けると勤務地の本宮の駅前からずっと湖ができたようになっている写真をネット上で見た。驚愕《きょうがく》した。そして母から電話があった。川俣の家が冠水した、と。

連休が明けて勤務している高校は休みとなった。ボランティアを志願する生徒たちと共に本宮の家々の復旧作業に参加することになった。

一階の天井まで水がやって来た跡がはっきり分かる。長靴を履いたまま家に入る。泥をかき出す。家財道具を取り出して運ぶ。

タンスの引き出しを開けると水が生きもののようにあふれ出す。大事なものがたくさん入っているのが分かる。家族写真などを丁寧に取り出して家の方に渡す。床の泥の中から勲章を見つけた。畳や布団は水をたくさん吸っていて数人の大人でも持つのが大変である。生徒たちが重たさに負けずに外へ運ぼうとする。声を掛け合っている若々しい姿そのものが、現場で途方に暮れてしまっている大人たちを励ましている。

家の中を靴で歩くたびにここで暮らしていた季節や歳月を土足で踏んでしまっているような切ない気持ちになる。川俣の家はどうしているか。祖父と祖母は空の上で何を思っているのだろうか。「敷居を踏まないように」。皆で玄関の汚泥をブラシでこすっているうちに、目が潤んでしまった。

（二〇一九年十月）

新しい靴と西日

私は足がとても大きい。二十八センチで、横幅がとても広いのである。小学校の高学年ぐらいからこのサイズだった。なかなかピッタリのものが見つからなくて探すのに苦労してきた。しかし昨今は大きな人が増えたのだろうか。店頭で少しだけ見掛けるようになった。店先で手に入れることのできるうれしさがある。けれどその確率は高いわけではない。

昔はまずダメだった。何軒回ってもお店にはなくて、試しに取り寄せてみるしかないが、また合わなくて返品ということもよくあった。

だから今でも新しい靴を眺めても、どうせないだろうという気持ちが先に立ってしまう。店員さんの困った顔がまず浮かんでくる。

実は最近になって新しい革靴を久しぶりに手に入れることができた。まだなじんでいなくて指に痛みを感じている。サイズは大丈夫です。革だからしばらくするとピッタリになります。店員さんの言葉を信じてしばらく履いていくしかないが、いささか本日は疲れたのでできれば脱いでしまいたい。そう思いつつ発車間際の帰りの電車に飛び乗ったところだ。向かいの座席に母子が座っている。楽しそうに黄色いニット帽をかぶっている小さい姿。車両の床に足が届かない。お母さんがおもむろに靴を脱がし始めた。買ったばかりなのかも。新品だ。自由になった小さな足。羽が生えたみたいにぶらぶらと。靴下にはアンパンマンの顔。ほほ笑ましい。息子が小さい時に履いていた靴を思い出した。いつも私の巨大な靴の隣にちょこんと並んでいた。比べてみると、オモチャみたいだなあと笑いたくなった。すぐに大きくなっていくからまた新しいものを求めにいくことになる。靴屋に行くのが楽しみだった。

私が中学に入ったばかりの頃だった。駅前のスーパーの大型店に母は勤めていた。日曜日の昼休みに店の入口で待ち合わせをした。

それから小一時間だが駅前の靴屋を何店か見て回った。やはり合うものがなかった。休み時間も終わりに差し掛かり、急いでスーパーまで二人で戻った。何の収穫もないままで母は職場へ、息子は家へと帰るしかなかった。

はたと気がついた母に、昼ご飯はどうするのと尋ねると、時間がないから我慢するという返事だった。空腹のまま仕事場に向かう後ろ姿を見送った。この足の大きさが悪いのだと思った。

靴をまた履き直して、向かいの親子が手をつないで降りていった。強い西日が乗客の頬をそれぞれ赤くしている。

忙しくてしばらく実家にも行っていない。久しぶりに母の顔を見に行くことにしよう。新しい靴をちょっぴり自慢したりしながら。

（二〇一九年十一月）

空には本

通勤電車にて文章を読んだり、原稿を書いたり。知り合いの方に「電車でもいつも一生懸命ですね」などと声を掛けられたりする。「頑張ってください」。お礼をのべつつも「電車でも」というところにためらいを感じてしまう。

実は家に帰るとほっとして何もしなくなるのであった。駅から家までの帰り道。歩いているうちに思いついて、近くの椅子やベンチなどに腰掛けて、本や資料に線を引く。手帳やノートパソコンなどに走り書き。歩き出す。ひらめく。メモ。小一時間たってしまう。やはり「忙しそうですね」と。違うのである。こういうのが好きなのです。

寺山修司の「書を捨てよ、町へ出よう」というフレーズが浮かぶ。本を開いてばかりではなく生の実感を求めて、いざ雑踏のただなかへ……。

しかし町へ出たとしてもそのたたずまいに、書物に込められている意味を読み続けていこうという、無類の読書家であった彼なりのメッセージがアンチテーゼのようにある。だから歩き回って何かを探すためにも、一方ではさらに本を読み続けなくてはならない。その読書の幻のようなものを私も人混みの中に読みたいし、自分なりに何かを受け止めて書いてみたい。

先週、三沢の寺山修司記念館へ出かけた。映画『書を捨てよ、町へ出よう』で主役を務めた佐々木英明さんが館長をなされている。寺山のいろいろなエピソードを伺いながら館内を案内していただいた。詩歌、エッセー、評論、写真、演劇や映画などあらゆる分野で活躍して、表現の越境や実験を試みてきた七色の世界が所狭しと広がる。

そして隣接している森林公園に案内された。背の高い赤松がぎしぎしと音を立てている。佐々木さんが上を見上げて、急に折れたりするんだよねえと笑った。いろいろなところに歌碑があり彼の作品が刻まれている。「森駈けてきてほてりたるわが頰をうずめんとするに紫陽花《あじさい》くらし」。小道を確かめるように踏みしめて読みふける。言葉をそして書物を拾っている感覚になっていく。空気はとても澄んでいて、森閑。鳥の影、青森の本当の美しさを感じた。

アングラの旗手の記念館であるから、都会にあることこそがふさわしいのではと少し思っていたが、ここにある理由が深く分かった。青い沼や湖の風景が見渡せる小高い丘に歌集『田園に死す』の銅像がある。突き刺すような冷たい風と宝石のような水辺の風景を見下ろす。誰もいない。開かれたままの大きな書物のオブジェ。堅い頁《ページ》に刻まれている歌三首。彼の故郷の森の奥で、空や山や風にそれがずっと読まれている。

町へ……と出掛けて、最後は本と言葉へと帰っていく。静かだ。

（二〇一九年十二月）

「坊ちゃん」のススメ

書店に入り棚を眺めているとに飛び込んでくるのが、本の宣伝のコピーや紹介文、作者の顔写真などが詳しく一枚に表示されている「ＰＯＰ」と呼ばれるカードだ。

店頭であれこれ眺めていると自分の本のそれを見つけた。しかもカラフルな手製のものである。クレヨンの文字とイラストでの紹介がとてもかわいらしい感じだ。自分の新刊が出たばかりだった。後ろから店員さんが声を掛けてくれたのでお礼を言おうとすると、かつての教え子だった。

私が作ったんですよ、どうでしょうかと笑った。ますますうれしくなった。

しばらくするとこの書店などが主催する形となり、こうしたカードを子どもたちに作ってもらい、コンクールをしてみてはどうかということに。良い話だと感心。

ならば審査委員長をお願いしたい、と。入選作品は印刷・配布されて書店や図書館の棚、壁にしっかりと飾られていく。それから五年は続けているが、毎年驚くほど応募があり、本の売り上げや貸し出しも全体的に伸びてきているという結果が出ている。

小学校低、中、高（学年）と中学校、高校の五部門に分かれる。子どもから高校生まで、一番好きな本を紹介したくて一生懸命に絵と文をカードに記している。大量の応募作に目を通していると、その年の流行がはっきり分かってくる。何を好んでいるのかが手に取るように見えてくる。例えば小学校低学年の部門では圧倒的に「おしり探偵」が多い。たくさんのおしりというか探偵と向き合うことになる。紙片からはそれぞれに熱気が伝わってくる。

表彰式には多くの人が参列する。受賞者たちに保護者などの大人たちが加わる。委員長として講評も兼ねてスピーチをするのだが、五部門のみなさんが揃っているので、あらゆる世代のどこに顔を向けて話したら良いのか分からなくなり、とても妙な話し方になっている自分に気付く。

そういえば本を紹介してもらった最初の経験は夏目漱石の『坊ちゃん』だった。祖父はこの名作が好きで、いつも楽しそうに話してくれた。愉快で男気《おとこぎ》のある主人公を親友のように思っていたところがあった。私のことも親しみを込めてボッチャンと呼んでいた。

実家の蔵の奥に本棚があった。瀟洒《しょうしゃ》な表紙の本の数々を見せてくれた。祖父の宝物だった。特に『坊ちゃん』を真ん中に並べて大事にしていた。最も貴重なものという印象があった。本を紹介されたという記憶はずっと消えない。それができる素敵な人でいてほしい……。子どもたちには少し難しかったかなと心配だったが、小さな受賞者が帰りに隣に来て『坊ちゃん』の本を買って帰りたいと言ってくれた。祖父からの見えない「ＰＯＰ」が、冬空の深いところから静かに届けられた気がした。

（二〇二〇年一月）

バイバイ・ブラックバード

ごそごそと寝床から起き出して、まずは二階の書斎の電気スタンドだけをつける。家の他の明かりは消しておく。

何の物音もしない。詩の言葉だけがぽつんぽつんと浮かんでくる気がする。まるで日本語を思い出そうとしているかのような心地すらある。

新聞配達のバイクの音。人の気配だ。なるべく聞こえないふりをして、パソコンのモニターを見つめる。早起きした鶏の鳴き声が遠くで聞こえた。すぐに静かになる。

あたかも無音そのものが深く聞こえてくるかのような不思議な感じがある。「わたしは田舎をおそれる」という萩原朔太郎の詩の一節がある。「田舎の空気は陰鬱で重苦しい」。何度も繰り返し読んだことのある詩句だが、いまその底にただ一人で座っている気がしてくる。

都内のホテルによく宿泊するが、このような静けさは味わえない。深夜でも東京は眠らない。車、バイク、話し声。何かしら人の気配に満ちている気がする。都会暮らしをしていたら詩を書かないと思う。その必要を感じないだろう。誰もいない空気の張り詰めた冷たさが、詩へと向かわせる。それの中にあると研ぎ澄まされていく何かを感じる。耳の先はセンサーを働かせて確かめようとしているのかもしれない。例えば田園の中のこうした「陰鬱」と「重苦しさ」とを。ぶるぶるっと身震いしてしまう。太陽の昇る直前が一日の中で一番冷え込む気がいつもしている。


まもなく夜が明けるのだと分かる。

冷感に襲われる時に、待っていた言葉がふっと浮かんでくる。

逃してはならない一瞬である。

山と空の間。あそこには絶対的な何かがある。

締め切りは今日の朝までなのだけれど、完成か否かはあの光の線が決めるのかもしれない。

温度が切り替わった気がする。太陽が顔を出したに違いない。カーテンをみっちりと閉ざしているから明かりは避けられている。もう少しだけ夜明け前を延長する作戦に出る。光を恐れるドラキュラの気持ちが分かる。


家の前の通りで通勤や通学する人の足音がする。妻も起き出して階下から声を掛けてくる。空気がするするとほどけてきて、何だかいろいろなものが醒《さ》めてくる。

日常の始まりだ。優しい光がカーテンのすき間からのぞく。ためらわずに開く。真冬の青空。「僕は逃げるんじゃない、飛ぶんだ」。ある映画のフレーズがふっと浮かんできた。この時にはるか空を飛んでゆく鳥の気持ちになる。詩はまだ完成していない。もう一日だけ待ってもらおう。支度して仕事へ出掛けることにしよう。夜明け前の冷たい瞬きに、明日の震えに期待するしかない。

（二〇二〇年二月）

春色の列車に乗って

マスクは外さない。いつもは混み合う朝の福島駅のホーム。まばらな人影。並ばないと乗ることのできない車両だが、数えるぐらいしか乗客がいない。スムーズに入り込み、ため息をつきながら座る。

家から歩きながら三月の空や風の感じを味わった。この季節になると、震災の場面を昨日のように思い起こす。今は放射能ではなく新型ウイルスへの心配に変わった。何かから隠れるみたいにしてマスクをする感覚は同じだ。またもや……か。九年の歳月が列車のように滑り込んでくる。

そもそも私はアレルギー体質で、ずっとゼンソクに苦しめられてきた。大人になったら治ると言われてきたが一向に変わらない。加えて成人してからは花粉症にさいなまれるようになった。梅のつぼみがね……などと世間が話をし始めると、それを思い浮かべただけでせきやくしゃみや涙を抑えられなくなる。今は人前でせきやくしゃみをするのが、とても悪いことをしているという気になってしまう。

顔を隠したまま生気がない顔で座っているお客さんを眺めているうちに、たくさんの使用済みのマスクがごみ袋に入って道ばたに捨てられているのを力なく見ていた寂しい春の風景が浮かかんでくる。

避難しないと決めて残ることにした私たちに地元のマスコミは自衛手段を繰り返し呼び掛けていた。外出は控えること。やむを得ずの場合はマスクと帽子着用。帰宅の際にはそれらも服も全部脱いでしまって、ごみ袋に入れてなるべく捨てるか燃やすかにすること。すぐにシャワーを浴びて流すこと。

イヤ、水は出ない。わずかに飲み水として支給されたペットボトルが数本だけ手元にあった。体などはまず洗えない。ずっと汚れたままであった。三月の今頃はとにかく風呂に入りたくて仕方がなかった。

もう一つどうしてもというのがガソリンだった。さらなる原発の爆発が起きた場合、病の父と母を連れていよいよ遠くへ避難しなくてはという切羽詰まった思いがあった。

雨の日に、ガソリンスタンドに並ぶ数台の車を見つけた。手に入るかもしれない。ワンメーターしか残っていない車で並んでみた。一時間ほど雨に打たれて気付いた。気配がない。車を置いたままにして家に戻っている様子だった。無人の光景。何だか恐ろしい。

そして真面目に並んでいた自分を笑い出しそうにもなった。くしゃみが出た。

こんな時にも花粉か。ひとまずマスクをかけ直した。そして道端の木の花とつぼみを見上げて、ふと泣きだしたい気持ちになった。

記憶が窓の景色と一緒になって遠ざかっていく。到着。電車から降りて、職場まで歩く。坂道の真ん中にある梅の木が満開になっている。

（二〇二〇年三月）

桃色の子孫

通りかかるといつも目が奪われる大きな桜の樹がある。下りの高速道路の途中の山間にある。どうしてもその下に立って眺めてみたいといつしか考えるようになった。

「いつしか」というのは、ずいぶん前からなので、はっきりしたきっかけが思い出せないのである。通勤している高校が本宮市にある。福島市からそこへ通って今年で七年の歳月になるのだが、春がめぐってくるたびにそう思っているのだった。

盛りには息をのむほどの豪華絢爛《けんらん》な姿になる。移動中なのでほんの一瞬の光景であるが、いつも瞼に焼きついて離れない。二本松、安達、本宮、白沢、三春……。起伏に富むあちこちの野山に、桜の大樹を他にも探し出すことはできる。しかしこの一本は何か大きく違う気がする。木から投げかけられてくる視線を強く感じるのだ。

私も見つめ返す。大げさなことを言ってみれば、恋人や親友と出会ってしまった大いなる運命のようなものが、あの巨大な樹影にあるに違いないと思って、探してしまう。

こんなことを職員室で誰彼ともなく話していると、桜の木を見て回ることに熱中している先生が、持論を展開してくれた。例えば有名な三春の「滝桜」や二本松の鏡石寺の「シダレザクラ」

などは、その周りの土地を見て回ると、似ていると思われる木を数多く発見することができる。あれこれと調べてみたところによれば、同心円状に分布されているかのように、そのフォーメーションは広がっている、と。

感心して聞いている私の頭の中にはあの桜の姿が映っていた。それらは子や孫にあたるようなものだと話は続いた。昔の人は名桜と呼ばれるものの枝をこっそり挿し木して自分の庭や丘などに植えたりして、育てて競い合った。あちこちに名木の血筋を継ぐものがあり、だから今どきの山間を行けば思わず見とれてしまう桜にいくつも出会えるのだ。その木も、そうしたものの中の一つに違いない、と。そしてこの話のお礼として、ぜひその桜についての詩を私にプレゼントしてほしいと舌を出されてしまった。

ともかくも行く努力だけはしてみようと思い、高速を降りて山中へ。花盛りの道の連なりがある。迷うのもまたとても楽しい。これもあれも先祖の桃色の血を守っているのだと思うと、そうしたチームのスクラムの中を進んでいる気がしてくる。トンビの影が頭上を守っている。教えてくれようとしているのか、見張られているのか。頼もしい随行者。

やがてたどり着いた。見あげて、久しぶりに静かな時を過ごした気がした。春を生きる私たち。空の上でホイッスルが、いや、トンビが鳴いた。

（二〇二〇年四月）

クマンバチがぶんっと

普段なら朝の六時半には出る。満員電車に揺られて。帰りも満員。何もなければ帰宅は午後七時前後になる。

打ち合わせや取材や会合などが予定に加わると、午後九時から十時あるいはさらに遅くなる。人、人、人。

週末は部活動。無い時は講演やイベントなどでふさがる。出歩いてばかりで家にいることのない暮らしを送っている。出先で人に酔ってしまうような感覚になり、疲れてしまうことも時にはある。

新型コロナウィルス感染の懸念。やがて緊急事態宣言が発令。不要不急の外出をなるべく避けるとのことで、週の大半は在宅勤務をすることになり、閉じこもるような毎日に。土日の予定も全て中止。金沢、名古屋、前橋、北海道などへ行くはずであったのだが……、しばらく呆然としてしまった。

外出の場合はマスクをして、戻った際にはすぐに手洗いやうがいをしてシャワーを。原発爆発後に、見えない不安に強く脅かされた九年前の日々の再来を思った。待てよ、あの時は手や体を洗う水がまずは無かったのだった。

人のいない場所に限るけれど運動はむしろしたほうがいいと言う呼びかけも、あの日々とは異なる。例えば土や草や水たまりや、あらゆるものに一切触っていけないというわけではない。その代わりまずは人間に注意すること……か。何とも寂しい気持ちになる。

一日家に居ると体がなまってしまうので、夕方に阿武隈川沿いの道を西に向かって歩いてみることを日々の習慣にした。マスクが息苦しいが仕方ない。最初は三十分ぐらいだったが、日が経つにつれてあれこれと道を見つけて、やがて数時間もかけて歩き回るほどになった。

乾いた心がとり憑かれてしまったかのように求めているのだと分かった、五月の川や鳥の声や木々の音を。

道を振り返りつつ、ただやみくもに五十数年を生きてきた気がして急に切なくなる。ここまで来ると人生の道は戻れまい。来た道は引き返さないと帰れないが。

たくさんの人と出会い、親しみながら暮らしている。その輪の中にいてこその人生なのだとあらためて一人の道行きで知る。クマンバチがぶんっと鼻先をかすめていった。

川べりは初夏の吾妻連峰へ続く。水の流れもさえずりも、吹き渡る風と木のざわめきも一つ一つ違うことに気がついた。それが交響曲のように調和している。

乱すように人間が歩いてくる。マスクのずれを気にしながらすれ違う。その後、どの影と交差してもそうなのだと分かったが、たちこめてくる何かがある。独特の生き物の気配がある。匂う。これが人間というものか。私も然り。

（二〇二〇年五月）

オン・ザ・ロード

また自転車に乗り始めた。いわゆるロードバイクというものである。だいぶ前に買い求めて夢中になっていたが、いつしか飽きてしまった。コロナ禍の日々に家に閉じこもっていた反動だろうか。出掛けてみたくなった。

休日になると、夜明けとともに漕《こ》ぎ始める。夏を前にして早い時間から農作業をしている方がとても多い。一人でもくもくとやっている姿を数多く見かける。青空と吾妻の山へと続く道の途中で、熱心に働く影にみとれてしまう。

邪魔しないように静かに過ぎていく。私もまた一人。若い頃は連れ立っていないと格好悪い気がして単独の行動は避けていたが、五十歳を過ぎてむしろその静けさを選んでいる自分に気付いている。

実はそもそもこんなふうに時間があるのは休日の講演会やイベントの予定がコロナ禍の影響によりすっかり無くなってしまったからである。

休みの日でもいつも誰かと共に移動したり過ごしたりすることばかりで考えたことも無かったが、こうしてみるとそもそも私は案外独りぼっちなのではないかと思えてくる。仕事や予定があるからつながっているが、それを抜きにした友人はあんまりいないのではないか。何だか寂しい気持ちにもなっていく、漕ぐ。

森林を走っていると大きな木や涼しげな木立と出会う。自転車から下りてデジタルカメラを構えて撮ろうとしていると、後ろから声を大きく掛けられた。

その先にマムシやアオダイショウがいますよ。そ、そうですか。シャッターを押してすぐ後ずさりした。クマの巣が近くにあることを警戒してボランティアで辺りをパトロールしている方だった。

人恋しさもあり、あれこれと話した。イノシシを最近は多く見かけると教えてくれた。少し前に福島駅の西口に近い大きな工場の奥の倉庫の前で、朝方にイノシシが捕獲されたことが町の話題になった。あれは東の山からやって来たものだと語った。なぜなら、つい最近まで西側には一頭もいなかったそうである。

近くには大きな陸橋や踏切がある。「東の山」と言えば弁天山になるかと思うが、工場まで来るには県庁通りを抜けなければならない。猪突猛進。深夜のうちに車をよけて移動したのだ。きちんと付近の線路を渡り、その敷地内へと迷い込んだ……、と。

再びまたがり前傾姿勢でペダルを踏む。四つ足で走っている気持ちになる。自分の中の野生が目覚めてくる気がする。体格が大きいのでイノシシに見えるかもしれない。いつものように駆けていただけだったのに、巨大なる夜更けの無人の構内へと迷い込んでしまい、道を見失った。私はどんなに独りぼっちだったのだろう。

（二〇二〇年六月）

カメラマンの憂鬱

写真が好きで、撮ったものを時々ツイッターなどにアップして、大いに自己満足をしている。たまに休日など被写体を求めて阿武隈川の周辺をぶらぶらとしてみる。鳥の声がよく聞こえる林へきりりとした面持ちで立派な一眼レフのカメラを携えて分け入っていく凛《りん》とした姿がある。パシャリ。やがてさえずりとともに鋭いシャッター音が聞こえてくるかのようだ。カッコイイ。散歩がてらの私は首からデジカメをぶら下げつつ、憧れてしまう。そしてなぜだか対抗意識を燃やしながら、気分だけ真似して歩く。

野山の木を眺めながらあちこち車で出かけるのを趣味にしている職場の先輩に、野外散策を楽しむコツを尋ねてみたことがある。興味深い話をしていた。例えば立ち止まって見あげてしまう木とそうでないものとが必ずあるそうなのである。視線を浴びることに慣れている樹木が必ずある。それを探してみるつもりできょろきょろ歩けば、必ず見つかるはずだ。人に見られたいからそもそも枝ぶりが良いのだ。その姿を楽しむのをお勧めしたい、と。

ふと雑木林が並ぶ河原を行き来しているうちにその話を思い返した。なるほどシャッターを切りたくなる姿とそうならないその他大勢とがある。それぞれに顔がある気がしてきた。輝いている表情とあまりぱっとしないもの。どうしてもきらきらと光を放つかのようなイケメンの立ち木に目が行くのは確かだ。

舞台の上の人気役者のような佇《たたず》まいで目の前で風に揺れている。さあ撮ってくれと言わんばかりに存在感がある。他の者とどこが違うのだろう。惹《ひ》かれる何かが備わっている。パシャリ。「人間は考える葦《あし》である」という有名なパスカルの箴言《しんげん》がある。考えれば人間も草木も、この地上の重力に抗《あらが》うようにして立って呼吸している。同じ仲間である。

いまここに生きていることを知ってほしいし、見つけてもらいたい。そう思いながらもそのほとんどは見あげられない木の人生を送るのかもしれない。撮らなかったその他が気になった。再び河原へ出かけてみた。

思わず声をあげてしまった。きれいな更地になっていた。全て残らず切り倒されてしまっている。鬱蒼《うっそう》とした原野は何もない空き地に変わっている。夏を前に大がかりな整備がなされたらしい。あれほどあった樹木が一角に積み上げられていた。近づいてみると木の香りが残酷なまでに強く立ちこめてきた。

視線を集めていたスターも目立たないようにしていた脇役たちも、全部が正確に高く積み上げられている。もはや物質でしかなくなってしまった。撮影は不可能になった。突然、幕が下りてしまった。

（二〇二〇年七月）

新しい免許証

八月十八日に五十二歳になった。夏休みをもらうことにした。実は前々から計画していたことがあったのだ。

ある山奥の滝へ出掛けて行き、本日の記念に写真をとろうと思ったのである。山歩きは素人だし、実行すると言えば妻に制止されるだろう。

先日、したたかに酔ってしまった折に、ついぽろりとその企てを言ってしまったのだった。それから妻はとても警戒を強めていて、絶対に行ってはいけないと毎日のように釘《くぎ》を刺されていた。

少しも気付かれてはならない。仕事に向かう妻を平然と朝に見送ってから、行動を開始する。リュックにいろいろと詰め込んでいるうちに、しかしあらためていささか心配になったので、その町の役場の観光課へ電話をしてみた。言葉の少ない感じだが親切さが伝わってくる男性が応対してくれた。

どうやらそこを目指すまでの道の途中の、吊《つ》り橋が老朽化していることが判明した。とてもじゃないが橋はオススメできない、と。どうすればいいでしょうかと尋ねると、川を渡って向こう岸に行っていただくしかないですねとさらりと返された。

大丈夫でしょうかと聞くと、ええ増水していなければ、と。こんなに暑いですからね、カラカラだといいですねえ。でもにわか雨があるとねえ。

お互いに電話を通じて遠い眼をするしかなくなってしまった。ところで私、誕生日なんですよと告げると、おめでとうございますと言われた。しかしその事実とまさに危ない橋を渡るかのような話とは彼の中ではよくつながらないという感じであった。

とりあえず今日のところはやめることに。途端に何も予定がなくなってしまった。あれこれと考えてみたが、ならばと週末に考えていた運転免許の更新へ行くことにした。何と真面目なのだろうと自分を褒めてみる。免許センターは割合に人が多かった。

「八月十八日」にこだわって窓口は八番に並ぶことに。免許証をここで提出するので、担当の方に誕生日だと分かってもらえるかもしれないなどと淡い期待を抱いたが、特に反応はなかった。

一通りの検査を受けて、更新のための講習を受けることに。始まるまで四十分近くある。講習室の窓から登ろうと思っていた方角の山々を眺める。入道雲を眺めているとさーっと滝の音がどこかから聞こえてくるかのようだ。いや、エアコンが強くなった音だ。

講習のビデオでは不意に事故を起こしてしまった方が現場で体験を語って下さった。

「一回起こしてしまうと、人生は……」。首肯。新しい免許証を受領。人生の制限速度を守って、帰りの道を走った。

（二〇二〇年八月）

吉良の熟睡

春眠ではなくて「秋」眠、暁を覚えず。猛暑から一転して涼しくなってきた。秋めいて気持ちのよい日々が続く。

「締め切り」という言葉が時を知らせる鐘の音に変わってカンカンと頭の中をこだましている。布団から起きる。朝に原稿を書くことにしているのだ。しかしもう一度寝転がりたくなる。季節の魔力なのかもしれない。早起きの虫の声が優しく耳をくすぐるからだ。

午前四時ごろには目覚めるのだが、ついそのままごろごろして、一時間ほど誘惑にしっかりと負けてから机に座る。

四年前の夏の終わり、昼を前にして私は愛知県の吉良の地へ向かっていた。翌日に講演をするためであった。ヨーロッパのスロベニアという美しい国から直行してきた。

十九時間ほどをかけて飛行機を乗り継いで、愛知に近い空港にたどりつき、主催者の鈴木さんの車に乗せていただいている。ほがらかな方だ。いろんな地元の紹介をしてくださった。赤穂浪士に討たれてしまう吉良上野介が、ここでどれほどの名君だったのかなどを詳しく教えてくれた。

時々、こちらの顔をいぶかしげに見ているのに気がついた。うなぎ屋さんに入ったが、会話をぴたりと止めて、じっとのぞきこんでいるのだ。

意味が分からなかった。おかしな人だと思った。だが、一瞬だが眠り込んでしまっている自分にしだいに気がついた。相槌《あいづち》を打ちながら、ふっと意識が飛んでしまい、コクリとしてしまうのだ。ぱっと目を開くと彼の顔がある。

いわゆる時差ボケである。十日ほどもヨーロッパに居たので、只今《ただいま》の時間は夜明け前だ。加えてここまで飛行機に長く揺られてきたので、感覚が夜か朝か昼なのか分からなくなってしまっている。

鈴木さんは「いろいろな名所をご案内する予定でしたがもうお宿に行きますか」と気遣ってくださった。あれこれと準備してくださり、夕食の場所まで予約してくださっていたご様子なのに、とても申し訳ない。ホテルへ向かった。

お詫《わ》びしつつもチェックインを終えて、ベッドにごろり。そのまま熟睡。どこまでも広がる澄んだ空の夢を見た。日付変更線がはっきりと体の中に引かれていくような感じがあった。目覚めると午後八時ごろ。

広い部屋だと気づいた。ツインルームなのでベッドが二つある。水をがぶりと飲み、隣の布団に横になってみた。すぐに寝落ちしてしまい、午前九時すぎに目覚めた。

あまりにも眠った。起きた時に一人で笑ってしまった。急いでご飯を食べてシャワーを浴びて講演会場へ。

疲れがピークになると時折思い出す。あんなふうにこんこんと眠ってみたい。また吉良に行って熟睡してみたい。

（二〇二〇年九月）

ヘルメットとうろこ雲

高校の演劇部の顧問をしている。コンクールを間近に控えた休日。これまでに文化祭やスポーツ大会などがあり、生徒たちの疲労が頂点に達して、風邪をひくなどの故障者が続出。練習を休みにせざるを得なくなった。

どうしても本番前に直しておきたいシーンがあったので、残念な気持ちが強くて仕方ない。しかしこれ以上体調不良者を増やすわけにもいかないので、少しだけミーティングをして解散した。

家に戻ってからも練習がしたくて心がおさまらない。朝から秋晴れ。少し冷たい風で頭を冷やそうと思って、サイクリングに出かけることにした。ずいぶん前に自転車用のヘルメットを購入していた。軽い素材で付け心地がとても良いが、走行しての具合を実際に試してみようと思った。

実は頭のサイズが大きくて、行きつけのサイクルショップの在庫品では入らなくて、最も幅のある一個を取り寄せてもらったので、購入せざるを得なくなったものである。もしもこれが入らなかったらどうしますかと尋ねたところ、これ以上のは日本にはないと自信たっぷりに店長に言われてしまった。ぴったり入った。思わず二人で頷いてしまった。

店先のやりとりを思い出しながら、吾妻の山々を目指してペダルを漕いでみる。久しぶりのサイクリングコース。丈高い秋草が道へはみ出している。話しかけるようにしてその間を通り抜ける。秋色の風が背中を押してくれるので速度がのってきたが、心の中はもやもやしたまま。コンクール直前なのに、こうやって遊んでいる顧問がどこの世界にいるのだろう。

はるか昔。副顧問だった時に、このようなことがやはりあった。「練習ができない苦しさを味わうことも大事な時間です」と、正顧問の先生が新米教師の私に教えてくれた。ふと懐かしくなった。小さな峠を静かに登り切って、下り坂を軽快に滑っていく。見晴るかす田園。錦秋の原色に飛び込んでいきたくなる。これまでと走りの質が全く違う。この流線型のヘルメットのおかげだと直感した。しっかりと顔と首が固定されていて走りやすい。風の流れに逆らわない、か。

公園の木の下で休憩することにした。脱いでみて内部に付着している汗をタオルで拭きながら深呼吸してみる。そういえば学帽も一番の大きさだったし、子どもの時分に剣道をやっていたが、防具の面は既に大人用を使用していた。

クスリと笑いたくなった。心に余裕がなくてまさに頭デッカチになっているということなのかもしれない。ウェアの足にどこかで付着した花の種を見つけた。肩の力を抜きなさい。秋が微笑んでいるかのようだ。うろこ雲。

（二〇二〇年十月）

虹の足を追う

写真を撮るのが好きだということを半年ほど前に書かせていただいた。全くの素人である。下手の横好きだ。

それをツイッターなどにアップして一人で喜んでいることを述べたが、最近になって妻にもその気持ちがみるみるうちに芽生えてきた。

地元でラジオ番組を担当している。その番組のツイッターに、リスナーに向けての写真や近況を投稿しているうちに、あれよという間に加速度的に撮影への熱が上がってきた。

これまでは私だけでいそいそと出掛けていたが、ならばということでたまの休みの日には、近所の野山や公園へカメラを手に共に行く。率先して景色を探している姿がある。ううむ、実は今年で結婚二十五周年となったが、獲物というか被写体を求めている狩人のような後ろ姿を見ていると別人に思えてしまう。

息子も二十歳を過ぎてすっかりと巣立っていってしまった。幼い頃の思い出話をよくしている。どこか寂しそうにしている時があるので、ここで何か趣味を持つのは良いことだと散歩しながらうなずく。

アマゾンから箱。中身は書籍という表示。何を注文したのだったかと記憶をたどりながら開けてみると写真にまつわるものばかり。首をひねりながら頁《ページ》を開いて眺めていると注文したのだと妻が言った。

茶の間でも、こういうものを撮ったとか、あれはうまくいかなかったなどという話題に自然となっていく。デジカメなどの普及や、会員制交流サイト（ＳＮＳ）の発展が、革命を起こしているのかもしれない。少なくとも無趣味であった夫婦に何かをもたらしてしまっているのは確かである。

日曜日。アイスクリーム屋さんの店先で、その近くのテーブルに二つのお洒落なイスを並べながら主役を撮ろうとしている妻の姿がある。甘くて冷たいものがとてもおいしそうなのだが、あらゆる角度から覗《のぞ》き込んでいる。しだいに溶け出してきているが、撮影会は終わらない。

隣でも若者たちがパシャパシャとケータイでやっている。ぱくりとかぶりつきたい衝動に駆られるが、芸術のためには致し方ない。「ばえる」などと呟いたりして、ひたすら待つ夫なのであった。

休みが明けての朝食を済ませて出勤の準備をしていると、「ごめん、今、ちょっと外に行ってくる」。二階で洗濯物を干していたら、とても美しい虹が見えたとのこと。

「撮影してくる」と急いで出ていった。やはり別の人みたいだ。クスリと笑ってしまった。そのまま私も支度を終えて、車に乗り込んだ。

晩秋。山の上の澄んだ青色に、絵筆が踊っているかのような、鮮やかな七色の橋が見えた。虹を撮りに……か。空に話し掛けてしまった。

（二〇二〇年十一月）

雲ひとつない真っ青な空を

米、パン、お茶っ葉、みかんの皮〜。中学生の頃、玄関で朝早くからこのようなことを呼び掛けながら、段ボールの箱を抱えて立っていた。生徒会役員をしていて、白鳥のエサ集めの係であった。

ちなみにパンとはいわゆるミミのところであり、お茶っ葉とは煎じ終えた葉を乾燥させたもの。これらを白い鳥たちは好んで食するのである。しばらくすると箱がいっぱいになる。それを土曜日の午後などに、河原に撒《ま》きに行っていた。

白鳥よりも素早いカモが横取りしてゆく場合が多くて、真面目な生徒会長は「カモじゃなくて白鳥に」などと繰り返し寒い風の中で叫んでいた。写真部の連中が後ろで、しきりに空と水面にカメラを向けていた。

現像したものを後日に見せてもらうと、飛来してくる姿が切り取られていて、日頃ろくに勉強もせずにふざけてばかりの友だったが（私もだが）、撮影の腕前に感心したことを覚えている。白鳥とは宝石のように色合いが美しくて飛行機のように凛々《りり》しいものだとそこで初めて分かった。

いつの間にか、鳥がどんどん増えていき、そこが名所になった。たくさんの人々が集まるようになり、ひそかに川のほとりに通い続けた私たちは、自分らの功績のような気がして鼻を高くした。

中学を卒業してからも時間があるとエサをあげに行っていた。鶴ならぬ白鳥の恩返しなどを期待しながら、彼らが元気に食べる姿に愛《いと》おしさを感じていたのだった。冬が終わるとシベリアへと戻る。数が減っていくとしだいに春がやって来るのだと分かった。

どうしても数羽だけ残ってしまう場合がある。長い旅路への出発に後れを取ってしまう者が必ずいるのだ。一羽だけ残ってしまった年もあった。あたりはすっかり暖かくなっても帰ろうとする気配がない。どうしようもなく寂しげで、その姿を眺めると心が苦しくなった。ダメな自分の姿とどこか重なってしまうのだった。エサをあげようと思って出かけてみると居なくなっていた。どこへ。天からの落とし物であるかのように近所にその姿を探したが見つからなかった。

やがて「鳥インフルエンザ」が流行し、河原が閉鎖されてしまった。「決してエサをあげないでください」という看板が立った。白鳥と人間たちは急によそよそしくなってしまった。しばらくして集まらなくなってしまった。そこかしこの水辺や田んぼに散在している姿を見かけた。

先日、悠々と隊列を成して飛んでいく真白い翼たちを久しぶりに見あげた。村上昭夫の詩が浮かんだ。〈雲ひとつない真っ青な空を／美しい日本紙をちぎって投げたように／七羽の白鳥が飛んで行った〉

晴れ渡る冬空を行く鳥影の一《ひと》つ一つに見とれながら、今もなお恩返しを待つ私であった。


（二〇二〇年十二月）

リモートの旅路

いつしか旅多き人生となった。主に講演やイベントへの参加のため。予定は土日。金曜日の夕方に学校の勤務が終わってからの移動がよくあった。日本の交通網は凄い。本州はもちろんだが九州でも四国でも、夜中のうちに大体はそこにたどり着ける。

神戸や熊本には毎週通ったこともある。どの街の新幹線も在来線も乗り心地が良くて味わいがある。飛行機も快適。仙台空港にはとてもお世話になってきた。

高速バスの移動というのも年に数回あった。特に真冬に酒田や秋田へというのも。最終バスに乗り込み、缶ビールを飲み干して熟睡してしまい、運転手さんに起こされながら目覚めると白銀の世界に到着ということも時折あった。あれこれと思い出すことばかりをしている。

コロナウイルスの蔓延の影響により、昨年の二月から全ての予定が矢継ぎ早にキャンセルとなった。自粛の状態がずっと続き、もうすぐ一年。

旅先での経験や人や風景との出会いが創作活動への刺激になっていたことが身に染みて分かる。今は、何を書いても読んでも、籠の中の鳥になってしまっている気がしてならない。状況は深刻化しているから、そんなことを述べている場合ではないのだが。

どこへでもためらわずに出掛けて行き、人前にて生身で語ること。教室や壇上やステージでのライブ感覚こそに私の人生があるとすら思ってきた。あまり気が進まないのだけれど、この状況において仕方ないのでオンライン上の講演や対談、ワークショップなどを引き受ける形が多くなってきた。

主に書斎の隣の部屋で行うことにしている。例えば土曜日の午後二時からの開始だとすると、普通ならもう会場にいて、控室で直前の準備に励んでいるところだ。しかし一時半を過ぎてもまだ茶の間に居るという不思議。

家での普段着はジャージなので、画面に映らない下半身はそれでもいいと思っていると、妻に、お客さんに失礼だと注意を受ける。見えないからいいのではと言い返すと、そういうことじゃなくて気持ちの問題である、と。なるほど。急いで全部を着替える。いざスタート。

力が入ってきてパソコンのモニターに映るお客さんたちに熱く語っていると、ピンポンとチャイムがなる。「宅配便ですぅ」、「はあい」と妻。

鋭い言葉で話をまとめようとすると、近所の人の、犬とのんびり散歩している姿が窓から見える。遠くから「石焼きいも〜、おいも〜」の声。もはや未知なる領域にやってきて……、というか家の椅子に座っているのかもしれない。

後日、鹿児島からの参加者で知人の一人が、講演の丁寧な感想に添えて、本日の朝焼けの写真をメールにて送ってくれた。旅客機の窓から眺める気持ちで見つめた。はるかな空の色だ。

（二〇二一年一月）

三浦さん（森さん）と、ともに。

コロナが落ち着かずに、一年がたとうとしている。それまでは主に講演やイベント出演など仕事のための外出ではあったが、あちらこちらと旅する気持ちで移動を楽しんでいた日々だった。どこにも出掛けないいまま季節が巡っていったことにあらためて呆然とする。すっかり人や風景との新しい出会いがなくなってしまった。そうした場を持てない辛さがまだ続きそうだが、ふさぎこんでばかりもいられない。

福島の仲間たちと声を掛け合ってみた。ウィズコロナの時代だからこそ何かをやろう。話し合った結果、オンライン上でのトークイベントを行うことになった。誰を？「森の案内人」として活躍している三浦豊さんをゲストにお招きしたいと提案した。私が話の進行をしながら、暮らしや人生や言葉について自由に語り合うというシンプルな内容にしたい、と。六十人限定の形で開催の告知をした。すぐいっぱいに。皆、こうした時間を求めているのだと感じた。

さて実は、三浦さんにお会いしたことが一度もないのだった。妻が時折彼のホームページを見ていて、その中のブログの記事をプリントアウトしたものを、ふとリビングで見つけたのだ。そこに掲載されていた優しいご本人の笑顔の写真を見掛けて直感した。絶対にいい人だ。ホームページからアドレスをたどり、依頼のメールをした。快諾。

当日はライブハウスを臨時のスタジオに仕立てて、そこからのリモート対談。三浦さんと事前に少し打ち合わせることとなった。ここで初対面。本日は里山づくりのアドバイスのために、岡山のホテルにいるとのこと。しかしもうお互いに気心が知れてしまった感じだ。やがてスタート。

三浦さんは建築の勉強や庭師の修業などをしていたが、もっと深い世界を知りたいという求道的な情熱に駆られ、全国の森林を巡ることにした。

生半可なことではなかった。かつて五年もの間、一人で彷徨い続けた。深い孤独にさいなまれながらの車中泊の歳月。放浪した経験の凄さ。

私のみならずモニターの前のお客さんたちも、おだやかで深くて熱いその語り口に、ずっと彼が惹かれてきた漂泊の旅空の素晴らしさと、たくさんの木と緑と風の写真の一枚一枚に憧れを抱いたと思う。

私は途中で三浦さんと呼ぼうとして「森さん」と、何回か呼び間違えてしまう。いつの間にか森や林の連想が止まらなくなってしまっているのだ。そのたびに二人で笑った。自然への畏敬と愛。親しみ深く語り合った。時間が来てしまった。

「最後に一言いいですか」「私は福島が大好きです」大きく言い放ち、涙ぐんだ。不意に東日本大震災から十年の歳月が巡り、私も目頭が熱くなった。生涯の友を得た気がした。まだ、会っていなくても。

（二〇二一年二月）

おにぎりアラカルト

おにぎりが好きである。

いや、嫌いな人はそういないだろうと思う。家族が握ってくれた一個、あるいはコンビニのさまざまなものでも。

口にしながらほかほかとしたお米が握られている場面を思い浮かべたりする。それは私にとって幸せな風景の原点である。作り手の生きる力を胃の底に満たしているような嬉しい心持ちになる。

例えば祖母は学校から帰って、おなかがすいたなどと呟くとすぐに飯をくるくると回して、みそおにぎりを作ってくれたものだった。

山形生まれの祖母のこしらえる手つきは先祖の直伝を思わせるものがある。それを頬張るとしょっぱさと甘さが混ざり合い、米粒の一つ一つが笑い合いながら胃の底へ落ちていく気がして、にやけてしまう。こうして書いているだけで頭に浮かんできてお腹が鳴りそうである。

詩人らしからぬこの巨体は、夕飯前の米と味噌で出来上がったのかもしれないのだった（そして夕飯もまたしっかりと、お代わりしながら食べるのだった）。

母のものには一つの特徴があった。母は梅干しが大の苦手であり、触るのも嫌なので、具は絶対に違うものを入れるのであった。あまり力を入れずに優しく丸めた柔らかな手触りであった。中に何が入っているのか、いつも楽しみに食べたものだった。

妻の実家もやはり山形である。帰省した折の帰り道に妻の母が握ってくれたものをご馳走になることがよくある（実は私がリクエストしてしまうのだが）。パリッとした海苔に米がみっちりと充満している。かぶりつくとうわっと山形米の美味しさが攻め込んでくる。

妻のこしらえるものもやはり山形仕込みだ。形と味がそっくりだ。ただいまは昼休みに職員室で窓を眺めながら食べているところだ。光を浴びた安達太良山の残雪が眩しく目に飛び込んでくる。

思い出す。初任の学校。夕方に独身の先生たち数人が家庭科室に時折呼ばれた。調理実習で余ったからとおにぎりを頂いたのだった。握ってくれた家庭科のベテランの先生曰く。「しょっぱいから元気が出るよ」。白米だけのシンプルさだったが、確かに塩が多めに味付けしてあって、生徒たちが帰った後の疲れが吹き飛んだ。精いっぱい働いた仲間たちと食べる格別の味の記憶が浮かんでくる。

真白い山の頂。ふと塩のないエピソードを思い出す。震災直後の避難所でボランティアしていた知人から聞いた話だ。涙をこぼしながら食べている人たちがいた。今まで塩がないのを食べていたけれど、今日は付いている。こんなに美味しく思ったことはない。うなずいて皆で泣いたそうである。震災から十年がたつ春。開花も間近だ。静かに味わった。

（二〇二一年三月）

青鯖が空に

中原中也と太宰治。

出会いの酒の席で中原は太宰に、どんな花が好きなのかと尋ねている。あいさつ代わりに。太宰より年上の無頼派のこの詩人は、酔いが回ると誰彼ともなく食ってかかるので有名であった。太宰はその詩才を認めて敬愛もしていたので、突然の質問に緊張してどぎまぎした。その表情を見て中也は一言。「青鯖が空に浮かんだような顔しやがって」

静かに作家は答えた。「桃の花……」。中也はその回答が気に入らなかったらしく、その後は同席していた檀一雄や草野心平らも交えての大乱闘になったとか……、そんなエピソードがある。

「青鯖」は中也の詩にそのまま登場するような感じだし、「桃の花」とは、それを愛でて「桜桃」などの小説を残した太宰らしい答えだ。春の野が心に浮かぶ。原稿を書く手を止めて、桃や桜の花を追い掛けることにした。

福島市飯坂の「花ももの里」は満開の時期を迎えている。カメラを片手に夢中でシャッターを押し続ける。たくさんの桃色の使者たちが春を告げて畑に整列している。

あらためて眺め渡しながら深呼吸してみると、同じようにカメラを構えている人がとても多い。

「おお」とか「綺麗だ」とか「春が来た」などの声があちこちで飛び交っている。ため息交じりのこれらの言葉を耳にするのを楽しんでいる自分に気付いた。

飯坂から高速道路に乗って、三春を抜けて田村方面へ。こちらは桃というよりは桜が多い印象がある。しだれ桜が山々で出迎えてくれる。山間の神社に美しい旗が立てられていて人々が集まっている。太鼓の音がする。

この辺りでは数カ所に「お人形様」と呼ばれる像が祭られている。木で四メートルほどの人の形を作り、そこに一・二五メートルの赤と白と茶と黒で彩られたお面を着ける。髪の毛を杉の葉で見立ててゆく。大きな魔よけの神様である。悪病退散などの御利益もあるとのことなので、ぜひお参りをしたいと思った。

高台にあるお社では年に一度の衣替えが行われていた。集落に住む人々が江戸時代からずっとこの巨大な道祖神を守ってきた。しばらくその様子を見させていただいた。

杉の色が青々として鮮やか。新しい藁の体と髪。ふさふさ。カメラを構えると青空が飛び込んできた。

そういえば中原中也の生誕祭が、彼の故郷の山口市で間もなく行われるはずだ。空の作品を、数多く書いて世に残した詩人。春風に吹かれている丘の上の神の姿。

それにしても「青鯖が空に」とはどんな顔に見えたのだろう。山が笑った気がした。

（二〇二一年四月）

じゃりじゃり。

あるテキスト代の支払いために集金した小銭を学校にてこつこつと数える。およそ二百人分。じゃりじゃり。

こんなに硬貨を目の前にしたのも久しぶりだ。コインを持ち歩かない時代。カードや携帯のアプリなどで支払う人が多い。私もそうしている。

無数の円形を触っているうちに、幼い日々の場面が浮かぶ。小銭入れを開いて、祖父は時折小遣いをくれたものだった。あの頃は宝物のように一枚一枚が光って見えた。

集計が終わって、それらを大きな封筒に入れて、郵便局へ支払いに出掛けた。並んで待っている時に、記念切手のポスターが目に入った。

家に届いた手紙の封筒に貼られている切手を切り抜いて、お湯に浮かべて裏紙を剥がして乾かすというのを祖父と二人でよくやっていた。小さなアルバムに並べて収集家のまねをして満足していた。

それにしても不思議と今日は祖父の記憶が心を巡る。壁のカレンダーが目に入る。来月の末は命日だ。硬貨や切手をつかまえる、すらりとした細長い彼の指。支払いを済ませようとして窓口に近づく。

そう言えばこれは就職してからであるが、夜更けの郵便局へ通っていたことが思い出されてきた。雑誌に詩の投稿をし始めた。いつも締め切りぎりぎりまで粘って、日付が変わる寸前に夜間窓口へ速達を頼みに来ていたのであった。何誌かに出していたから、月に二、三回はそのようなことがあった。

午前0時直前に持って行くと「間に合いましたね」と局員さんが微笑んでくれた。手渡しながら、お互いに手と手でおじぎをするようにしていると、新しい一日に切り替わっていった。

やがて一人前に原稿依頼などを頂くようになると同じぐらいのタイミングで、巷にはメールが普及し始める。

相変らずの癖なのだろうか。遅くとも約束の日の深夜にはデータを必ず送りますと編集者に連絡。「私が出社までの午前中で良いですよ」という返事を頂く。こうしたやりとりの変化は締め切りの在り方を新しくしたと言えるだろう。

「便利だ」とか「忙しい」などが日々の合言葉のようになっている。気が付くと小銭や切手や封筒からも、縁が遠くなっている。生の感触を忘れてしまっている。祖父との親しい日々をふと愛おしむ私に、あらためて手や指のぬくもりや確かさを、雲の上から教えてくれようとしているのかもしれない。

青い色合いの切手をいくつか買ってみた。新型コロナウイルス禍の日々に会う（飲む）機会を逃している悪友たちに手紙でも書いてみよう。あるいは次の原稿は郵送で。午前0時前の窓口に出しに来てみようか。

（二〇二一年五月）

黄と黒と赤

気が付くと、スズメバチが室内に入ってきて、窓に止まっているということがある。部活（演劇部）の練習場所にしている教室の裏山に、どうやら巣があるらしい。あたかも練習の終わりを狙うかのように大きな虫がじっとしている。

黄色と黒の縞模様を見ると、右手の拳がうずき始める。ある日、手の甲を刺されたことがあって、やがてグローブのように腫れてしまった。あまりにも痛かったので、近所の診療所で、痛み止めの注射を打ってもらった。

「一度刺されたから、アナフィラキシーショックの心配があるので、もう刺されないように」という注意も受けた。そのような恐怖感もあって、こうした場合は職員室に行って助けを求めることにしているのだが、遅くまで残っている先生方は、かなり忙しそうである。

仕方がないので虫捕り網と殺虫スプレーを握り締め、いざ出陣をしてみることに。さっきまで静かだった敵は窓の表面を夕焼けの空だと勘違いして、ただいまはせわしなく動き回っている。コワイ。

そもそも幼い頃から虫が好きで、何でも捕まえた。牛乳瓶いっぱいに道端の草や石の陰にうごめくダンゴムシを入れて持ち帰り、母が驚きのあまり卒倒しそうになったことをしみじみと思い出す。

そして必ず逃がしていた。よく捕獲していたトンボやチョウのみならず、害虫として大人がすぐさま殺してしまうハエや蚊までも、小さな命が呆気なく死んでいく瞬間がとても嫌で、いつも助けてあげたくなった。どんな生き物にもある、死の絶対的な沈黙。今でもこれは凄く苦手だ。

この一匹だってここまでを生きてきた。たまたま人間たちがここで何やら集まっているところに出くわしてしまっただけにすぎない。窓さえなければ夕空のかなたまで飛行を楽しみ、鼻歌交じりに巣へ帰ったのかもしれないのに。

しかしここで生存を勝手に願うあまり、誰かが刺されたら大変だ。尻に隠されている鋭い針の衝撃については、まさに痛いほどよく知ってる。こちらを見つめている二十四よりも少し多い数の瞳の生徒たちを、ともかくも守らなくてはなるまい。

えいやと虫捕り網で捕獲し、すぐさま殺虫剤を放射する。いとも簡単に侵入者は、地に墜ちるように床に倒れた。動かなくなったのに、夢中でスプレーをしている自分を、もう一人の自分が制した。

すぐに中庭に出て、この教師は、冷たくなった体を土に埋めてあげることにした。

網から取ろうとすると絶息の時に強く噛んだらしく、牙が引っ掛かって少しも外れない。強く振り回しても噛みついたままだ。背中に夕闇が迫る。そろそろ私も、巣に戻らなくてはならない。


（二〇二一年六月）

世界のどこかで

初めてパリへ出掛けた。四年前の七月下旬のことである。フランスにて文学賞をいただくことに。

夜明け前に空港へ到着。そこからタクシーでホテルに向かう。ハイウェーをしばらく行くと街並みが見えてきた。赤々と新鮮に染まるエッフェル塔。平日の朝に、歩いている人の姿はほとんどなくて、独り占めといった感じである。ほおとため息をついて、デジカメを構えた。運転手さんが路肩に車を止めて、窓を開けてくれた。

投宿。到着後に連絡を入れることを約束していたので、事務局から教えてもらったパリ在住の日本人に電話をした。未明から家で待機してくれており、明るく出てくださった。仮眠を取ることを進められて、午後からロビーで待ち合わせをすることに。

車で迎えに来てくれた。名は長谷川敬洋さん。まずシャンゼリゼ通りから抜けて凱旋門へ。門の周辺のロータリーを車で回ってみましょう、と。思ったよりもそこを周回する他の車体の速度がすごい。信号がないのでその列の中にうまく入らないと駄目なのだ、と。

「実は、この周りを走るの、初めてなんです」。緊張が伝わってくる。参入することができ何回かグルグルしながら近くで眺めることができた。

モンマルトルの丘の聖堂へ。ステンドグラスを見上げて色と光に手を合わせて祈った。寺院を出て眼下に町並みを見渡した。お墓は一つ一つが大きくて立派である。魂の家を想像した。ハイネやスタンダール、ニジンスキーなどの詩人や作家を前にして深く祈りを捧げた。かなり親しくなれたような気持ちに。

フランスも夏の盛りであった。カフェで休憩。冷たいワインを味わいながら、長谷川さんと語り合った。今日は休暇で、ボランティアでアテンドを引き受けてくださっていることを知り、あらためてお礼を述べた。初めての出会いなのに、とても懐かしい人に会えたような印象を抱いた。

三年ほどがたって、フランスから福島市へ転勤になったと連絡が。運命を感じた。ぜひあの日のワインと話の続きをとやりとりしたが、新型コロナウイルス禍の状況もあり、再会の乾杯をなかなかできずにいた。

先日、今度はドイツへ転勤というメールがあった。出発前に福島駅前でお会いした。モンマルトルの寺院を背に長谷川さんを撮った記念写真や、お餞別代わりのプレゼントを手渡した。

特に福島名物のラジウム卵の商標がプリントされたTシャツや、同じく名物の赤べこがデザインされたトートバッグを気に入ってくださったようである。ブランデンブルグ門で、これを着て、これを提げて闊歩します。人混みに消えていくまで手を振った。また世界のどこかで。

（二〇二一年七月）

夏草や

福島県営あづま総合運動公園（福島市）が近所にある。散歩やサイクリングを楽しんでいる。球場や陸上競技場、テニスコートなどがあり、多くの人々に愛されている。

この夏の東京五輪の開催に当たり、ソフトボールや野球の競技場となった。会期のしばらく前から「Tokyo2020」の垂れ幕や旗が飾られて、広範囲で立ち入り禁止となってしまった。それを眺めつつ、日頃から公園に親しんでいる人々はしばらくの間は我慢をするしかない。

初めにソフトボール競技が行われた。私はたまたまの休日だったので、第二試合をテレビ観戦した。画面に映る球場はとても整備されていて全く違う表情に見えた。

茶の間の窓の青空と雲と同じものが浮かんでいるとやがて分かった。強豪のメキシコとの試合は実力伯仲。延長にもなり、熱戦が続いた。画面からダイレクトに緊張と躍動感が伝わってきた。あたかも庭に出ると球音が聞こえるのではという不思議な臨場感を感じた。サヨナラ勝利した。

女子サッカーチームの監督の高倉麻子氏は福島市出身。実は幼稚園から小中学校まで一緒だった幼なじみだ。グラウンドで指揮する姿にいつも昔の面影を重ねてしまう。

決勝リーグに進んだが残念ながらスウェーデンに敗戦。やがて五年務めてきたサッカー女子日本代表チームの監督を退任することに。女子がサッカーをするという認識がまだ世間にない頃から、小学生の彼女は男子に交じって練習していた。中学生の頃から眼差しは世界へ向いていた。やがて「読売ベレーザ」に所属しプロ選手に。日本初の女子サッカーリーグの試合で初得点。二十年近く活躍。そして日本人初の女子監督へ。戦いの連続の歳月だったと思う。敗戦後の引退は寂しい気がするが、目の強さは幼い頃から変わらない。新しいフィールドへ向けられていくだろう。

ソフトボールそして野球チームも福島ゆかりの気がして応援を続けた。どちらも金メダルに。他の競技でもかなりのメダルラッシュが続き、獲得数は史上最多に。新型コロナウイルス禍という深刻な空気の中で家に閉じこもって観戦した日々だったが、勝負に込めたそれぞれの人の生き方が見えた。

〈夏草や兵どもが夢の跡〉。立ち入りが許された運動公園を散策する日曜日。今夏に焦点を当ててきたアスリートたちはこれからどんな生き方をしていくのだろう。勝敗のさまざまな形があった。ここが人生の一つのピークと思う人はどう気持ちを切り替えていくのだろう。そしてここからという人こそが、多くあるだろう。

鳥の影が四羽、誰もいないグラウンドを横切っていき、足を払われた気がした。「Tokyo2020」から「福島 2021」へ。日常が戻った。

（二〇二一年八月）

マル、マル、マルの秋

仙台文学館へ通うようになって十数年になる。仙台市の台原森林公園を見渡すことのできる小高い場所にある。

九月になると小学生の詩を対象とした「晩翠わかば賞・あおば賞」の審査会がある。長く審査をさせていただいている。宮城在住の俳人の高野ムツオさん、詩人の佐々木洋一さん、歌人の梶原さい子さん、宮城ご出身の絵本作家のとよたかずひこさん。宮城を代表する皆さんの論の中に交ぜていただいている。

作品は八百から多いときは千点近くになる。夏の終わり頃に自宅にそのコピーが送られてくる。それを受け取るとまずは作品の右下に小さく番号を振る。そして五十編ぐらいずつ毎日読み続ける。根気のいることでなかなか大変だけれど楽しい。

良いものにはマル印を付していく。三つ以上のマルは推薦の枠に入れるという見当を付けながらこつこつ読む。素敵な作品と出合うとウンウンとうなずきながらいくつかのマルを夢中で書く。筆圧も強い。反対にどこか惜しいんだけどなあというものは、マルの形もいささか迷い気味になる。

季節の気配が濃くなる頃に持ち寄って審査をする。ちなみに本年は秋分の日であった。福島とは深まりが少し違っているのがいつも分かる。仙台の方が少しだけ足音が早い気がする。この会の折に訪れを本格的に感じることが実は私の年中行事のようなものになっている。

審査員の皆さんの詩を読む眼差しは鋭く、その懐は深い。子どもたちの詩を前にして、大人の真剣な時間が続く。合間にふと目を向けると窓に映る木々や草花が実りの色に染まっているのが分かる。

言葉の底へ。深みへ。

震災直後は子どもたちの詩句に、被災の現実が鏡のように見えてきた。震災により職を失った父が関東へと単身赴任をすることになり、離れて暮らす寂しさを切なく記した詩が最優秀賞に選ばれたことなどをさまざまに思い返す。

それを書いた男の子はすっかり大きくなっただろう。本年は新型コロナウイルス禍を題材にしたものが多く集まっていて、読み進めるうちに胸が痛んだ。大人の詩人たちよりも社会の現実を真っ正面から受け止めて書いている感じがある。

土井晩翠は母校の福島高校の校歌作詞者でもある。高校の先輩詩人の長田弘さんも、私も、青春を高らかに歌い続けながら詩を味わってきた。教わってきたのだ。

ゆるぎない根と幹が見えた様な気がする。枝葉をさらに広げるようにして、子どもたちに詩とは何かというサインが彼から届けられている。そんな気持ちで窓の樹木を眺めていると宮城の秋の影が風に揺れた。今年も良い詩が集まっているという知らせである。

（二〇二一年九月）

暮らしの物音を頼りに。

現在の家に越してきて、八年になる。初めは家族三人の生活だったが、息子はすくすくと成長して、やがて東京へ出て行ってしまった。途端に家の中ががらんとして別の世界になってしまった気がしたのを覚えている。

机や本棚、布団などもそのままの状態にして、いつ帰ってきてもよいようにというのが妻の考えだったが、二階の書斎と彼の部屋は隣り合っているので、何だかそこに居るような気がしてしまって仕事をしていても落ち着かない。

反対に違う色に染めてしまおうと思い付いて、執筆の道具や本を持ち込んで第二の仕事場として使うようになってしまった。妻は私の侵入を今も許したくない様子である。

窓からは手入れされた隣家の庭と住まいが見える。同じくご夫婦の二人暮らしであり、普段は静かなたたずまいである。しかし夕方になると息子さん、娘さんのご家族が、可愛らしい子どもさんたちをたくさん連れてくるので、かなり賑やかになる。

書斎にこもっているとたまらなく人恋しくなることがあるのだが、ああ団体さんがやってきたなあと思うと、窓を開けて、にぎやかな声をわざと入れるようにする。鬼ごっこやかくれんぼ、いろいろな遊びに夢中になってはしゃぐ声。聞こえてくる足音やおしゃべり、大きな歌声などに、こっそりと家の中でほほ笑みながら私も妻もエネルギーをもらっていた。

今年の春に、優しいお人柄のご主人が他界された。寂しく残念に思っていると、秋が過ぎて転居されるとのことで奥さまがご挨拶に来られた。突然のことで気持ちが追い付けなかった。

その日の夜から本当にひっそりとしてしまった。早起きして執筆することにしているため、その分早く床に就くのであるが、わが家の寝室と隣家の茶の間は塀を隔てて隣り合っていて、テレビや話し声がうっすらと聞こえたのだった。それが闇の中の私にはとても心地よかった。

当然ながら全く聞こえない。障子戸にほんのり映っていた明かりもすっかりどこかに隠されたかのように失われてしまっている。

突然の静寂。なかなか寝付けない。この感覚は息子の旅立った日の夜と似ている。

妻と彼の楽しそうな話し声を聞きながら眠りに就くのがやはりとても好きだった。それが消えてからは、隣家の暮らしの物音を頼りにしていたのだと分かった。宇宙の真ん中に放り出されてしまったかのような寂しさ。暗闇の静けさに目を閉じるしかない。

翌朝、出かける時にちらりと家を眺めてみると、まだ片付けの途中のご様子で、家財道具が少し廊下にあった。扇風機が見えた。歳月の響きが無音で伝わってきた。

（二〇二一年十月）

真剣勝負！

「ユリイカ」という文芸雑誌で、詩の投稿欄の選者を二年間、務めさせていただいた。月の初めに、大きな封筒に詰められた投稿作品が大量に送られてくる。全国から集まるおよそ七百〜八百点ぐらいの作品と向き合って、頭と心の刀を構えての真剣勝負となる。

少しでも良いと感じたものにはマルを付けていく。さらに良いものはマル、マル。さらに上はマル、マル、マル。

印を付けた作品だけを残して百点ぐらいに絞ってみる。ここから何回か見直しをする。最終的に五点を残す。それのみが入選として掲載となる。狭すぎる門である。

私にも投稿時代があった。二十代の初め頃だ。商業誌ではなくて毎月発行の「飾粽」という同人誌に送っていた。

さまざまな雑誌の投稿欄の選者をした経験のある詩人が六人も選考員をしていて、ここで認められたらかなりの自信になると思い、門を叩いた。採用されると巻頭に紹介されることになっていた。

送られてきた封筒から取り出して、ドキドキしながら表紙をめくる緊張感。入選した自分の詩が目に飛び込んできた時は、飛び上がるようにして喜んだものだった。

やがて詩に憑りつかれていったと言ってもいいかもしれない。驚くほど熱中するようになった。二度ほど不採用になったことがあった。最初に送った時の空振りが一度目。二度目は、何回も掲載となりもはや常連、と勝手に思っていたから奈落へと突き落とされた。飽きっぽい性格なので、普段ならすっかりやめてしまうのだが、詩については別だった。恥も外聞もなく没頭していった。当時、中島敦の「山月記」を現代文の教師として授業で教えていたが、詩人になり損ねて虎になっていく主人公の狂気がとてもよく分かった。気付けば、三十年が過ぎたのである。

さまざまな原稿を前にしていると、人生の光と影や、執念のようなものが一つの顔になって、こちらに向けられている気がしてくる。どうして選んでもらえないのだろうかという生の声がそのまま作品から聞こえてくるような錯覚を覚える。大多数の詩人たちと相対するのは、かなり孤独な作業である。

原稿の末尾には、入選した場合に問い合わせの必要もあることから、住所と年齢と職業を記すことが義務付けられている。最後まで詩を読むとそれらが目に飛び込んでくる。

書き手が暮らす町のたたずまいが、詩行を見つめていると不意に心に浮かんでくる。その人の表情や姿などを想像する。同じ年齢ぐらいの方だと同級生の親しみを覚える。何回かであきらめてしまって投稿しなくなると気になってしまう。心から願う。書くことをやめないでほしい。


（二〇二一年十一月）

人間万事塞翁が屋根

不思議と屋根が好きである。景色の中に必ずそれに親しんでいる自分がある。良い屋根には空の色が鮮やかに映る。見とれてしまう。しかし知らない家をじろじろと見てると不審人物だと思われるので注意が必要だ。怪しい人だと思われないように。

いま雪かきをしながら、隣家の屋根を見つめている。太陽が出てきた。白銀の光に目が奪われていく。雪かきのスコップを握りしめて雪と対決しながら、屋根の記憶をいくつか思い巡らせてみる。

歯の生え変わる時期。やっと抜ける。ぽんと家の上に投げると、早く大人の歯が出てくるという言い伝えがあり、幼い頃によくやったものだった。外してはいけないなどと言われて。うまくいった場合は自分の歯がころころと音をたてて転がっているのが分かる。それを確かめようとしているのか、それとも自分なりに成長を感じているのか、しばらく見とれていたものだった。それは憧れのようなものになっていったのかもしれない。

少し大きくなり、友だちと庭で野球に熱中する。投げたり打ったりすると、その途中でボールが外れてしまって、必ずと言ってよいほど屋根に上がった。しかも買ったばかりの真白い球であるほどにそうなるのである。

梯子などを持ってきて登って、木の棒や釣り竿などで何とかしたいと試みるが、届かない。野球は中止。やることがないので皆で首が痛くなるほどに見上げるしかなかった。屋根の瓦が光る。私たちの胸に、空の明かりを宿してくれたものだった。

少年の頃は時折に目覚めて、こっそり障子戸を開けて窓から庭をじっと覗いた。周りは街灯すらない山の中なのであるが、満月の時などは、その下で字が読めるほどに夜が明るかった。家族が寝静まっているのをよいことに、その先の井戸を守っている小さな赤い屋根をいつも見つめることにしていた。赤々と輝きながらこちらを見つめ返してくれるのだが、月光が照らしているその色合いがあまりにも鮮やかで、うっとりしてしまうのだった。トイレに行く母に見つかり、叱られたりした。

歯や白球や月光。それらは高いところへ忽然と消え、あるいは美しく降ってきた。

幼い日々が屋根の光景へ今も誘うのだろうか。そういえば一人息子が福島から旅立っていく朝もこんなふうに雪が積もっていた。

寂しさを悟られないように、なるべく彼の表情ではなく、そちこちを見るようにして送り出したことを思い出す。

その時のきりりとした彼の大人の顔ではなく、なぜだかこの隣家の屋根の真っ白な姿をはっきりと覚えている。

（二〇二一年十二月）

みんなで詩人に。

福島は新年から雪が降り続いている。除雪もままならない道を、おっかなびっくり車を走らせながら、ある朝の集会所へ。

この地区は、震災後に浪江町から避難してきた方々が暮らしている。二十世帯ほどである。主にご年配の方々に詩の書き方を分かりやすく教えてほしいという依頼を受けて講師としてやってきた。

おはようございます。挨拶してみると、緊張が走っている様子だ。なるほど。詩について高い敷居を感じていらっしゃるらしい。言葉を巡って楽しい時間を過ごせたらと思ってやって来ました……。皆さんの相好が崩れた。ほっ。

それぞれ肩の力を抜いてくださったみたいであった。詩というよりも例えば言葉の塊のようなものを……と繰り返し伝えていく。紙の上にするすると言葉が並ぶように。

鉛筆を握ったのは数十年ぶりだと言って笑顔を見せる方も。集会所の全員がもはや詩人なのであった。最後は一人一人に出来上がったばかりの作品を朗読していただいた。

「思い出すのは浪江の海と山と川／帰れない家」というフレーズをある方が口にした途端に、空気がまたさっと変わった気がした。

帰還困難区域に住んでいた方々であることを知っていたので、じっと聞き入るしかなかった。目の前に懐かしい浜通りの風景が広がってきた気がした。私も青年の頃に南相馬市に暮らした歳月があった。皆で目を潤ませてしまった。

言葉はその背後に豊かで大きなものを抱えていると、たとえ簡潔であったとしてもこんなふうに深く伝わるのだ。

この会の評判が良かったのかは定かではないが、またご依頼をいただいた。今度は富岡町の方々が避難して暮らしている、五十世帯ほどの地区に出掛けることに。

書くのは昔から苦手なのだけれど、思い切って参加してみましたよというご年配の方がやはり多かった。煎餅や饅頭、飴。小さな紙袋に入ったお菓子をそれぞれにいただき、お茶やコーヒーを味わいながら創作の時間は進む。それぞれの笑顔に、こうして集まることの意味を教えられている気がした。

気が付けば前回と同じく全員が詩人となっていた。最後に朗読をと言うと少したじろいだが、下手でもいいなら読んでみようというムードになっていく。誰の心にも声にしてみたい気持ちがあるのだとあらためて感じる。

ある方は亡くなったご主人が漁師をしていた、と。何も書けないから、船と魚の名前を並べてみたと話してくれた。滔々と声が響く。「宝来丸／すずき／あいなめ／かれい／ひらめ／こうなご……」。富岡の海原が見えた気がした。青空と大漁旗も。


（二〇二二年一月）

はやく大人になりたい

歯はかなり丈夫である。歯並びが良くてがっちりしてていいねと歯医者さんに検診で褒められたことが幼い頃の自慢であった。

社会人になって生まれて初めて違和感と痛みを少しだけ上の奥歯に覚えた。診てもらったところ、虫歯であった。そしてそれよりも驚くべきことはその歯は乳歯であった。

つまり口の中が、しっかりとしすぎていたためだったのか、子どもの歯が抜けないままであった。やはり材質が弱いらしく、なりやすい、と。

エックス線で見せていただくと、太い歯の下で永久歯が諦めてしまっている姿が確認できた。子どもの歯を凄いと言うべきなのか、大人の歯を情けないと言うべきなのか。どちらも長い年月を頑張ってきたのだから、たたえてあげるべきなのか。

まずは削って被せることにしましょうということになった。治療を何度か重ねて、やがて人工の歯がやってきた。

それから十数年ほどが経った。先日にポロリ。被せた物と一緒に子どもの歯も奇麗に抜けた。静かな土曜日の朝に原稿を書きながら、パンをかじっていた時の出来事だったのだが、あまりにも自然に取れたので何が起きたのか初めは分からなかった。

気が動転して歯科医に連絡する。ああそうですか、今日は予約がいっぱいなので来週にしましょうとアッサリ。歯をお持ちくださいと言われたのでティッシュにくるむ。

今頃、抜けられても困るんだよなあ。どうしてしかるべきときにそうなってはくれなかったのだろうかとこの一個に呟いてみる。

思い出した。上の歯が抜けると屋根に投げ上げたり、下の歯が抜けると縁の下に入れたりしたことを。

早く生えるようにという祈りを込めてと家族に教えられたものだった。思い出話を妻にしていると、一言。屋根に投げたら生えるかも？

そういえば歯はいつもなかなかあきらめてはくれなかった。ぐらぐらして取れそうになっても歯肉に必死に引き留められた。ある真冬の寒い日に町の歯医者へ連れられて抜いてもらったことがあった。帰り道にバス停で待っていて口の中に血が溜まってしまい、母と手をつなぎながら何度もティッシュで拭いてもらったことを思い出す。

白い雪と紙と真っ赤な唾のコントラスト。

週が明けて大事に持って行った。きれいに根元から抜けましたね。もうこれをくっつけることは不可能ですね……、と。新しい歯は生えてきますかと尋ねると、無理ですねとキッパリ。歯は処分しますと告げられたので、あのう、持って帰って一応屋根に……、とは言えなかった。帰り道。不在の奥歯を寂しく舌で確かめながら、少しだけ大人になれた気がした。（二〇二二年二月）

応援の涙に

新聞に書かせていただく。エッセーや書評、時評など。三十代の初めぐらいからなので二十数年になる。

詩よりも文章が多いのも思い返してみれば不思議なのかもしれないが、新聞に載せる文章と詩とはとても似ているところがあると思ってきた。

スペースの関係でどうしても原稿には簡潔さや短さを求められるから、書いた内容をそぎ落とす作業が必要になるのだが、そこが詩人にとってどこか同じ感覚だと感じる。

各新聞を比べてみると一行の字数に違いがあるのが分かる。例えば十一字、十三字、十五字など。各社の新聞紙面の個性の違いは、わずかな差異から既に始まっているのかもしれない。

書く時に一字がはみ出せば、またいでしまって一行が増えてしまうし、反対に一字削っただけで一行が減ることにもなる。だから「しかし」を「だが」に変えるとぴたりと収まったりする。スリリングな気持ちで言葉を変えたり削ったりしていく。

ありがたくもインタビューなどを受けることも。「最後に確認ですが……」と記者さんから質問があると、誕生日である場合が多い。略歴で年齢が記されるが、掲載日がその日を過ぎたりすると年を一つ足さなくてはならない。たまたまその朝に掲載という記事があった。親しい方から取材を受けた。そういえば誕生日の打ち合わせをしなかったと思い出した。紙面を開く瞬間に失敗したと思ったがしっかりと一歳が足されていた。後で連絡を入れてみると、きちんと把握してくださっていた。さすがプロである。

新聞は次々に情報が飛び込んでくるので、一つ一つの事実への姿勢は厳しいし、どの記者の方も念入りだ。文学畑の人間にとって何かを書くいうことについて、情報と事実の正しさを妥協せず極める人々の姿勢に、活を入れられているような気持ちになる。

さて私は高校の演劇部の顧問であるが、今年も卒業生を見送ることとなった。芝居の勉強を続けるために、東京へ旅立つ女子生徒がある。

先生のおかげで演劇と出会えて良かったですと別れの手紙をくれた。人柄が分かる丁寧な文字だった。四月から新聞奨学生となる。朝の三時に起床して、配達して、その後に学校に行く。帰宅したらすぐに夕刊の配達をして……、という日々への決意が記されてあった。

一年生からのあどけなかった姿が浮かんできて目が潤んできた。今まで故郷から出たことのない彼女が都会の街で知らない人々と暮らしながら、新聞とともに青春の日々を送っていく。応援の涙になった。

書く、編む、配る。

新聞とはさまざまな人生が投影された、市井の私たちへの毎日の手紙なのかもしれない。

（二〇二二年三月）

静寂が恋しい

ブルーの車体に付着した、ピンクの花びらを見つけた。

ある港の駐車場に車を止めて、堤防を歩いてみることにした。潮風を吸い込む。

天気の良い休日。たくさんの人の姿があることに驚いた。新しいたたずまいの海辺である。

十一年前の春には大きな津波に襲われてしまい、人も暮らしも奪われてしまった。仙台に程近い港である。

穏やかな人の影と風景に、どこか夢を見ているような気持ちになってしまった。

十一年前の春の喪失の記憶と、思わず歌でも口ずさみたくなるような目の前の平静さとが隣り合っている。

激しい攻撃が続くウクライナのハリコフの地下で、シェルターに避難しながら活動を続けているアーティストの現地からの手記を知り合いの方から送っていただき、昨晩読み耽った。「静寂が恋しい。何か恐ろしいものが出てくるなんて予期することもない、本当の、穏やかな静寂が」と綴られていた。

フレーズの一つ一つが浮かんできた。かつて牙を剝いた春の海の、今はとても静かな潮鳴りの旋律と重なっていく気がした。視界がはっきりしないのは花粉のせいではなくて言葉にならない大きな暗闇のようなものと心が向き合っているからなのかもしれない。「爆発音が聞こえない時間が長くなると、それが良いことなのか悪いことなのか、すぐに自問自答が始まるのです」と続けられていた。

釣りをする人々の姿がある。父子の楽しそうな影がある。幼い頃から私も、父とよく休みの日には海釣りをしたものだった。子どもと自分の過去の姿が重なる。その後ろを若者たちが夢中になって話をしながら通り過ぎていく。さっき初心者マークを付けた車から降りてきた人たちだ。

背後をゆっくりと歩くようにして何が釣れますかと親子に聞いてきた男性があった。何が？震災の記憶。戦争の不条理。安らかな休日。頭の中で渦巻き出す。

私は釣り竿を握るあの子だ。シェルターの暗がりで震えている女性だ。無念にも津波に巻き込まれてしまった人だ。車の運転を覚えたばかりの青年だ。ウクライナの街で涙を拭う老人だ。行方不明の娘を捜し続ける父親だ。

私は……。私は誰か？　堤防の人影がおぼろになって、沖の光の中へ皆で静かに行進していくような錯覚に陥る。

「四月は残酷な月だ」と英国の詩人Ｔ・Ｓ・エリオットは長編詩の冒頭で記した。命の芽吹きが悲しく思える瞬間も時にはあるのだ、と。

ここに来るまでに、道すがら桜の花吹雪と出合った。花びらの渦を抜けると、生と死の意味が風に洗われているかのようだった。静寂が恋しいと呟いた私の声があった。

（二〇二二年四月）

エビでたい焼きを

甘い物が好きである。原稿を書いて頭をいささか使うと、その後で無性に食べたくなる。先ほど前日に買ったたい焼きを、むしゃむしゃと食べたところである。

久しぶりの休日。朝から書評の幾つかを書いている最中。区切りをつけて、寺山修司の「書を捨てよ町へ出よう」のかけ声のごとく、出かけることとしよう。川や沼にでも行き、緩やかに釣りでもしてみたいものだ。窓を眺めると曇り空。天気が悪いから水辺はやめにしようか。ならばと考えたが、目的地が思い浮かばない。魚の姿が……と心を過ぎったのが、たい焼きであった。

しばらくして白河方面へと車を走らせた。福島県内の情報誌で、塙町に老舗のたい焼き屋があることを知っていたので、妻と行ってみようということになった。百年も続いている味なのだそうである。一体、どのようなものものだろう。妄想が膨らむ（それにしても私の興味は、もはやたい焼きしかないのだろうか……。そのためにわざわざ行くのかと思われたかもしれませんが、和合家のドライブとはそういうものが多いのです）。高速道路で一時間、降りてさらに道を一時間ほど行くと塙の手前の棚倉町に差しかかる。

いつの間にか雨。あいにくの天気だ。城の跡の近くに蔵を利用した美術館を発見した。休憩も兼ねて足を踏み入れてみることにした。

私も妻も、それぞれに蔵のある家で育った。私は小学校に入るまで蔵座敷で寝起きしていたこともあり、そもそもこうしたたたずまいに、深い親しみを覚える。

奥へ行くと棚倉の地にゆかりのある画家の藁谷実氏の日本画が壁にずらりと並んでいた。繊細な絵筆がさまざまなヨーロッパの風景を捉えている。美しい建物や城が描かれていて、かつて巡った幾つかの旅の景色が鮮やかに心に喚起されるかのようであり、食い入るように眺めた。

空間の独特の匂いに包まれていて不思議な懐かしさが湧いてくる。屋根を叩く雨音。

空、道、家、樹木。線が線を、色が色を誘いながら、異郷の季節を密室へと連れてくる。はるかなる世界が屋敷に飛び込んできている感じがある。あらゆる景物の存在そのものの不思議さが、一つ一つに宿っている気がする。ここにしまい込まれている数多の美しいたたずまいを洗うかのように雨は窓の外で優しく歌い続けているのだろう。

見えない宝石のようなものを得た気がした。洗練された時間の渦の中でしばらく何も考えられなくなってしまった。しかも入場は無料である。

どうしてここまで来たんだっけ……、ああそうだった。エビでタイを釣ったような心持ちになって、その後、塙町の老舗で百年目のたい焼きを買う。

（二〇二二年五月）

母の母校に歌を

暮らしている福島市から太平洋へ向かって行く。車で三十分ほどでたどり着く山あいに、福島県川俣町がある。

近年ではNHKの連続テレビ小説「エール」で、作曲家の古関裕而が青年時代に過ごした町として詳しく描かれたことにより、改めて広く知られるようになった。遠方から訪ねてくる古関ファンが、今でもかなり多いらしい。

この地は母の故郷である。母の母校の川俣小の校歌を、この春に新しく作らせていただくことになった。母のみならずおじもおばも親戚たちも卒業した学校である。作詞の筆にも力が入る。

子どもの頃は夏休みになるとよく母の実家に泊まった。家族や親戚とワイワイと過ごすのが楽しみだった。いとこたちとよく町じゅうを駆け回った。二十代の終わりには、町で一つだけの高校の教師として赴任した。私にとっても第二の故郷のような所である。

ある時、教え子たちと通りを歩いていると、店の奥からご年配の女性に声をかけられた。「先生のおじいちゃん、川俣の人でしょ。よく知っているよ」。かなり驚いた。どうして分かったのだろうか。理由は簡単であった。顔が似ているのだ、と。

実は私が生まれる前に他界してしまったので、祖父には会ったことが一度もない。何だか、とても近くに感じられた。自分自身のルーツを示されたような気がして、不思議とうれしかった。祖母と母もうり二つである。実家に泊まりに行くと朝早くから茶の間で、起きがけの私にさまざまな昔話をしてくれた。

かつては絹の産業で川俣がかなり栄えていたことが子ども心にもよく分かった。昭和のにぎやかな暮らしが生き生きと見えてくるかのようだった。そこに家族の話が面白おかしく入り交じる。特に母のエピソードが多かったが、夢中で聞き入ってしまう。

「あんたは賢い顔しているね」といつも褒めてくれた。残念ながら賢くはならなかったが、雲の上の祖母に、時折にすごく会いたくなることがある。

校歌が完成した。母の後輩たちにしっかり渡すことができた。ある日、教え子だった女性が久しぶりにメールをくれた。息子が先生の歌を家で練習していますよ、と。何ともうれしいメッセージだった。ここにもまた、川俣の母あり。

その後に続けて書いてくれた。震災直前の三月八日に誕生した子です、と。今、歌ってくれているのは震災の前後に生を受けた子どもたちなのである。

あの激しい地震のさなかに、生まれたばかりのわが子を抱き締めて、彼女は病室で何度も呟いたのだそうだ。「もうこれ以上、怖いことが、この子に起きませんように」。たくさんの母の声が聞こえた気がして目が潤んだ。

（二〇二二年六月）

にわか雨よ、どうか優しく。

ぽつり。肩や頬に大きな雨粒。一つ、二つ。ふと見上げる。降ってくる。一気に。にわか雨に襲われてしまい、ずぶぬれになってしまうことが、この季節にはよくある。ウォーキングをしていて出くわしてしまい、早くもシャワーを浴びている気持ちになりながら、家路を急いでいるところだ。

傘を差して帰っていく父子と擦れ違う。こんなに大変な中でも楽しそうな二人の姿である。ほほ笑ましい。かつては小さな息子がよく後ろをくっついてきて、あんなふうに連れ立って歩いたものだった。

強く打たれながら、懐かしさがふつふつと湧き上がってくる。この七月で彼は二十四歳になるのだった。東京で元気にやっているのだとわざと大きくうなずいてみる。

水の激しさは増すばかり。あらゆるメッセージを皮膚へ直接に生々しく打ち込もうとしてくるかのようだ。こんな豪雨のシーンは、ドラマや映画のクライマックスなどで何度か見たことがある気がする。まあ五十を過ぎたおじさんがやり込められているシーンは誰も見たくないだろう。

小学校五年生ぐらいだっただろうか。近所の友達との帰り道。やはりこんなふうに急にどう、と降られたことがあった。あまりにもすごい雨脚に道の先を見失いそうになった。恐ろしくなり手をつなぎながら帰ることにした。

途中から、どちらからともなく笑い出した。大声で歌いながら、ずっと歩き続けた。ランドセルを左右に振って、踊るようにしながら。家に帰ってからもおかしさが消えなくて、それが止まらなかった。父母に気味悪がられた。

びしょぬれのままに笑顔で戻ったら妻に驚かれるだろう。帰宅して、本物のシャワーを浴びる。落ち着きを取り戻して、テレビを眺める。

暗いニュースばかりが次から次へ。元首相が銃弾に倒れるという衝撃的な事件、軍事侵攻やコロナ感染、物価高に関する報道……。暗い時代のやるせなさをどこにもぶつけようがない。持て余すしかない感情の雨の中を私たちはひたすら歩き続けているのかもしれない。肌が水玉の感触を鮮明に覚えていて、ざわめきが収まらない気がした。

翌朝も、いつの間にか、静かに降り始めていた。暑気を払って涼しげな印象を与える。出勤。車を走らせる。途中に母と娘の姿を見かける。

まだ小さな女の子を交差点まで送り、ずっとその背中を見続けている場面である。女の子は傘とランドセルを揺らしながら、後ろを振り向かずに真っすぐに歩いていく。あの子は知っているのだろうか。母の視線を。

気付いているから安心して歩いているのだ。こんなふうに優しい雨もある。

（二〇二二年七月）

マスクの下のミッション

この夏はさまざまなイベントへの出演があった。フリーアナウンサーをしている妻も、サマーコンサートの司会などの仕事が数多くあった。たくさんの方とお会いするので、しばらくは家の中でマスクをして過ごすことにしたり、食事も別々の部屋で取ることにしたりしている。

体湿は正常であるし、喉の痛みもないのだが、ひとまず念には念を入れることにしているのだ。本当に大丈夫だとお互いが感じた時に自然と外していくことになる。

アイデアが急に浮かんだ。トークイベントが終わって、それから一週間ほど夏休みを頂くことにしている。マスクをする休日が続く。そうだ。試しにひげを生やしてみようじゃないか。隠れてしまって見えない部分だけ、伸ばし放題にしてみたら、どうなるだろう。鼻の下と口の周りと顎の辺りを。

昔から少しでも伸びていると嫌がるので、妻に気付かれたら最後である。ふむ。変なタイミングで急に外して驚かせるのも名案である。

そういえばもうすぐ誕生日がやって来る。何しろ生まれてから一度も生やしたことがない。これぞ夏の男の挑戦である。こうしてまず数日がたっていった。その時点で幾つか分かったことがある。

一つはなかなか似合うということである。誰かに見せてそれを尋ねてみたい。二つ目は気になって仕方がないということ。一人でいる時は、いつもジョリジョリと指で触っている。もはや集中できず何も手に付かない気がしてしまう。三つ目はマスクの布地と擦れ合う音を常に耳にしているということ。これもなかなか慣れない。

休暇の終わりには、さすがにさっぱりと剃らなくてはならないから、それまでにミッションを成功させなくては。マスクの下の極秘事項は速やかに進められていった。

先ほど、ソファでうたた寝をして目覚めたら、きちんとマスクをしていて素晴らしいと褒められた。危なかった。本当はあるものを大切に育てているからなのである。繁茂する野原の夏草のように、どうか短期間で勢いよく成長してほしい。

さらに数日を経た。努力が実った。植木鉢に無造作に生えてしまったコケぐらいにはなってきた感じがある。本日は誕生日の早朝。記念して昨晩にユーチューブで学習した通りに手入れをしてみよう。

薄暗がり。鏡の前へ。あらためて、見たことのないような誰かが立っていることに気付かされる。カミソリを動かしてみた。バランスが変になってしまった。マズイ。剃る。さらに妙な具合に。どんどん別人に。いろんな顔を持っているんだなあ。人間って。感心している五十四歳の私であった。

（二〇二一年八月）

甲子園の誓い

かつて甲子園に出かけたことがあった。高校野球の試合を見て、すぐに励ましのフレーズか、できれば短い詩を一つ書いてもらいたい。ある新聞社からの依頼を受けた。

当日は特等席のような所で見させていただいた。甲子園で試合を見ること自体、初めてのことだった。とにかく熱い。真夏の大阪の気温はもとより、選手と群衆の熱気のせいであった。

一塁側と二塁側に詰めかけた観客たちの応援合戦。小さな白球の動きに人々の全ての視線は集中する。打つ、投げる、捕る、走る。割れんばかりの声援と音楽が飛ぶ。地響きとなり選手へ向かう。

生きている人間のエネルギーはこれほど凄いのか。その凄さに涙が出てしまったのだった。汗と一緒にそれが頬を流れているのが分かった。震災から三年の夏。知人や友人をはじめとして多くの無念の死をずっと想い続けてきたからかもしれなかった。生と死の記憶が心を巡ったのだ。

涙を拭って書き上げてすぐに手渡した。一日観戦して近くのホテルに投宿。眠る前に一階のラウンジのバーで軽く何かを飲もうと思った。座るとお店の方から、カウンター越しにどちらからですかと話しかけられた。福島から来ましたと答える。「聖光学院」と口にしながら、周りのお客さんが待っていましたとばかりにグラスを持って近づいてきた。あれよと言う間に野球談議が始まり、ここでもエネルギーを浴びてすっかり面食らってしまった。

連泊して観戦している人々であった。汗水流して工事現場などで秋と冬と春を働き、ためたお金で夏の間は甲子園で試合を見続けるという方々だった。全国各地から集まっている。皆、家族のように仲が良い。「東北勢は強くなったけど白河の関はなかなか越えませんねえ」と全員が深く頷く。「聖光学院」「花巻東」「仙台育英」などのキーワードがぐるぐると巡り、夜は更けた。

来年もこの宿の、このバーでお会いしましょうと皆に言われた。私たちは必ずそう約束して、決勝が終わると別れていくんですよ、と。

八年後。準決勝。宮城と福島の対決となった。聖光学院が二回裏で大量得点を許してしまい、仙台育英に軍配が上がる。数日後、育英が見事に優勝旗を手にした。決勝戦の六回では、聖光の応援の曲「キセキ」を、育英の吹奏楽部がスタンドで演奏してくれた。この嬉しい奇跡は、福島の人々の心を深く揺すぶった。

皆さんお元気ですか。深紅の旗が白河の関を越えましたよ。

夏が過ぎて高くなってきた空にあの夜の面々を思う。季節が終わってそれぞれの街へ帰ったのだろう。再会を誓い合って。次の甲子園に向かって今日を生きているだ。


（二〇二二年九月）

小さな靴が待っている。

旧町役場の前を過ぎる。

玄関の前の時計は地震発生時の午後二時四十六分を指したままであった。福島県双葉町は、今夏の末に東京電力福島第一原発事故に伴う避難指示の一部が解除となった。それからは町役場関係の方々などを中心に少しずつ人々が暮らし始めている。駅前には復興公営住宅などが新しく建設される予定である。

お誘いをいただき、役場にお勤めのHさんに車で案内していただいた。二十代の頃、私は南相馬市の高校に勤めていた。この町を家庭訪問などで訪ねていたので、通りや家々のたたずまいをよく覚えている。

所々傷んでいる様子に気付かされた。傾いてしまったり、屋根の重みでつぶれそうになったりしているのも目立った。更地も多い。既に家屋の撤去を終えた場所だ。立ち入ることのできなかった、東日本大震災から十一年と半年の歳月の真顔が一瞬のうちに見えた気がした。「地元の方が町に戻り住む場合には、壊して建て直すか、片付けやリフォームをするか、その選択が、まずありますね」

許可が得られないと入ることのできない区域へ向かう。中間貯蔵施設を見せていただいた。除染土を保管する予定の白い巨大なプールの前で潮風に吹かれた。トラックや人々の行き来が多くあり、砂煙が舞う。

Hさんのご実家を案内していただいた。庭から眺めた静かな家屋の表情とは裏腹に、その中はものすごい顔をしていた。イノシシが入り込んできて、荒らしていったのだ。

初めて入った時は獣の臭いがすごかったそうだ。物を盗りに窓を壊して人間が侵入する。その後に動物が入るというケースが多いらしい。転がった缶詰の底を見せて下さった。ぽっかりと開いた牙の大きな跡。静かな面持ちで説明するHさんの心中を思った。

双葉南小学校の中を見学させていただいた。避難した当時のままの瞬間があった。ランドセルがそのまま置かれていて、背負われたい様子だった。玄関の棚には小さな靴が持ち主を静かに待っている。その呼吸が見えた気がした。

一部解除を機に少しずつでも心のつながりを持ってもらえるといい。Hさんは繰り返し、熱く話してくれた。

例えばこうして少しでも町に戻ることができると感じるのと、立ち入れないのだと諦めてしまうこととでは、気持ちが全く違う。今回の一部解除の意味は私たちにとって、大きなものがある——。

遅くまで語り合った。帰り道に家明かりのない国道を走りながら、駅前のたたずまい、缶詰の底の穴、ランドセル、小さな靴などが浮かんだ。二時四十六分を指していた長針と短針。海辺の鉄塔が高くから、サインを送ってくる。光。今から始まるのだ、と。

（二〇二二年十月）

コンビニの怪人

「オペラ座の怪人」ならぬ「コンビニの怪人」とでも呼んでみようか。職場の近くにある山の麓の公園の前のコンビニで、早朝によく見かけるご年配の紳士がいる。

朝の七時過ぎに駆け込むようにして店に入り、朝食と昼食とコーヒーを目に付く物から買い求めることの多い私だが、会計を済ませて車に乗り込もうとすると、静かな彼の背中が目に入る。大きな窓に面した、イートインのコーナーの真ん中に座り、朝の食事を時々しているのだ。その姿がとてもゆったりしていて、ぴたりと時間がそこだけ止まっているような感じを受ける。

携帯の画面を眺めたり、新聞を広げたり、日によっても過ごし方はさまざまである。明るい色のマイボトルが食する物の隣に必ず置いてある。飲み物は持参という方法もあるのか、と不思議な感心をしてしまう。ちらりと顔を眺めてみる。穏やかな印象。

私も彼もこの店の棚の物を食していることになる。つまりは同じ釜の飯の友と言えるかもしれない。外へ出ると駐車場の地面を蹴るようにして車へと急ぐ。朝飯はさっと運転席で頬張って済ませてしまうことが多い。

信号待ちをしている時、店内で先日に偶然出くわした高校時代の同級生の顔がふと浮かんできた。「お互いに白髪が増えてきたね」。今年五十四歳になったわれわれであったが「来年には五十五か」。「四捨五入すると還暦だ。気持ちは十八歳のままなんだけど」などとレジに並びながら笑い合った。

ところで、その姿をお見かけした後に、あれこれ推理してみたくなる。これが「怪人」と呼んでいる理由である。

定年退職を迎えた後の悠々自適な暮らしを楽しんでいるのだろうか。それともこれから仕事へ出かけるのか。一人暮らしなのかもしれないし、家族の気忙しい早朝の時間から脱出するようにして来ているのかもしれないし。

心の中は果たして楽しいのか、あるいは寂しいのか。何しろ何の手がかりもない。そしてなぜだかいつも同じところにたどり着くのだ。しばらくすると私も定年の時期を迎えるのだ、と。そこに考えが行き着くと、いつも驚きの声が上がりそうになる。

翌日の朝はいなかった。珍しく時間に余裕があったので、袋を提げて深呼吸をしながら歩いてみた。燃え上がるような山影が目に飛び込んできた。秋の終わりの紅葉が虹色に輝いている。少なくとも彼はこの光景を誰よりも知っているはずである。

昨日は謳歌したい気持ちで朝食を終え、通勤ラッシュが終わった頃に席を離れたのだろう。そうに違いない。飯の友は想像してみる。

（二〇二二年十一月）

新しい景色をともに。

サッカーの日本チームが、ワールドカップ（W杯）の決勝トーナメントへ勝ち進んだ。「ベスト8以上が目標。日本人一丸となって新しい景色を見たい」と森保一監督が語っていた。とても誠実な良いコメントだと思った。同じ頃に、ウクライナのハリコフに暮らしていたアーティストが来日した。オリア・フェドロバさんという若手の女性アーティストだ。

本年二月にロシアの侵攻が開始され、激しい爆撃を受けた。地下のシェルターへ避難しながら、オンライン上に盛んにその状況を発信し続けていた方である。

そこで記された手記を、オリアさんと親しいプロデューサーの根上陽子さんに、リアルタイムで読ませていただいた。状況の残酷さと凄まじさが胸に迫ってきた。根上さんが翻訳をして、それを届けてくださった。

その後も書簡を何度か交わすことができた。結婚を前に、フィアンセは前線に武器を持って出かけていったこともそのやりとりの中で知った。

やがて根上さんのサポートにより、オリアさんが二週間ほど日本に滞在することとなった。現地で今、何が起きているのかを語るトークの場が設けられた。

その前にごあいさつさせていただいた。写真よりも穏やかな印象を受けたが、語り始めると言葉にならない怒りと震えが全身から発せられている感じがある。書状の往復だけでは受け取ることのできないものがあると分かった。

侵攻前とその後ではアーティストたちの作品が大きく変わってしまったことを、実際の作品をモニターへ映し出しながら説明してくださった。心が落ち込んだり、病んでしまったりして活動のできない仲間たちの話も。

前線の兵士や失意に沈む友人たちの分も発信し続けなくてはならない、とオリアさんは語った。「怒りしかない。それが私たちを支えている」

現地のアーティストたちは、爆撃を受けた美術館の壁に作品を飾っている。夜は電気がなくて真っ暗だが、それでも懐中電灯などで作品を鑑賞するために、人々は集まる。その後はたき火を囲むなどして語らいや支え合いの場が自然と出来上がっている、と。

闇はずっと恐ろしいものだったが、最近は親しいものに皆は感じていると教えてくれた。別の形で「新しい景色」の言葉がとっさに浮かんだ。

決勝トーナメントの初戦で日本は惜敗してしまった。会場のカタールへ応援に出かけたサポーターたちがテレビのインタビューに答えて、カメラの前で号泣していた。

その涙を見つめながら、夜の底で、火と灯りに身を寄せ合っているウクライナの人々の影を不意に思い浮かべた。

（二〇二二年十二月）

震災からの日々

骨が記憶する揺れ

翌日は福島県富岡町の双葉警察署の前にある慰霊碑に、手を合わせに行く予定だった。東日本大震災の折に波にさらわれてしまって、五人の警察官が殉職している。祈りたいと思った。以前、碑の隣には警察官の青年が乗っていたパトカーが置かれていた。無残にも波の力で上半分が圧し潰された一台。震災を伝える大切な物として、新設される町の施設に保管されることになった。すでに予定地へ移されたと新聞で読んでいた。

余震だ。すぐに分かった。骨が記憶している強い揺れである。さまざまなものが飛び出したり、壊れたりしている音に襲われるようにして、妻と庭へ逃げた。辺り一帯は突然目を閉じたみたいに停電となった。青ざめた。

サンダル履きだったので、まずは懐中電灯をと思い玄関にあがると、足にガラスの破片の感触があった。慌ててそれを取ろうとすると、指の腹を切った。血の色が暗やみでもはっきりと見えた気がした。思い出した。十年前も、同じことをしてしまったのだ。

外から近所の人が懐中電灯で「大丈夫ですかあ」と声をかけてくださるのが聞こえた。実家の母に電話をして無事を確認。震災の時よりも揺れた感じがした、と。懐中電灯を見つけた。まずは風呂おけいっぱいに水をためることにした。これもかつての経験からの発想である。また揺れが来るかもしれない。近所のコンビニへ買い出しに。信号はついていない。店内は真っ暗。別の店も。戻ることにした。

やがて明け方四時過ぎに電気が戻った。安心して横になりまどろむことにしたが、心は目覚めてしまった。揺さぶられ、呼び戻されたのだ、あの日に。新型コロナウイルス禍の状況が一年も続いていて、どこか震災後の歳月を語る気力がわかない気がしていたのを、一喝された思いがする。仮眠をとって、とにかく片付けを続けることに。そして道が大丈夫であることを確認して、午後には富岡町へ。

若い警察官だけ、まだ行方が知れないままだ。十年。どこへ。たどりつくと花束を入れる左右の筒が倒れていた。戻して花を挿して祈った。

その後、車体が収蔵されている施設の倉庫近くに車を向けた。今夏の開館に向けて準備中である。立派な建物と敷地だ。立ち入りを制限する柵の近くに立って、手を合わせた。彼は最後まで人々を誘導し続けた。学生の頃から正義感の強い人柄だった。教え子である。凜としたまなざしが二月の雲間から。

（共同通信　二〇二一年二月）

十年目の春

教師になったばかりの頃の教え子に会いに出かけた。演劇部の部長だった。しっかり者でユニークな人柄であり、部をよくまとめてくれていた。

東日本大震災直後には福島県南相馬市から避難をした。その後は五回も転居した。ようやく海の近くにある元の家に戻り、ご主人と娘さんと暮らしている。駅前の図書館の広いロビーで待ち合わせをした。

娘さんも一緒だった。お母さんの影響で看護師を目指しているという。現在高校三年生で、実は来週に試験を控えている、と。話をいつも聞いていたのだけれど、挨拶するのは初めてである。立派に母親をやっている。明るくて溌剌とした当時の様子を重ねて、日常の様子を想像して笑みがこぼれてしまう。

折に触れて様々に話を交わしてきた。震災後に彼女らが経験した数々のエピソードが去来してきて、心がじわりと苦しくなってくる。

伊達市や会津若松市などをめぐった避難生活。旦那さんは仕事があるので地元に残るしかなくて、母子の二人きりであった。ある町ではアパートを学校の近くに借りることが出来なくて、四十キロも離れた道のりを車で送り迎えした。なだらかではない起伏のある箇所や、狭い道や渋滞などを抜けた。今、この子を守る存在は私ひとりだけなのだと言い聞かせた。ストレスで激しい頭痛やめまいに苦しめられる。やがて病院である診断を受けた。かなり追いつめられたのだろう。今も長距離で仕事に通っていると知り、大丈夫なのかと尋ねた。笑顔が返る。ご主人と一緒だからとても心強いとのこと。話は尽きない。

海近くに暮らしてはいるのだけれど、今でもあまり近づきたくない。あれこれと思い出してしまうから、と。震災前まではあんなに大好きだったのに。

津波で亡くした友がいるという。生まれたばかりの子どもを抱きかかえるようにしてさらわれてしまった。絶対に離さないように腕に赤子をしっかり抱えたままの姿で、やがて見つけられたのだそうである。涙をこらえていた彼女は、目の前で静かに泣きだしてしまった。

子どもを優しく抱いているその人の姿が浮かんだ。震災でわが子を守りつづけた母の懸命な気持ちの原形がそこにある。

しばらくたって、娘さんが看護学校に合格したとの連絡があった。良かった。震災から十年の春だ。深い静けさに包まれている海辺と夜明けを想った。

（共同通信　二〇二一年三月）

キプカと警戒区域

あるギャラリーで出合った、横長の一枚の写真がずっと心に残っている。幅は二メートルほどもあった。人の気配のない警戒区域を写したものである。植物が生い茂って、荒れ果ててしまった家と田園の風景が迫ってくる。静けさと深い寂しさが匂いたつようだった。

岩根愛さんの作品である。木村伊兵衛写真賞を受賞している気鋭の写真家。コダック・サーカットという特別なカメラを使用していると知った。

三月の末に対談をする機会を得た。岩根さんはライフワークの一つとして、ハワイの島々と福島県とを往復しながらの撮影をこつこつと展開してきた。ハワイで代々日系人が踊り続けている盆踊り（現地ではボンダンスと呼ばれている）のルーツが、浜通りに伝わる「双葉盆歌」だとやがて知ることになる。それから福島へ足を運び、時間の影を探すようにして各地を撮影してきた。異郷を経由して生まれた被災地との縁だった。

ハワイでは日系人のお墓を探して島をめぐってきた。南国の草木が茂る山や谷に墓碑がひっそりとたたずむ風景を探し続けた。かつて福島からもたくさんの先人が渡っていったのだろう。

そう思うと、盆踊りの唄が違って聞こえてくる気がする。幼い頃から親しんできた節やフレーズが海の向こうでも愛されているのだ。ちなみに私の暮らしている地域より少し北へ行くと全く違う唄になる。思いもよらない強い絆を感じる。

ボンダンスの輪にぜひ交ざってみたい。岩根さんはハワイで、火山が噴火した場所へも果敢に足を運ぶ。マグマが押し寄せる谷間へ。

野山をマグマが覆いつくしてしまっても奇跡的に植物が残る場所がある。「キプカ」と現地で呼ばれているそうだ。魂と気を与えられるかのようにして植生する花木のオアシス。岩根さんはそれを撮り続けてきた。何枚も見せてくださった。炎の波に奪われずに残っている墓石の姿もある。

十年前の東日本大震災後に、私は津波の後の光景を写真に撮った。初めはためらった。しかし記録しなければという思いがあった。岩根さんが撮る溶岩の光景はあの海辺に似ている気がする。シャッターの音を耳にしながら、ここに暮らしと命があったのだと思って目が潤んだ記憶がよみがえる。

遠くのキプカと近くの警戒区域。

繁茂する草木。

それぞれにある私たちの今の、根と枝と葉。

（共同通信　二〇二一年四月）

あのときの子どもたち

おさまらない新型コロナウイルス禍の日々、なるべく静かな生活を続けながら、あちこち取材に出かけられない歯がゆさを感じている。東日本大震災から十年がたって、いろんな方にお会いして話を伺ってみたいという思いが強まるが、今は我慢する他はない。

勤務する学校では、マスクをして生徒たちと毎日やりとりをしている。今春に入学してきた新入生たちは、十年前には幼稚園や保育園に通っていた年頃だったということに、ふと思い至った。震災後に取材させていただいた、いわき市にある幼稚園の園長先生の話が頭に浮かんだ。避難先から戻ってくる世帯が増えてきたので、園を再開することにした。その機会に伺った。聞くと、実は震災前とは子どもたちの様子が違うことに気がついたという。いつもと同じように夕方の迎えが来るまで元気に遊んでいるのだけれど、家の人が現れると顔つきがさっと変わるのだ、と。

震災前であれば父や母の胸に飛ぶようにして抱きつき、ニコニコと機嫌よく帰っていった。しかし、今は大人たちの辛さをきちんと分かっている様子で、とても気をつかうようにして静かに手を引かれていく。小さな子どもでも震災とは何かをはっきりと分かっていて、家族のことを思っているのが痛いほどに伝わってくる、と。心に急にこみあがるものがあったのだろう。はきはきと話している最中、ふいに涙ぐまれた。

これは一年ほど前のことだが、やはり震災当時に保育園に通っていた子どもの書いた作文を読んだことがある。その時の園長さんや先生の様子をはっきりと覚えている文面だった。テーブルの下に潜って、皆で手をつないで激しい余震に耐えた体験が書かれていた。「怖くないからね、大丈夫」。先生たちは震えながらも隣で励ましてくれた。その毅然とした声をはっきりと覚えていて、今でも心を支えてくれる時があると、続けて記されていた。

一日の授業が終わって清掃の時間となる。ホウキを手に生徒たちと作業をしていると、青空をツバメが行き交う。毎年、春を告げるようにして軒下に巣を作りにやってくる。そして三週間ほどで子を育てて、初夏を前に旅立つ。

今はじっと我慢……が口癖のようになっている毎日。十年前と現在と、二度も耐える年月を味わっている。それでも大人の手と声の確かさを、あの時の子どもたちはずっと忘れないだろう。鳥が風を滑った。

（共同通信　二〇二一年五月）

小さな草むらの心

川べりを散歩しながらよく眺める雑木林があった。枝を渡る鳥のさえずりなどを聞くのを楽しみにしていたのだが、春を前にして木々がすっかり切られてしまった。伐採する必要があったのだろうが、いつもあった風景が突然、なくなってしまったことに、深い寂しさを覚えてしまう。ただ、川の近くに一本だけ残されていた。久しぶりにそれを眺めに行こうと思って、てくてく歩いてみた。

空の広がり。ふと「祈りの手紙」の中の一通が思い出されてきた。毎年、東日本大震災で亡くなった方などへの手紙を募集し、その選者を務めている。三月十一日には集まったその全ての手紙を、大きな慰霊碑のある福島市の安洞院というお寺に奉納する。その後も折に触れて読み返しをさせていただきながら、自分の心の寄る辺にしている。

「マル君、メグさん、ちい君、はっちん君どうしていますか……」「津波から十年になるのですね」。手紙は、かわいがっていた四匹の猫たちに宛てられている。津波が襲ってきた時は、義理のご両親を二階に上げるのが精いっぱいだった。先に九十五歳の義父を。そして九十一歳の義母を階上へ連れていこうとする時には、既に首のあたりまで水につかってしまっていたそうである。

やっとの思いで母を助けることができたが、最愛の彼らを守ってはあげられなかった。「とても怖かったよね。とても冷たかったよね。どんなにか苦しかったことでしょうね」流した涙の跡が見えてくるような文字の運びである。メールなどでは伝わらない気持ちの震えが一枚目の便箋の文字のひとつひとつに宿っている。読む人の心を強く呼び覚まそうとする。そして二枚目では「虹の橋」という絵本と出合ったことが綴られている。

世を去った動物たちは天国にかかる七色の橋で楽しく過ごしているという話を読んで、少し救われたそうだ。それからは虹を見つけると、あそこで私を待ってくれていると思うようになった、と。「いつか必ず会いましょうね」という呼びかけで結ばれていた。

水辺にたどりついた。色の濃い草が生えて、初夏の野原になっていた。喪失感のなかに、こんなふうに芽生えようとする緑の命があるのだと知った。震災から十年。心の回復は、まだ小さな草むらにたとえられるようなものなのかもしれない。虹を探してみたくなった。

（共同通信　二〇二一年六月）

詩人の部屋にたまる言葉

宮城県の牡鹿半島の鮎川港近くに、「島周の宿さか井」という宿がある。その一室を現地の書斎として借りて、定期的に訪れている詩人がいる。吉増剛造さんである。

この地で開催された「リボーンアートフェスティバル」（二〇一九年）にアーティストとして参加し、土地や人との親しみが深まったことがきっかけである。現在も、およそ一カ月に一度はここを訪れる。東日本大震災後の海の姿を一つのテーマに据えて詩の創作活動に励んでいる。

部屋は詩人の書斎として公開され、フェスティバルの目玉の一つとなった。その後も宿のご主人の厚意により、オープンスペースとしての試みが継続されている。大きめの机と、資料や書籍、ペンなどが整然と窓の周りに置かれていて、吉増さんの心と言葉の世界に足を踏み入れさせていただいたような気持ちになる。窓からは津波の被害の大きかった半島のたたずまいや金華山の姿、たなびいている白い雲の様子が見渡せる。

私も吉増さんの後ろ姿を追いかけて、気が付けば二十数年ほどもたっているだろうか。災いを越えて続いてきた暮らしを伝えようとしているかのような、起伏ある海岸と波を見つめながら、雑誌の企画による対談をさせていただいた。

吉増さんは滞在中、朝の四時前から起床してひたすら机に向かうという。その他は海景を眺めたり、訪問者と話をしたりというだけで何もしないと笑った。そして夜はできるかぎり早く眠ることにしている、と。

地元の住民がやって来てくれて、窓を眺めながら、ぽつりぽつりと話をしてくれることに耳を傾けていると書きたいことが浮かんでくると語った。「津波があってから何だか恐ろしくて、一度も海を見たことがなかったのだけれど、この部屋に来てしばらくぶりにそれができた」「幼い頃から海女をしているから、海を恨んだりすることはできない」など。震災をめぐる言葉だけが残されていく。それがこの場にたまっていくのだ、と。

半島は鯨の漁が盛んなところである。捕獲された一頭の解体を見に行ったお話もうかがった。大きな体から大量の血が流れている港の一角で、漁師さんたちが慣れた手つきで黙々と作業をしていた。とても静かな気配に驚いた。これは命への敬意なのだと直感した、と。

夏の終わり頃に、今度は福島県の海岸をめぐりながら企画の続きの対談をさせていただく打ち合わせをした。今も私の友人や知人が海のどこかに眠っているのだ。十年の静けさを呼吸したい。

（共同通信　二〇二一年七月）

心のフィルムをこつこつと

福島県南相馬市の駅から徒歩で五分の場所に、「朝日座」という閉館して三十年ほどがたった映画館がある。実は私が国語の教師として初めてこの地に赴任したばかりの年であった。

この館と映画を愛する地元の有志の人々などで短期の上映会やイベントが、その後も行われてきた。何度も出かけたことがあるし、上映後のトークショーにゲストとして、スクリーンを背にして登壇させていただいたこともある。

最初に担任した教え子の一人の高平大輔君は、その映画館の隣で「あさひ食堂」を営んでいた家の息子さんである。今は仙台市でＣＭ制作や映像ディレクターの仕事をしている。大きなプロジェクトを任されたりして頼もしい限りである。

幼い頃は時折、顔パスで映画を見させてもらっていたという。豊かな発想力はスクリーンを通して養われてきたのかもしれない。自分の庭のように映画館を思ってきた彼には今も、並々ならぬ思い入れがある。

チケットもぎりの受付を抜けると、古き良き時代の空気を醸し出すロビーがある。閉館を惜しんで、上映したフィルムのポスターがたくさん貼られている。入り口の大きな窓や壁、柱の古めかしい具合も、南相馬の時間が刻印されているという感じがある。客席と見あげるスクリーンの雰囲気に、誰もが昭和を懐かしく思うことだろう。クローズとなった後も催事や上映会などで時折ではあるが人々の集まる場として親しまれてきた。シンボルとして残り続けている。

東日本大震災の一カ月ほど後に南相馬へ足を運んだことがある。すっかり住人が避難をした後の風景だった。避難先からいち早く戻ってきた知人と会って語り合った。幼い頃から親しんできた町が全く違う表情をしているようだと私に述べた。まさに街なみは別人の冷たい面持ちであった。

館の前も歩いてみたが、冷酷な顔つきで見つめられた気がしたことが鮮明に思い出される。今は往来を歩く人の姿が戻っている。穏やかな眼差しに見守られているような通りの様子だ。「朝日座」を舞台に震災後の街の暮らしを描いた映画が秋から上映される。「浜の朝日の嘘つきどもと」。館の復活を目指す物語である。

久しぶりに高平君に連絡をしてみた。いよいよ始まる全国上映に興奮気味であった。たくさんの方々に映画館と南相馬のたたずまいを感じてもらう機会だ。閉館から、そして震災から、どんなに歳月がたっても、心のフィルムをこつこつと回し続けることが大事なのだ。

（共同通信　二〇二一年八月）

問いかけてくる顔たち

ある展覧会場へ。今日が最終日。ずっと予定が詰まっていて足を運べず、今日こそはと仕事を早めに終えて駆けつけた。

お目当ては、福島県で創作活動を続けている現代美術作家の片平仁《かたひらじん》さんの作品。これまでも東日本大震災後の福島の風景を斬新な方法で描き続けてきたアーティストである。特に原子力発電所を題材にしたCG作品を、インターネットや写真でこれまでも拝見してきた。ぜひ直に見てみたいと思っていた。

受付のすぐ近くの広い壁に片平さんの連作三点が並んでいた。タイトルは「原発頭」。発電所のパーツだろうか。部品の組み合わせが輪郭と表情をつくり、じっとこちらを見つめているかのような奇抜で印象深い作品である。

「人の顔に見える異様なプラントの上に、爆発した原発が乗っている」と文章が添えられている。続けて「原発がモンスターであることを表現したい」と。被災を経験したからこその思い切ったアプローチだと感じる。

どうすれば新鮮なメッセージを発し続けられるのか。そんな問いを、鮮やかな色使いによって視覚的に投げ掛けられている気がした。片平さんとは長年親しくさせていただいているが、福島と美術に対するなまなかでない情熱があらためて伝わってきた。

画布に描かれたセミの群れを眺めていると、最終日の片付けに来られたご本人に声をかけられた。作品を前にしながら言葉を交わしているうちに、これは震災直後の夏に見かけたセミの姿だと語ってくれた。

小さな虫たちが無数にうごめくイメージが、けたたましい鳴き声とともに、十年前の夏の記憶を私の心の底から呼び戻す。生の声を記録したい一心で、数十人の被災者を次から次へと訪ね、素人ながら夢中でインタビューした真夏の日々だった。怒りと悲しみの言葉が聞こえてくる。十年の時をへてあらためて、人とセミの声が耳を鋭く刺す。優れた作品には時を封印する力がある。

隣には、帰還困難区域だと示す看板を中心に据えた、片平さんの友人でもある加茂《かも》昴《あきら》さんの絵画が展示されていた。赤く染まりはじめた空と緑の野原。その真ん中に境界を厳しく伝える野に立つ一枚の板がある。

晩夏の草の匂いと寂しさが入り交じるような色合い。加茂さんともお話しさせていただくことができた。立ち入り禁止を告げる看板のそれぞれに顔のようなものを感じて描いてきたと語ってくれた。ここでも「顔」がキーワードに。会場を見渡した。最終日に集まる人々の顔、マスク、顔……。

（共同通信　二〇二一年九月）

十年後の雨の中で

東日本大震災からしばらくたったころ、他県へ避難した福島県の子どもが「福島が来たから逃げろ」と言われていじめられ、そのましばらく学校に行けなくなったという残念なニュースが流れた。

悲しさと悔しさがこみあげてきた。その町の子どもではなく、まず先に大人たちがそんなふうに言っているに違いないと直観した……。ぶつけようのない気持ちを昨日のことのように思い出す。当時はいろんなことがあった。忘れられない。

同じころ、音楽家の大友良英さんから連絡をいただいた。会いに来てくださった。母校の福島高校の先輩で、音楽家として活躍していることは前から知っていたが、言葉を交わすのは初めてであり緊張した。大友さんは、やはり先輩でパンクロッカーの遠藤ミチロウさんと打ち合わせをしたと語り、福島で音楽フェスをしたいと提案した。全国から一万人を集めたい。マイナスイメージを変えたい、と。

先輩たちの壮大な発想にとても驚いたが、あのニュースに対するやり場のない思いが一方にあり、音楽フェスに参加させていただくこととなった。こうして二〇一一年八月十五日に福島市の四季の里で「プロジェクトFUKUSHIMA！」が開催された。坂本龍一さんほかたくさんのミュージシャン、宮藤官九郎さんなども加わって、のべ一万三千人の動員を記録した。「福島が来た」ではなく「福島へ行く」。それができた。

それ以降、チームの活動の場は東京、関西、札幌などへ拡大していく。トレードマークとしてあるのは、エリアに敷き詰めていく色とりどりの風呂敷を縫い合わせた巨大風呂敷。企画を話し合っていた際の「どうしても大風呂敷を広げてしまうんだよね」という何気ない一言から生まれたアイデアがこのような形に実を結んだ。ぱあっと広げられると、そこだけ異空間になる。震災からの日々を決して忘れないというメッセージが磁力となって宿っている。

十年後。久しぶりに四季の里でイベントが開かれた。十年前は晴れたが、この日は残念ながら雨が降りつづいていた。代表の山岸清之進さんや建築家のアサノコウタさんと「みんな十歳、年を取りましたね」と語り合った。

続けることに意義があると信じる二人。十年前の夏の暑さと十年後に降りしきる静かな秋の雨。忘れまい。七色の布地と、糸と、人の手に降りている歳月。あの日、水平線の向こうに連れ去られた人々は、ずっと若いままですね……。加えて心の中で呟いてみる。

（共同通信　二〇二一年十月）

めぐる月日の中で

秋の日に教え子の高校生たち十数人と一緒に、福島県の浜通りや福島第一原発の敷地内を見学する機会を得た。国道からは何度も眺めてきたが、ここまで間近で見るのは初めてだった。

東日本大震災のときに大破した一号機上部は、細かな片付けはだいぶなされているが、その大きな姿と形は十年前を彷彿とさせる。当時の生徒たちはまだ五歳にも満たない。今回、参加を強く希望して、現地まで足を運ぶことになった。「絶対に近くで見ておかなくちゃと思った」と隣の女子はつぶやいた。煙突の影。

ここまで阿武隈山脈からいわき市を抜けるルートでたどりついた。原発へ近づくにつれて、道沿いに柵や無人の家、店が増えていく。物言わぬ暮らしの影を深く感じ入る様子で見つめる高校生たちの姿があった。案内してくださる方の話に熱心に聞き入っている。建物の内部には放射線量が高くてロボットしか入れないエリアがあることを聞き、そのあたりを皆で見あげた。処理水のタンクが並んでいる場所にさしかかり、その数とボリュームに圧倒された。

廃炉まで数十年。私は今五十代だが、この子たちは廃炉されるころには、それより少し手前の年齢だろうか。近隣の中学校も見学させていただいた。校長先生が震災当時から今までを振り返り、写真なども見せながら詳しくお話ししてくださった（実はこの日は休日だったとうかがった)。

　最後にこんなふうに語った。いつか廃炉が終わって、発電所が撤去されてすっかり更地になった時、そこにこの足で立ってみたいという気持ちが強くある、と。

　二日後には浪江町の請戸小学校へ出かけた。震災遺構として先日公開されたばかりで、たくさんの方が見学に訪れていた。県外ナンバーの車も数多く見られ、大型バスもやって来た。教室や特別室など被災当時の姿のままに展示されていて、凄まじい津波が目に浮かぶようだ。所々に大きな泥の塊が現存している。何かを物語ろうとして、こちらに顔を向けてじっとしている。ある部屋では黒板のメッセージが目に飛び込んできた。

　まだ非公開であったころにかつての学び舎を訪れた子どもたちが、仲間たちに宛てた、たくさんの文字やフレーズ。これを記した彼らは、現在は大学生、あるいは社会人になったばかりぐらいだろう。ここから避難した時はどれほど怖かっただろう。海辺から原発の煙突が見えた。一昨日はあの下にいたのだ。今日は相馬市を抜ける道順でここを訪れた。被災した沿岸と山脈と、十年の年月を一周したのか。めぐり、めぐらせながら。

（共同通信　二〇二一年十一月）

声の貝殻、拾い集める

師走。一年が過ぎていく。二〇二〇年十二月、東日本大震災の日々を振り返るラジオ番組の取材のために、福島県相馬市へ出掛けて行った。

夜にさしかかり、ディレクターと港の近くへ行き、震災から十年を迎える海の、寄せ来る波の音を録ることに。丹念に続けられている録音の作業を眺めながら、足元の貝殻を拾った。手にした途端に、津波直後の浜辺の光景が、その冷たさと共によみがえってきて、はっとさせられた。ゆめゆめ忘れるな、と。

以前、消防団の人から聞いた話が頭に浮かんだ。震災の後、原子力発電所の爆発により、たくさんの人が避難をした。地元に残ったわずかな人数で、海辺に横たわるご遺体を運び上げる作業をした。十日ほどが経過した時、ふと砂浜から数本の指のようなものが見えた。急いで皆で穴を掘ってみると、やがて一人の青年がその中にあった。閉じ込められていたせいなのか、とてもきれいな姿をしていた……、と。

津波の直後のままの様子で、何か大きなものに抱かれるようにして、亡くなっていた。手を合わせた際に、そこにいた気丈な団員の一人が、涙ぐんだ。つられるようにして皆でむせび泣いたそうである。

その談話が、あたかも私の体験のようになって心をめぐっていく。私の心と体の中に、たくさんの人から聞いた言葉や声が眠っている。それが何かのきっかけで目を開くのだ。歳月が流れても、記憶がふとつぶやき始めていると感じることがある。

ある納棺師の方と話した内容も浮かんできた。震災の時、海辺の近くで作業をし続けたそうである。そこには津波にさらわれたたくさんのご遺体があった。棺に納める前に、頬に付いた砂利や貝殻を取り払い、丹念に死化粧を施した。ふと直感した。この人々は、言いたいこと、話したいことを、この体の中へため込んでいるのではないか……。その間、ずっと、潮の匂いがした、と教えてくれた。

私は当時、余震や放射能に対する恐怖にさいなまれて部屋に閉じこもっているばかりだったが、こんなふうに一人一人に心を尽くして、葬送し続けていた人がいたのだ。語られることのない何かと、海の匂いに向き合いながら。

今だからこそ、改めて分かることがあると感じる。そしてこれからも、言葉にならなかった声の貝殻を一つずつ、こつこつと拾い集めていきたい。


（共同通信　二〇二一年十二月）

ウクライナの大地に蒔かれているものを

「静寂が恋しい。何か恐ろしいものが出てくるなんて予期することもない、本当の、穏やかな静寂が」。ある日、知人を通じて、ウクライナのハリキウのアーティストの手記が届けられた。地下のシェルターとアパートを行ったり来たりしながら書き記したという文面には、今のハリキウの生の現実が綴られていた。

過酷な戦火の状況で書かれたそれは、決して長くはないが、言葉一つ一つに目が釘付けになった。「エアコンの音、蛇口から流れる水、廊下や庭で聞こえる近所の人たちの物音など、どんな音も爆発音や戦闘機が近づいてくる音のように聞こえる」。記憶がめぐる。地震、津波、原子力発電所爆発……。私は福島で余震にさいなまれながらツイッターにこう呟いた。「放射能が降っています、静かな夜です」。

報道による死者、行方不明者の数、そして放射線量は増すばかり……。十一年前の様々な災害とやがての風評にさらされた日々が心の中で目を覚ました。何か返事をと思い、すぐにメールをしたためた。名はオリア・フェドロバさん。見ず知らずの日本人に地下からまた返事を下さった。それから言葉のやりとりを今も重ねている。

一度だけ、直に話したいと思い、その知人を介して電話での会話の機会を得た。慌ただしい様子だったのは、結婚を約束した恋人がまさにロシアとの戦いに出かける直前であったと後で分かった。それを知り謝意をメールで伝えたところ、涙をこらえて決意を持って見送ることが出来たので、お気になさらないで……。そして、このような状況であることを一人でも多く日本の方々に伝えて欲しい、と返事があった。彼が無事に前線から戻ったら、すぐ結婚するつもりであることも教えてくれた。

私の祖父はシベリアで抑留されて戦死した。遺骨は今も戻らないままである。往復書簡の中で、そのような内容を話題にさせていただいた。するとオリアさんの曾祖父は当時のロシアの若い兵士として、やはりシベリアに派兵されていたことを教えて下さった。まだ若いのに、戻った時にはすっかり白髪になるほどのひどい経験をした。その後の人生でも、あまり戦地の話はしなかったそうである。

「私たちが知っているのは、彼が自分をそこに送り込んだ人たちを、静かに、慎重に、しかし、心から憎んでいたということだけです」。兵士たちの真意。これを読んだ折に、生前に会ったことは一度も無いのだけれど、心にあり続けている祖父の確かな面影が、鋭く大きく葉を広げるようにして動き始めたことを感じた。

昨晩のニュースでは、爆弾で穴だらけになった田園で、それでも種を蒔いている住民の姿が映し出された。「いつ降ってくるか分からない」とインタビュアーの質問に答えていた。避難しないのですかという問いかけに対して「ここは先祖から受け継いだ土地だ。なぜ避難しなくてはならないのか」ときっぱりと答えていた。
背筋が震えた。この種だ。この人から、オリアさんから、祖父から、たくさんの無念の死を遂げた人々から、今、種を蒔かれているのだ。私たちへ、命を賭けて。

（「佼成」二〇二三年六月）

詩人のあぐら

千の天使の三点シュート

巷の店には「ほろ酔いセット」なるものがある。例えば生ビール二杯と枝豆とお豆腐で千円など。生ビールは日本酒一合に替えることが出来たりもする。時折、店員さんにセットを勧められるのだけれど、これは頼まない。

大体において「ほろ酔い」の意味が分からない。「ほろ」の状態になるぐらいであれば初めから飲まないほうがいい。そうだとうなずいている方も多いだろう（そうでもないか）。一口飲むと止められなくなってしまう。詩を愛し酒を愛す。それもこれも大好きである。私が大詩人であるからか（?）。

もともと私の家は戦前には古くから代々酒造りをしていた。腕利きの杜氏さんを雇っていたそうである。今でも近所の長老のみなさんには「酒屋の孫」と呼ばれている。だからなのかもしれないが、家の中において酒の存在とはあたかも空気のようであった。何しろ子どもの頃に父親のお猪口に水を入れて飲んで「美味しいですな」と呟いて遊んでいたそうである。だから私がやがてお酒を飲むようになるということは、あたかもベルトコンベアに行儀良く並んでいる機械製品のように自然な流れの中にあったのだった。

中原中也の詩に「朝、鈍い日が照ってて／風がある。／千の天使が／バスケットボールする」という詩句がある。タイトルは「宿酔」。大詩人らしく大いに飲み、語り、作家や詩人や友人とよく喧嘩もしたらしい。酒にまつわる逸話をたくさん残している。詩句はこのように続く。「私は目をつむる、かなしい酔ひだ。／もう不用になつたストーヴが白つぽく銹びてゐる。」。うぅむ。ただの二日酔いが中也にかかるとこのようにも美しく歌われてしまうのだ。見習うこととしたい(何を？)。

かなり前のことになるのだが、中也と留置場で一晩を明かしたことがあるという方が、福島県のいわき市にいらっしゃるという記事を、地元の新聞で見かけた。当時政治活動をしており検挙され拘留されてしまったのであったが、中也はやはり酔ってしまって誰かと喧嘩をし、その場で連行されて同じ部屋へ連れてこられたそうである。とても聡明な印象の青年であったと語られていて、それを当時の中原中也記念館の館長さんである福田百合子さんにお伝えしたところ、後日、山口からいわきまでその人に話を聞きに来られたこともあった。

名を名乗り合った相手の若者が、歳月が経って詩人だったと分かり、ずっとその記憶を心の中にしまってきたのであった。中也は酔った勢いで周りに喧嘩をふっかけて、時には迷惑もかけてしまったのだろう。それがずいぶんと後の時代になってからこのように掘り起こされるというのも、なかなか本人にも予想の出来ない話である。

中也をよく知っている人なら彼らしいエピソードだとして許すのかもしれない。しかしともかくも飲むとするならば、周りに迷惑をかけないようにしよう。これは酒飲みとして生きていく上で肝に銘じなければならないことである。

例えば講演会などで全国各地へ出かける。いわゆる前乗りで前日にその町に入る。地元に愛されている飲み屋さんを調べておき、夕食はそこで一杯。これが楽しみだ。そして、しだいに周りのお客さんと一通り仲良くなってしまう。

したたか飲んで酔いが回ると、どうやら私は詩人であるのをいいことに（？）、手書きの詩を無理やりに配ってしまうらしいのだった。時折、求められるサイン用の筆ペンがいつもカバンの中にあるのだが、それを用いて店のどこかにあるチラシやメモ用紙などにさらさらと書き出す。それをその後で満足気に渡してしまうらしいのだ。強引に。

ある晩のある町での記憶をたどってみる。初めて出会ったにも拘わらず、杯を重ねつつ相手の方の苦労話をこんこんと聞き出しているうちに、へええ詩人なんですかあ、だったら何か励ましの言葉でも下さいよおと頼まれてしまう。よっしゃあと膝を叩く。思いついたことを一筆書きする。

それを渡すとがしっと手を握られて、大事にしますとその方は涙ぐむ（ように記憶する）。「オレ、生まれてから、こんなに良くしてもらったことないよ」と。ああ、あなたにとって今日は最高の夜ですなあ。ドヤ顔の私である。

このやりとりを周りの方々は箸とグラスを止めて見つめている。やや。みな完全に羨望のまなざしだ（と記憶する）。ここで五分後には、私はあまねく全ての店内の人々に即興の詩を書いてプレゼントしまくるのである。もう大忙しだ。詩人に盆と正月が一気に来てしまうのである。

翌日の旅先のホテルにて、カバンの中にある、ひどい字の失敗作を、たくさん見つけてしまう。こ、このいたずらは何だ？　も、もしかすると、誰かが私を理由もなく破滅させようとしているのかもしれない。一気に頭脳が覚醒して回転。昨晩の詩の大量生産、押し売り、安売りの修羅場の場面が脳裏でフラッシュバック。しかもこの紙の量。結構、書き直している。喜んでいたような顔もあるが、複雑だったり迷惑だったりの面持ちの人々も浮かんできた。

ああ。千の天使がバスケットボールしている。シュートを決めようとしている。

こんなことも思い出した。ある年のゴールデンウィークの最終日の午後。宮城県の仙台市でお昼過ぎから、県俳句協会主催にて講演をさせていただいた。その後に俳人の高野ムツオさんと駅まで歩き、構内にある居酒屋でお酒を飲んだ。彼も日本酒がお好きであり、古今の詩歌の話を酒の肴にして杯を重ねていった。もうこんな時間か。明日から仕事なのでいよいよ帰らなくてはと午後九時頃に腰をあげたのであった。仙台から福島までは新幹線で二十分。

高野さんはくりこま高原駅行きなので下り、私は福島駅なので上り。駅でお別れをして、やって来た新幹線にぱっと飛び乗った。

「次の停車駅は大宮です」と列車のアナウンスが。耳を疑った。次は白石蔵王か福島ではないのだろうか。車掌さんに確かめたところ、いや止まりませんよ、とキッパリ。

どうやら「やまびこ」（福島駅に停車する）ではなく「こまち」（ノンストップで大宮駅へ）に乗ってしまったらしい。何とか止まりませんかねと話すと、いやあ無理ですね、と。

しかも全席指定。招かざる客。私の椅子はそもそも無いのだが、お願いをして何とか空いているところに座らせてもらった。福島駅もその次の郡山駅も窓の外をびゅんびゅんと通過していくのが見えた。酔いが一気にさめた。呆然としているうちにやがて大宮に到着。福島へ向から下り列車の終電は既に行ってしまっている。

改札口で駅員さんと話をしたところ、「ああ。そういうお客さん、時々いるんですよねえ」と。しかし明日は連休明けの仕事日。私は高校の教師をしている。休んだり遅刻したりするわけにはいかない。

タクシーで帰るしかあるまい。すぐさま大宮駅前のタクシー乗り場に直行。運転手さんに尋ねる。福島まで行ってもらえますか。

「ええっ。いいですけれども……」。おいくらぐらいかかりますか。「十万円は超えますね」。えええっ。卒倒しそうな私に一言。

「泊まっていったほうがいいんじゃないですかね」。なるほど。ここで何となく先ほどの駅員さんにもう一度会いたくなった。ひとまず改札へ戻ってみるのだった。

先ほど、そういうお客さん……とおっしゃっていましたが、そうした場合、どんな行動をしていますか、みなさん。

「ああ、そうですね。始発で戻りますね」。なるほど。「今から那須塩原駅まで行く最終電車が出るので、とりあえずそれに乗って、少しでも戻る形にして、駅ビルにあるホテルに泊まって、朝一番の電車に乗るというパターンが多いみたいです」。

それが一番いいですかね。

「いいですね」
自信たっぷりの駅員さんのまなざしに射抜かれて、そうすることに決めたのであった。ホテルの部屋は空いていた。寂しさと不安がベッドの布団にのしかかりなかなか眠れない。ホテルの窓に映る風景は真っ暗。宇宙の底にいるみたいに静かだ。黒洞々《こくとうとう》たる夜という感じであった。

翌朝は快晴。始発に上手く乗ることが出来た。美しい那須高原の景色。そういえば連休前に生徒たちとここへ遠足に来たのだった。こんなふうに空は晴れ渡って、澄んでいた。車両の窓が五月の朝日を受けてきらきらしていて、線路際の木々の若葉が光り輝いて見えた。ああ。あそこにもここにも、天使がいるみたいだ……。

無事に福島に到着し、家に戻りすぐにスーツに着替えて、学校に直行。朝のホームルームに間に合った。良かった。誰にも迷惑をかけずに済んだ。

ゴールデンウィーク明けの教室にて最初の挨拶。「連休前の遠足は楽しかったですね。那須はとても爽やかな青空が広がっていましたね」。

今朝もそうでした。

千の天使に微笑まれた。

（平凡社「こころ」二〇二〇年二月）

五十ニシテビラヲ配ル

日本酒をぐびぐびと飲みながら、文学を語る大きな声を聞いているうちに、若い心に火が点ったのかもしれなかった。物書きとして最初に影響を受けた人は「全身小説家」の異名を持つ井上光晴氏であった。山形で行われていた彼の二泊三日の文学講座（文学伝習所）に参加。初めて受講したのだが、長い時を経た今でも昨日のことのように記憶が蘇ってくる。

創作の話の最初は「文学賞の報せが来たら断りなさい」だった。賞を貰ってしまうと筆が鈍り、ひいては堕落していく。いくつもの賞を獲得して世に出ている作家たちの書いた小説のレベルの低さを見れば、私の話している意味がよく分かる、と。きっぱりと告げて、一気飲みをして、コップをタンッとテーブルに置くのであった。

「ベストセラーは疑ってかかりなさい」とも。そればかりを読もうとしていた青年の私は一体どういうことなのだろうかと半ば啞然としてしまった。その後の人生においては教えに反してしまい、いくつかの賞をいただいてしまうのだが、井上氏の言葉がさらに鋭く迫ってくる気がする時がある。「疑って……」の気持ちで作品を眺めようとしているまなざしが自分の心の中にいつもあるのは、貴重な財産だと思っている。

そもそも何かを書いてみようなどと考えたことがなかった。二十歳になってしばらくして急に空から降ってきたみたいに、何でもいいから創作をしてみたくなった。試しにあれこれ書いてみると、詩の方が自分には向いている気がした。しかし、これまで特に詩を読んだことも作ったこともなかった。

後で振り返ってみると、ちょうどワープロが世に出回った時期と、このタイミングとはピッタリ重なる。それまではガリ版刷りなどが主流であり、手書きした作品が活字になって世に出ていくというまでには、いくつかの壁があったが、活字＝印字が自然になり始めた最初の頃であったと言えるだろう。このことがなければ私のここからの一連の活動はもっとゆっくりだったに違いない。

ワープロの名は「書院」（ナツカシー）。これを当時、福島駅西口のイトーヨーカドーの駐車場警備のアルバイトをこつこつとやって、購入しているのであった。この誰も知るはずのないマニアックなエピソードがウィキペディアの私のページにしっかり記載されてあるから驚きである。書いて下さった方は誰なのか分からないが、この場をお借りしてどうして知っているのだろうかとたずねたい。我が青春の警備服姿を駐車場のそばで、あたかも星飛雄馬の姉のごとく見つめていたのだろうか。

出来上がった作品をまじまじと読んで満足。誰かに読んでもらいたいという欲望がすぐにマグマのごとく噴きあがってきた。恥じらいがないのかといえば、全くなかった。きちんと頁もつけてプリントアウト。コピー機で印刷。袋とじにて製本。簡単な雑誌を作る。大学のキャンパスでまず友人たちに配ってみた。

お前が詩人かと驚く者や後ずさりして「……。」という顔をする人などリアクションはいろいろであった。新しいのが出来たら、これからも必ずくれという先輩も居た（ちなみにこの彼は現在、ある新聞社の文化部部長）。ああ私には待っている読者がいる。また作らなければならない。急かされるように家に戻り、詩を書き、印刷して、紙を折り、ホチキスで留める毎日となっていった。

ある日茶の間で製本の作業をしていると母が隣で手伝ってくれた。しだいに父も妹も祖母も交ざり、一家総出の手作業となっていった。「もしかするとこの家からちゃんとした本を出す人間が出るかもなあ」と父はしみじみ呟きながら製作は続けられていった。あたかも家内制手工業の様相になっていった。毎日のように付き合ってくれた。

やがて無理やり配るだけでは飽き足らなくなった。生協のチラシコーナーの脇に置いたり、図書館の棚に置いたりもした。知っているはもちろん、知らない教授の研究室のポストにも入れて回ったりした。ある日、チラシコーナーのスペースに三十冊ほど置いたはずなのに、すっかりなくなっていた。

いよいよここまで登り詰めたことを実感した。後で知ったのだが翌日に邪魔なものがあると噂になりすぐに撤去されたのだった。もしやと思い図書館に行ってみるとやはりなくなっていた。こちらは五十冊ほど置いたはずだ。これも後で分かったのだが、無許可に置かれては困るということで別の場所に保管されてしまっていたのだった。直後は全く知らなかった。

これは凄い人気だ。すっかり有頂天になった。もっと広い場所へ出ていこう。大型書店へ持っていった。これだけ反響があるのだから置いてみたらどうでしょうかというどや顔であったが、ホチキスが光る五十冊ほどの手作りの雑誌に対して開口一番に「こういうものは取り扱っていません」と言われてしまった。今考えれば当たり前の話であるのだが、この当時はショックを受けた。こ、これが現実か。

社会に出ていくのはまだ早い。もう少し学生の世界で頑張ってみよう。自分の詩を読みたい人がたくさんいるじゃないか。ひらめいたのがビラ配りであった。詩を書いた紙を大量に配布する計画である。当時、学生運動をしている先輩や特売を知らせたいスーパーの店員さんなどが、大学へ向かうために降りる朝の駅の出口でチラシを撒いていた。あの感じでやってみよう。かなりの人に手渡しをすることができる、と。

朝早くに起きてそこへ向かってみると、すでに先客があった。割り込んではならないというオーラがあり、端っこで配ることにした。電車が到着すると大量の獲物たちがやってくる。数百枚がすぐになくなっていった。渡し終えると満足感があり、空を仰ぐと薔薇色に輝いて見えた。授業をさてすぐに詩の制作にかからなければならない。売れっことはかくも辛いものだと実感。授業を受けている暇などないのですぐに帰宅。詩作に没頭、プリントアウト、印刷。

翌日は一時間ほど早く出かけていって、一番前をキープ。昨日の倍はビラを印刷してきているので張り切っていた。そこにライバルどもが集まってきた。「おはようございます」という異様な声の明るさに一同「おはようございます」と返すしかないようであった。足早に過ぎていく群衆の傍らで手を動かすニコニコ顔の私に、友人の幾人かが心配そうなまなざしをくれていたのをふと今も思い出すことがある。

その日は一限目から単位を落とせない授業があったので、坂道を駆け上がってキャンパスへ。

愕然。

辺りに大量に散らばっていたのは、先ほど配ったビラであった。昨日のもある。それが死屍累々と投げ捨てられている。くしゃくしゃに丸められた、びりびり破られている、靴の跡がとどめをさしている、木に刺さっているものなど（しょ、処刑か）。

こ、これが現実か。

ゴミ袋を生協で買って、それらを丹念に拾っていった。この時点から私の後ろ姿を見かけた人は、朝からボランティア活動をしている学生がいると感心したかもしれない。全ての犯人は私です。何だかとても申し訳ない気がした。何にと問われれば、全てに。あっという間にゴミとなってしまった詩を一つずつ素手で拾い集めていく空しさ。作業を終えて、まあ詩人になるなんて無理な話なんだよなと独り言ちてベンチに座った。

今までのほほんと生きてきたのに、どうしてこんなに熱い（厚かましい）自分になってしまったんだろう。それは井上氏と出会ったからだろう。

講座が終わった時に挨拶をしに行った。こちらをぐっと見つめて「誰かのためにじゃない、自分のために書くんだ」とズバリ。「売れようなんて思うな」とキッパリ。「書いて書いて、自分を作っていくんだぞ、いいか」。

バチッと音をたてて炎が爆ぜていく気がした。

これが最後に言葉を交わした場面になる。井上氏はこの時には既に癌を患っていた。その一年後に文芸誌の『すばる』の巻頭のグラビアに、すっかり痩せてしまった「全身小説家」の書斎の机に座る姿があった。それでも書き続ける日々の壮絶さが伝わってきた。涙が出そうになった。しばらくして静かに他界なされていった。

「書いて書いて書いて……」。ゴミ袋に詰まっているたくさんの詩を隣に置いて、またひらめいた。今度は捨てられない詩を書いてやる、と。決意してから、あっという間に三十年が経ってしまった。五十而知天命。久しぶりにビラ配りをしてみたい。

（平凡社「こころ」二〇二〇年四月）

麩菓子とワンタン麺とＡランチ

私もそうだったが、田舎の子どもはお店というものに果てしない憧れを抱いている。ほぼ九割五分がそうである。

近くにお店というものが皆無なのでとにかく行ってみたいのだ。

幼い私はある日、空になったドロップの缶の上部にぐりぐりと横へ線上に穴を空けてコインが入るようにし、手作りの貯金箱を作ってみた。そしてお駄賃やお小遣いなどをもらうと必ずそこに入れた。人生初の貯蓄である。

五百円を超えたりすると大金持ちになった気がして嬉しくなった。千円に達した折には世界を支配してしまったかのような心持ちになる。しかしある日、ドロドロの沼のへりで足がはまって動けなくなった夢を見た。母に話すと前の晩に小銭を数えて布団に入ったからだよ、と。お金にはいろんな人の思いが宿っているからと教えられた。触れるのは止めて缶を振って貯まり具合を確かめるようにした。じゃらじゃら。

貯まってくるといよいよお店に行ってみたくなる。しばらく歩くと峠に駄菓子屋さんがあった。「三文店」と地元では呼ばれていた。小遣いを持って子どもたちが集う有名店。外出を母に申し込み、許してもらった。ある週末の土曜日に、友人を誘って所持金を持って出かけることにした。友人と食事に出かけるような大人の気持ちで、はるか山々を眺めながら意気揚々と弾むようにして歩いた気分は今でも忘れられない。遠くから農作業にいそしむ大人たちが声をかける。その都度、買い物に行くんだと威張る。店に行くとおばあちゃんがにこにこしている。家からよろしく頼むと電話にて連絡が来ていたのであった。

風船ガム、カレーせんべい、すもも、麩菓子、イカの足……、生涯初の豪遊は続いた。思い切ってジュースを買うことにした。友だちと半分こすることに。とても美味であった。冷たくてとてもよかったことを伝えると、彼女は一言。「昨日は寒かったからねえ、冷えたんだねえ」。何だかがっかりして、こう呟いた。冷蔵庫で冷やしておいてくれよう……、と。何しろ今日が社交界デビューだったのだ。すかさずこう切り返された。「寒い時はいいんだ、これで」。そして大笑いして見せた。この人柄が子ども心に面白くて、その後もよく足を運んだ。

お店への止まざる憧れは幼い頃より続く。学生そして大人になってからも新しい店を見つけるとすぐに入ってしまう（いやさすがに駄菓子屋はいかないけれど）。特に社会人になったばかりの独身時代は人生初の一人暮らしの自由もあって始終食べ物屋に行くことばかりを考えていた。昨今のコロナ禍によりどこにも出かけられないので、記憶に残る名（迷）店をめぐってみる。

例えばある町外れの食堂。がらりと開けると先客はいない。触るとべたべたするような味わい深いテーブルに座る。様々な棚にたくさんの辞書が並んでいる。少し小さくて眼がぎょろりとしたおじさんが注文を聞きに来て「ワンタン麵」と言うとすぐに作り始めてくれる。

それにしても世の中にはこんなに辞書があるんだなあと感心すると同時に、なぜこの食堂のたたずまいにこのコーナーが必要なのかについても深く考えさせられる。ワンタン麵がとてつもなく早く出来上がる。腕がいいのだろう。早速食べようとするとおじさんが隣に立っていて質問される。

「お客さん、あのさ」。はい。「真実とは?」。え。「真実って何?」。ワンタン麵の?「いや、そうじゃなくて、真実とはどんな意味?」。いや、急に聞かれても。「でしょ」。満面の笑顔で相槌を打つやいなや棚から一つの辞書を持ち出す。「ほほお、『嘘や偽りではない、本当のこと、まこと』という意味なんだねえ」。あの。食べてもいいですか。

「他の意味もあるんだよ、別の辞書を引いてみよう。おっ、『仮ではないこと』だって、これは仏教用語らしいね」。「こっちの辞書には『究極のもの。絶対の真理』なんて書いてある、哲学的だな」。盛り上がっているところ、すみません。食べますよ。「真実は一つじゃないんだなあ。一つではない、唯一なものはない、うむ結構。んじゃ『唯一』の意味とは?」。たちまち質問攻めに。

ははあ、客が来ない理由はこれだな。しかし伸びた麵を啜りつつ、しだいに言葉にまみれるのが面白くなってきた。そもそも昔から変なタイミングで言葉の意味調べに夢中になってしまうことが往々にして私にもあった。詩人吉野弘さんも生前そうであったと聞く。おじさんは辞書を開くのが趣味。いつも分からないワードと出会ったり、思いついたりすると調べているのだそうである。

本屋に行くと辞書の棚をチェックして新しいものがあるとつい買ってしまうそうである。考えてみれば素敵な生き方だ。何となく彼を気に入ってしまって、日本語の勉強も兼ねてその後も何度か食べに行った。ただ一度も自分は国語教師であることは言わなかった（詩人であることも）。

このようなお店もあった。出張の帰り道。秋も深まった山間を車で走っていると「カフェ・オープン」の手作りの看板を発見。行かなくてはと思い、直行。車から降りて眺めたが、どう見ても普通の一軒家のお宅であった。しかし玄関の扉にはやはり開店のお知らせの手書きのポスターが。入るのは止めにしようと思ったところ、中からお洒落な身なりのご年配のマダムが顔を出した。「いらっしゃいん」。

中に通されたが、どう見てもこの方が住んでいる家の茶の間である。掘り炬燵に座る。テーブルの上に手書きのメニュー表、Aランチはカレー定食、Bランチはおまかせ、今さら席を立って出ていくのも申し訳ないので、Aをお願いすることに。「お待ちくださいませ」。台所へ女性は入っていった。テレビの周りに鉢植えがこれでもかと並んでいる。

出来るまでこれをと三切れほどの柿が出された。すこぶる甘い。何か言わないと悪いと思って「美味ですね」と大声で伝えると、もっと食べるならとのれんをくぐって現れてまるごと一個の柿と包丁をさっと渡された。こ、これは完全に家だ。母の待つ実家に帰ってきた感がある。ほかほかのカレーライスが台所から登場。これでもかとドレッシングが振りかかったサラダも。

なかなかの美味だが、このお宅の昨晩の残りではないのかという疑念が心を過《よぎ》ったりもする。

二日目の方が美味しいというがやはりそうだという気持ちにさせられるかのような深い味わい。ゆっくり食べているとマダムが右隣に現れて慣れた感じで座った。全く気にしていないという面持ちですぐさま編み物を始めた。あるいは気を遣っているのか、一向に話しかけてこない。沈黙が深まっていく。

食べ終わるとすぐにコーヒーが目の前に。袋から出されたポテトチップがカラフルな皿の上に。口をつけて、さすがに何か話さないと悪いかと思って「ふ、深い味わいですね」と。すると「飲んだことないのですが、そうですか」。はい。「コーヒーがそもそも苦手で」。そうなんですね（「よくカフェやろうと思いましたね」と心の中で）。「取り寄せている豆なんです」。店名の記された袋を見せてくれた。よく知っている珈琲豆屋だ。家で飲んでいる。「豆を触るのも苦手で抵抗あるので挽いてもらってます」。なるほど。

また無言の二人。やはり遠慮しているみたいである。ではその気遣いをありがたくいただくことにしよう。海の底にいるみたいにただ静かに過ごした。ささと編み棒を動かす音だけが繰り返されている。何だか茶の間の静寂がだんだんと心地よくなってきた。家庭訪問を終えることにした。帰り際に「今度はB定食、食べに来ますね」。

紙幅が尽きつつある。地元の名所の説明ばかりをして一向に何も作ろうとしない、奥会津のある村へ向かう道に一軒しかないお蕎麦屋さんの店主や、世界の土産物を取り集めてとにかく売ろうとするが熱心に私にその品物の珍しさを紹介していると、日本では見たことのない小さな虫がすきまから湧き出しているのを発見してしまってお互いに気まずくなったことがある民芸品店の若いマスターなど、詳しく紹介したい店と人が他にもあるのだが。

どちらかと言えばあれが食べたい、これが欲しい……ではなくて人間に会いに行く。それが私なりの店めぐりのこだわりであると言えるだろう。もちろんここには幼い頃からの憧れが隠れている。こつこつと貯金をして駄菓子を買いに行ったトキメキが、じゃらじゃらと音を立てたドロップの缶の記憶と共に心の底にしまってある。

本を読んだり原稿を書いたりしていると不思議な感覚にとらわれることがある。詩でも文章でも、つまりは読者に向けて店を開くようなものではないだろうか。食べ物ではなくて言葉の塊に置き換えようとしているだけで、来てくれた方と分かち合いたいという気持ちの中にはこれら味わい深い店主たちと同じ何かがある。店を構えることについては才もなくとても出来ないから丹念に文字を綴るようにして。

（平凡社「こころ」二〇二〇年六月）

本能寺の変、銀閣寺の変。

智将・明智光秀がブームとなっている。いわゆる彼の波乱の人生において最大のヤマ場の舞台となる「本能寺」というキーワードを耳にすると、私と高校時代の仲間たちはふと遠い眼をしたくなるのであった。

まずお断りしておきたい。これは三十数年前の言わば古き良き時代の話であり、ノンフィクションであるが、往復ビンタなどもスキンシップとして普通にあった時である。ご容赦いただきたい。

修学旅行にてトキメキながら泊まった宿は、京都市役所の真正面の「ホテル本能寺会館」であった。二年一組の可愛らしい福島の高校生。夜になると一つの部屋に集まり、わあわあとふざけていた。面白いかと思って部屋のテレビを転がしてみた。心配になりスイッチを入れてみると、全く映らなくなってしまった。

すぐに騒ぎを聞きつけた体育の先生が飛び込むようにやって来て、廊下に正座せよということになった。皆はずらりと並ばせられた。犯人はどいつだという話になった。しかし誰も手を挙げなかった。これはミステリーだ。ううむ、謎を突き止めるしかあるまい。そして答えはやはりどう考えても私であった。

「和合」

「お前、ルーム長だろ」

そうだった。

「誰だ」

あ、ええと。

私です。

「何い、ルーム長だろお」。愛のビンタが飛んできた。そして正座していた皆も連帯責任ということになってしまった。全員にそれが飛びに飛ぶ、という事件があった。

以降、私たちは誰彼となくこの出来事を「本能寺の変」と呼ぶようになった。

テレビはその後、翌朝、ホテルの方が直して下さって、無事に映るようになった。思えばたくさんの方々にご迷惑をかけてしまったのだと昨晩よりもはっきりと実感して、あらためて謝罪を私と無実の罪を着せられたその他の者全員でしたのであった。とてもにこやかに宿の方々は許して下さった。高校生たちは無意識のうちに昨夜の猛烈な先生の厳しさと比べてしまっているので、宿の人々の顔がまだ見学していないのだが薬師如来様や如意輪観音様に見えてしまったのだった。

福島から出かけてきて、初めての京都であったのだけれど、何だか早くも受け入れてもらったような気持ちになったのだった。思えば私たちは京の都に対して緊張していたのかもしれなかった。その証拠がテレビを転がすという行為になって表れたのかもしれない。福島に暮らす我ら。

西日本の世界は生まれて初めてであった。謝罪していたので時間がなくなったから急いで朝食を食べてバスへと飛び乗り、まず金閣寺へたどり着く。

大変不謹慎な物言いだが、三島由紀夫がある小説の中で燃やしたくなった理由が分かるほどに金ぴかで美しかった。みんなで「おお」と声をあげて近づき、バチバチと写真を撮った。誰かが文化祭の展示はこれにしようと言い出した。それで余計にカメラを持っている者は細かく写真を撮ることにした。庭の風景もそのままに作ろうとのことで、スケッチをする者もいた。「金だ金だ」。

やがて旅から戻り、近所の喫茶店にて幹部会議が開かれた。帰ってきてから現像した写真をあらためて眺めてみる。やはり豪華絢爛、派手派手の世界。「金は無理かも」。あの時は興奮していたが、何となく自信がしぼんできてしまっていた。真面目な顔で誰かが提案したのだった。「オリンピックのメダルとして考えてみて、金が難しければ銀はどうだろう」。別日に見学してやはり感動した「銀閣寺」に変更に。金は狙わずに銀という結論に皆で至った。

そのまま図書館へ行き、あれこれと探してある文献にて銀閣寺の設計図を手に入れることができた。「銀沙灘」「向月台」「錦鏡池」などの池泉回遊式庭園の配置なども。私たちとしてはこれらもきちんと作り上げて、是非、褒めてもらいたかった。校庭中の砂をかき集めたり、プールの水を汲んだりすれば、これら山や池は作れるのではないか。それからは虎視眈々と学校の砂と水は我々に狙われつつあるのであった。

しかし先手を打たれてしまうかのように、全校集会にて今年の文化祭では大がかりなことはしてはいけないということを学校側から言い渡されてしまった。実は近年の生徒たちの展示製作への過熱ぶりが問題となっていたのだ。日程が近づいてくると学校へ泊まり込むことが普通になっていたが、こういう過ごし方や、木材や水などを扱うことも原則として禁止になってしまった。ならば何を使用していいのか。基本的に段ボール箱とガムテープとペンキや絵の具だけということになってしまった。今回のこの言い渡しですっかりとやる気をなくしてしまった者も多かった。裏山の木をさんざん切ってきて、それを教室中に立ててジャングルにするなどと早々に決めてしまって、製作をあきらめてしまうクラスも現れた。私たちはめげなかった。かくして段ボールをつなぎ合わせての銀閣寺の建立は開始された。

誰かが語った。目指すは銀閣寺だが、その理由はあの「ホテル本能寺会館」の皆さんの気持ちの深さに触れたからだ。京都人の真心に心が動かされたからであるに他ならない、と。京の都の魅力を私たちが伝えなくて誰が伝えるのだ。「そうだ 京都、作ろう」。本能寺を想い、銀閣寺を製作する。これぞ私たち、ルーム長がふざけてテレビを転がしたせいでビンタをくらった二年一組の執念であった。

教室の後ろが建築物に侵食されていく。後ろの席はすっぽりと寺社の中へと隠れていった。先生方にとって授業はやりにくそうだった。皆は秘密基地にいるみたいだといちいち喜んだ。ああここまで書いているうちに懐かしくなってきた。早く帰れという学校側の指導から隠れるようにして、体育館の裏でかなり夜遅くまで残って部品を作り続けたことを。みんなの名前を呼んでみると暗闇の中から元気な返事がそれぞれにあったことを（逃げないようにチェックしていたのだったが)。電気を消されてしまった夜中の二時過ぎに友と本気になって何かを形にしようとしたことを。

なるべく塗料は渋い色を買い込んで塗るのだが、段ボールの素材が使用する色に馴染まないのだろうか、赤みを帯びてくる。どうしてもあの感じの色合いにならないのであった。

当日はたくさんのお客さんが見に来てくれた。あのビンタの先生もニコニコしながらやって来た。とにかくよく出来ている、一組が一番だと褒められた。発泡スチロールでこしらえた庭先の向月台も気に入ってくれた。しかしずばりと言われた。

「ちょっと赤いなあ。銀じゃなくて銅だな、こりゃあ銅閣寺だな」

さてそれから二十年程が経ち、銀閣寺を穴のあくほどにじっくり眺めている私の姿があった。前日に京都の大学にて講演をさせていただき、一泊しての翌日、ふと懐かしくなり、ふらふらと銀閣寺へ足を運んでみた。こうして眺めてみると、製作にかけた青春の日々がまざまざと思い出される。設計図を書いたからこそ、鮮明に浮かんでくる建築物の記憶。まさにここを建立した当時の人々と同じものが沸き起こっている。

その後の人生の中で何度も、私の心のどこかにその姿は呼び覚まされてきたのであった。思えばこれらは私が自分の意志で何かを作り上げた最初の作品である。ここから飽くなき我が創作意欲はしだいに独り歩きを始めるようになり、今日に至るのかもしれない。そんなふうに思いながら、入口の売店で手長猿の美しい墨絵が描かれている、寺の名が記されている色紙を購入した。

居間に飾ろうと思った。

近くで京野菜とうどんと日本酒をたっぷり味わった。アルコールがいけなかったのかもしれないが、その後の移動で乗ったタクシーの中にそれを置き忘れてしまったのだった。帰りの新幹線に乗ってから気がついた。とてもいい気分になっていたので、不意に訪れたこの喪失感と衝撃は大きなものがあった。突然、清水寺に呼び出されて舞台から突き落とされてしまったかのようだった。

そんなふうにガックリしていると後日、同じ絵が届いた。私が担当しているラジオ番組にて、この一枚への未練をとつとつと話したところ、それを聴いて下さった京都にお住まいの方が、わざわざ新しく買い求めてスタジオへ郵送して下さったのである。有難い。それを手にしてまた京都の人に許された気になってしまった。


（平凡社「こころ」二〇二〇年九月）

心にいつも「虫愛ずる姫君」

夏の終わり。実家でビールなどを飲みながら、車で迎えにくる妻を待っていると電話が入る。着いたのだが、玄関の戸にこれまでに見たことのない大きな蛾がいるので、恐くて中に入れないとのことであった。母とホウキを持って追い払いに出ていこうとしたら、戸を開けた隙にひゅうと家の中へ侵入してしまった。あらら。確かにビッグサイズだ。捕まえて姿を確かめたいのだが、大分酔ってしまってもいたので、あきらめて帰宅することにした。

虫がいくら家の中にいても私は全く平気である。ずっと田園の真ん中にある大きめの住まいに暮らしてきたので、どんどん入ってきた。共に育ってきたと言っても過言ではない。深い愛情を感じている。どこかからガサゴソと音が聞こえていたとしても何かがいるのだろうと思うだけで、全く気にならない。しかし妻は虫そのものが苦手。小さな羽音でも敏感に感知し、悲鳴に近い声をあげつつも排除をし始める。

考えてみると、結婚してからは基本的に室内への虫の侵入は許していないということになる。これは例えば『堤中納言物語』の「虫愛ずる姫君」の気持が手に取るようによく分かる私にとって、寂しい日々であると言わざるを得ない。

さて、妻が来るまで母と話していて盛り上がっていたのは、そもそもどうして私は詩を書き始めたのかということであった。少なくとも高校を卒業するぐらいまではそれを書いたり読んだりということがほとんど無かったから、確かに謎である。幼い頃に好んであちこちの土を食べていたからではないかという仮説を、母は打ち立て始めた。

新刊が出るとそれを実家の本棚に並べにいく。これまでに出した詩の本は二十数冊。詩人が出す詩集は一生のうちに多くとも四～五冊というのが普通だとするならば、随分と書いたことになる。二人でまじまじと眺めて、人が滅多にやらないことをやるには、大きくなる前にやはり人が滅多にやらないことをしていたことが起因しているのでは、と思い立ったのである。そこでひらめいたらしいのだ。外で遊んでいる時にぽいぽいと土を食べていたことを。

それを見かけた母によく叱られていたのだった。反省するがしばらく経つとまた幼い食指が動いて味見がしたくなる。今でも口中にその時の土の感触がまざまざとよみがえることがある。特にあの辺りの赤い土が……、などと五十歳を過ぎても昨日のことのように思い出せたりする。この特殊な経験と記憶が今でも脳波を乱して、何か変わった行動に走らせるのではあるまいか。何という母の推論であろうか。なかなかに説得力がある。

この逸話はかなり極端だが、私は物心がついた折からとにかく土に親しんできたと言えるだろう。土ばかりではなく虫へと心のアンテナは向けられるのであった。特にやはり土を這う虫に魅せられていった。例えば朝早くからダンゴムシをよく集めていた。数々の丸まった虫たちは私が握っているつるつるとした牛乳瓶の内部から抜け出せずに困っていた。母がそれを見て絶句していたが、私にしてみればとても美しい細工物を拾っているような感覚だった。

カマキリの卵もよく見つけた。逃してはいけないと思って、ポケットやランドセルの中にたくさん入れていた。それらが春の朝にいっせいに孵化するのである。部屋の床が小さなカマキリたちでいっぱいになり、渋谷駅ハチ公口前のスクランブル交差点のような賑わいを見せた。母はやはり絶句してホウキで一日中掃き続けた。

アリにもとても惹かれた。彼らは甘い物が大好きなので、瓶に砂糖をたくさん入れて、そこに放してあげたことがある。さぞ喜ぶだろうと思ったのである。初めは小躍りしているように見えたのであるが、やがてその状況にも慣れてきた様子で、翌日にはその中に巣を作り始めた。周りが見えていないとはこのことだ。恵まれすぎているとそれに気づかないということかと子ども心に思った。調べてみると分かった。アリには視力がないのだった。視覚ではなく頭部の触角で世界を感知している。しっかり前を見つめてせかせか働いているような姿を眺めていた私には素直な驚きだった。未知の野辺に放された気持ちになった。

ずいぶんと大きくなってからも、虫への愛は変わらなかった。中学や高校の頃は夜中に友だちと待ち合わせて山中のあちこちの雑木林へカブトムシやクワガタを捕まえに行っていた。真っ暗な山道を行くのにはなかなか勇気がいるのだった。あらかじめ昼間に木の幹やくぼみなどに砂糖水を塗って罠を仕掛ける。集まってきているのを片っ端から捕まえたものだった。嬉しくて笑いが止まらないほどに獲物に満ちた虫かごをぶら下げた、暗い野道を行く若者たちの姿があった。

その山の少し先に丘と公園がある。そのふもとの空き地に土が盛られていて、カブトムシの幼虫がいるという噂を聞き、夜に掘りに行ったことがある。不審な姿を見かけた近所の通行人に懐中電灯で下から照らされた時には、思わず腹ばいになって隠れてしまった。別に悪いことはしていないのだが、学生にもなって相変わらずカブトムシの幼虫が欲しいのかと思われることにどこか後ろめたい気持ちがあった。その年の夏は驚くほどのカブトムシを育てることになって、勉強やアルバイトなどをする暇もないほどに忙しかった。

さて、夏から秋にかけての今頃の時期は不思議な命の光景を見かけることになる。カゲロウが飛ぶ季節になるのだが、福島の阿武隈川付近では場所によって大量発生が起きる。カゲロウは例えばその一匹が窓に止まっていたりすると、薄い翅も長い触角も繊細で美しく、たおやかで高貴な感じがあり、思わず見とれてしまうものである。透き通った体をしていて、とても短命であり、だからこそはかない印象がある。古来、古典作品などにも登場してきており、日本人に人気のある虫である。

それが計り知れないほどの数で夜に橋の街灯の周りを短い生涯のうちに舞うことになる。視界が悪くなったり、死骸が大量に溜まったりすると、自転車や車のタイヤがスリップ現象を引き起こしてしまう。何度か私も学校に通いながら危ない目にあったことがあったし、友人と夢中で話しながらペダルを漕いでその中を走っていくと、額や頬に当たって口の中に次々に入ってきたことを思い出す。

あまりに多い発生の時には、臨時に誘蛾灯が設置されてそちらに集めようと試みられる。光に激しく群がっているので橋の上から眺めると、雪が降りしきっているように見える。かなり近くまでいって、学生カバンを岸辺の草むらへと投げ出して、ずっと見とれていたことが幾度かある。

強い光を透明な体がキャッチして一匹一匹が輝いている。鮮やかで切ない風景。数日の命の火。白く燃えあがるような光の嵐が青春時代の私の胸に迫ってきた。

就職してからの六年間は南相馬市で暮らした。よく同僚に誘われて周辺の町に飲みに出かけた。最終電車で帰るということをよくやっていた。その日もホームで椅子の背にもたれかかりながら最後の車両を待っていた。大分酔いが回っていて目が半開きの状態だったが、たくさんの黒い影が動いている姿を発見。隣の席にも足元にもそれが動き回っている。頭の上をぶんぶんと飛び回ってあたかも威嚇しているかのようだ。じいっと見て、声をあげそうになった。タガメだ。

普段は水の中に棲み、忍者のように息を潜めている水生昆虫。なかなかお目にかかれないものだが、たくさんうごめいているではないか。なるほど、周辺は見渡すかぎり水田や池が広がっている。夜になると唯一の巨大な光源である駅に辺りから大集合しているのだ。興奮を抑えきれず、酔いもぐるぐる回って、絶対に家で飼うのだと思ってしまい、スーツの胸や脇のポケットに手当たり次第に捕まえては入れた。そのまま列車に乗り、熟睡。

目的地に着いて電車を降りる時に、ポケットから抜け出して服を這う虫たちの感触に気づいた。改札を抜けるまでにぶんぶんと飛び立ってしまい、一匹も残らなかった。寝入ってしまっていたから気づかなかったが、電車の中へも逃げ出したものがかなりあったはずだ。

この時、吉野弘さんの名作「夕焼け」の一節が頭をかすめたのだった。

「僕は電車を降りた。/固くなってうつむいて/娘はどこまで行ったろう。」

ムスメではなくタガメだった。

やがて結婚して妻と暮らすようになって分かったが、彼女は「虫愛ずらない姫君」であった。先に述べたように少しでも家の中に羽音がしようものなら、気になって仕方がないらしくて徹底的に探しまくる。見つけると呼び出される。私は絶対に虫を殺さない主義なので、逃がそうとする。その捕まえ方は我ながら感心するほどに熟練したものがある。無事に脱出させる。あの時逃げていったタガメが、一匹でもいいからふと入ってこないかなあなどと遠い目をする。

夏の終わりに庭にクロアゲハが優雅に現れて、翅を休めていた。さすがの妻もガラス越しにずっと見とれていた様子である。実は妻はラジオのパーソナリティーをしていて、たまたま放送を聞いてみたら、冒頭で黒いこの貴婦人の姿の美しさを語っていた。まるで虫に理解と愛情が深いように聞こえてくる。スタジオにアゲハが入ってきたらどうしますかと匿名希望でファクスを送ってみようかと思いつく。

しだいに秋が深まってくると、楽しみにしているのが、いろいろな庭の虫たちの声だ。これは都会暮らしをしている人々には味わえない贅沢かもしれない。本当は家でスズムシやコオロギ、クツワムシなどを飼いたいのだが嫌がらせになってしまうから我慢をして、庭で放し飼いにしていると思うことにしている。

特に朝の歌声が涼しげである。くたびれて起きる力が湧かなくなってしまう時がたまにある。耳を澄ます。一匹の虫が声を投げて寄こしてくれる。キャッチするようにして、すっと寝床から立つ。こんなふうにたくさんの小さな力をもらうようにして、私たちは共に生きている。ここまで虫が好きだから、少し恩返しをしてくれているのかもしれない。

（平凡社「こころ」二〇二〇年十月）

からむしの声に耳を澄ませて

手作りに惹かれることが最近になってとても多くなった。

みなさんは、どんなものを想像するだろうか。手作りケーキ、料理、家具、おもちゃ……など、色んなものを思い浮かべるに違いない。

例えば今日のお昼に食べた、お母さんの心のこもったおむすびとか……。

そうだ、こんなふうに何かを書くことも、多かれ少なかれ、手作りに違いないと深くうなずく。原稿用紙にうんうんと唸りながら、一文字一文字埋めていくことは、正にその一つの形であると思われるし、タイプライターやパソコンのキーを叩くにしても、やはりまずは指を動かさなくては始まらないからだ。

私は詩やエッセイが好きで、いつも何かしら読み耽っている毎日を送っている。

心のなかに言葉や文章の、とても小さな種や影のようなものが、静かに降りてきているのが時折に分かる気がすることがある。

それがしだいに一杯になってくると、何かを無性に書きたくなってくるのだ。

夢中で手指と筆を動かしてみたくなる。

さあ何でも良いから書いてみようと思う。

そうしているうちに、だんだんと書きたいことはこういうことなのではないのか……と記した文字たちに教えられてくる気がする。たちこめていた濃い霧が朝陽を浴びて、さあっと消えていくみたいに。

たくさんのエッセイを読み耽っていると、こんふうにまずは何でも良いから書いてみようという漠然とした筆者の手の動きから始まったものが、あちらこちら見受けられるように感じてしまうのだ。

日本の古典の三大随筆と言えば吉田兼好の「徒然草」、清少納言の「枕草子」、鴨長明の「方丈記」。それぞれ教科書などで一度は出会ったことがあるだろう。

「徒然草」の序文に、「つれづれなるままに、日くらし、硯にむかひて、心に移りゆくよしなし事を、そこはかとなく書きつくれば、あやしうこそものぐるほしけれ。」(手持ち無沙汰にやることもなく一日を過ごして、硯《すずり》に向かって心に浮かんでくる取りとめも無いことを、特に定まったこともなく書いていると、思わず熱中してしまって妙に不思議な心持ちになっていくものだ)という、作品の出だしの一節がある。

いつも深く納得してしまう。

もちろん、初めから終わりまできちんと構想を練ってから、迷うことなく精妙に書き上げられているエッセイもあるだろう。でもそんなに全ての人が上手くいくものだろうか……といつまでも未熟な物書きの代表の一人として思ってしまうのだ。

書きたいことがはっきり見えてくる場合と同じぐらいに、何だか全く見えないという場合もあるだろうと思うからだ。そんな時には、「心に移りゆくよしなし事を、そこはかとなく書きつくれば……」が、大いに参考になる。浮かんでくる取りとめもないことのどこかに、書きたいヒントが隠れていたりする。

悠々と泳いでいる魚をふと釣りあげるようにして、竿ならぬ筆を動かし続けているうちに、ひょっこりと大きな何かが針と糸にかかる。これは何かを書くことの醍醐味であると言えるだろう。

糸……。

福島県の会津地方の奥に昭和村という素敵なところがある。

初夏の頃など、時折出かけて行き、奥深い山々や只見川の支流や渓谷の景色を眺めて、ただひたすらぼうっとすることがある。

この辺りは「からむし織」という、珍しい工芸が古くから伝えられている地域である。あちこちに「からむし」を見つけると嬉しくなるのだ。

ここでみなさんは、いったいどんな虫なのだろうと思っている人が多いことだろう。

「?」の表情を勝手に想像して、にやりとしてしまう。実は虫ではないのだ。成長すると背丈が二メートルにもなるほどの、正式には「苧麻《ちょま》」などと呼ばれるイラクサ科の多年草を指していて、古くから上布の原料として栽培されているものである。

つまりはその畑が村のあちこちで見かけることが出来るので、それを見つけるとついつい喜んでしまうというわけなのである。

ちなみに「からむし」と人間の歴史はかなり古いらしくて、紀元前からと言われている。中世から江戸にかけて盛んに生産がなされたが、現在はこの村だけが本州での生産地として残っている。そう思うと貴重なお宝の風景に思えてくる。

車であちこち探しながら、風に揺られているそれらを見つけて何だかほっとして、ぶらぶらと歩き回って木蔭を見つけてしばらく休んだり、丘で風に吹かれたりして、深呼吸して、やがて我が家へ、日常へと戻ることにするのだ。

どうしてこんなにほっとするのだろう。

「からむし織」という工芸が全て手作業で代々行われていることを、ある時、深く知ったからだ。すっかり伸びた草たちは、暑い夏を前に刈り取られる。やがて茎の皮から採れた繊維は、様々な手仕事を経て、まずは美しい糸として紡ぎ出されていく。それがさらに丹念に手で編まれていきながら、着物から座布団や小銭入れなど、様々な物へ生み出されていく。とても長持ちして愛用されていく衣服や工芸品として、世に広まっていく。

「紡ぐ」というものの始まりの地点が、陽ざしを浴びて、風に揺られているこの草の群れのどこかにある。広くて大きな気持ちになってくる。糸車の軽やかな音がどこからともなく聞こえてくる気がする。

「紡ぐ」とは、糸でも言葉でもあてはまる動詞である。

清少納言の「枕草子」の冒頭と言えば「春はあけぼの。やうやう白くなりゆく山際、少し明かりて、紫だちたる雲の細くたなびきたる」（春は明け方がいい。だんだんと白くなってゆく山際の方の空が、少し明るくなって、紫がかった雲が細くたなびいているのがいい）。暗記している人も多いのではないだろうか。話題として挙げたいものを次から次に並べながら語っていく「ものづくし」と呼ばれる文章を、清少納言は数多く書き残している。

「ありがたきもの。舅《しゅうと》にほめらるる婿。また、姑《しゅうとめ》に思はるる嫁の君。毛のよく抜くる銀《しろかね》毛抜き。主そしらぬ従者《ずさ》。つゆのくせなき。」（めったにないもの。舅にほめられる婿。また、姑に思われるお嫁さん。毛がよく抜ける銀の毛抜き。主人のことを悪く言わない従者。少しも癖のない人。）。

選び取られている言葉の一つ一つを読んでいると、ユーモアとセンスと知性とを深く感じることができる。様々な章段に登場する、珍しいもの、好きなもの、嫌いなもの、季節が感じられるもの、興ざめなもの……。

書き留めずにはいられなかった姿がうかがえる。強い一本の糸が頭の中であたかも言葉と言葉とを次から次へつなげていこうとしているかのようである。読み進めていくと、くるくると彼女の心の糸車の回る影が見えてくる気がする時がある。

これら随筆の元祖の成立は時をさかのぼること一千年余りである。この時代は紙が貴重であったし、もちろん印刷・出版の方法などが無かったので、読みたい人が作品を手書きで写し取ったのである。古の人々がそれに費やした努力と時間と筆の墨の量は、現代の私たちの想像を絶するだろう。

これら写本の歴史が無ければ、平安時代の人々のエッセイは、私たちの手元にそもそも存在していない。

「からむし」の歴史も然り。

随筆と工芸。手から手へと伝えられてきた何か。

無数の人々の人生と長大な年月が、確実に今を生きている私たちへ手渡されていることに心が動かされる。


「徒然草」の十三段に、書物を読むことの楽しみを語った一節がある。

「ひとり、燈のもとに文をひろげて、見ぬ世の人を友とするぞ、こよなう慰むわざなる」(灯のもとで書物を広げ、遠い昔の世の人を友としてその語る言葉に耳を傾け、静かに問いかけてもみることは、この上ない心の慰めであり喜びである)。

彼は中国の南北朝時代や春秋時代などの詩文集や論文をこよなく愛し、読み耽っていた。この一節と出会った時は、逆手を取られてしまったような印象を持った。そしてやはり大きくて広い心持ちになった。

これらの古典作品を読んでいる私たちの先には、さらなる古典の言葉と時間とがあるのだ、と。ずっと続いていく大河の流れのようなものが見えた気がした。それと同時に「見ぬ世の人を友とする」という心持ちが、先に述べたように印刷や出版や流通の技術など全く無かった、書き写しされた手作りの本の時代から強くあったということであり、この思いは今も全く変わらずに受け継ぐことができるのだと直感できた。

「見ぬ世の人を友とする」。

とても良い言葉だ。

一つ一つの文章と向き合いながら対話を重ねていくようにして、描かれている大いなる歳月の流れの中から見つけ出したい。

時には「友とする」書き手と、手を握り合うようにして。

そして渡されたものを、今度は誰かの手へあずけたい。


(ゆまに書房『大人になるまでに読みたい15歳のエッセイ』第1巻)

心の火を求めて

心に残る風景がある。

快晴のある日、幼い息子を連れて、親しみのある海岸までドライブに出かけた時のことである。驚かせようと思って、わざと景色が見えないように運転しながら、海沿いの森を抜けて防波堤の近くまでやって来た。階段がある。そこを登っていくと一面の太平洋。太陽の陽ざしが強いから、さぞかし美しいだろう。

行ってごらんと言ってうながして、彼は言われるままに上がった。

大きな声をあげた。「海だ、海だー」。生まれて初めて見たのだ。どんなふうに小さな瞳の奥へ、飛び込んできただろう。大喜びして小海老のようになって跳びはねている姿が、ずっと忘れられなかった。

その後、すくすくと成長し、やがて東京の大学へ入学することとなった。

一人暮らしをする時に引っ越しの手伝いをして一通り終わった。

彼が大学にこまごまとした手続きがあると言って妻と出かけた。私はもう少しだけ片付けをして、仕事があるから、先に福島へ帰る予定であった。あれこれ配線などもやり終えて、ヨシと見渡した。

新幹線の時間までは、ずいぶんと余裕がある。新しい机に座って、何かを書きたくなった。近くのコンビニでコーヒーと便せんを買い、部屋に戻り、窓を少しだけ開けて、彼への手紙を書き出そうと思った。ペンは息子の机の上から借りた。

旅立ちに際して、どんなことを書こうか。窓からは新しい街の物音が聞こえてくる。静かで良いところだ。人生訓とか、励ましになるような言葉とか……、しかし上手いことが浮かばない。

一応詩人なのだから、こういう時にバシッと決まるフレーズなど無いものだろうかと我ながら思ったが、書き始めたのは、若い父親と小さな男の子のこの海岸の記憶であった。あどけない姿や声が、瞼の裏側に見えたり耳に聞こえてきたりするような気がして、切なくなってきた。そして、ふと。やがて、はっきりと思い出した。

いわゆるこの海辺を含む浜通りと呼ばれる地域の海岸の一帯は、二〇一一年の三月十一日の東日本大震災の折に、あまりにも巨大な黒い波に飲み込まれてしまったことを。

私はこの浜辺が昔から好きだった。自分の幼い頃から家族で海水浴を楽しんできた思い出の場所だし、そう言えば初めて運転免許を取った時に出かけたのもそこであった。震災から一年後に朝日新聞社の企画でヘリコプターに乗せていただき、上空から眺めるという機会を得た時に、真っ先にこの辺りを見たいと思い、操縦士さんにお願いをしたのだった。

無かった。何も無かった。

唯一、息子があの幼い夏の日にはしゃいでいた堤防の残骸だけが見えた。元通りの風景が一瞬だけ想像で広がりすぐに消えた。けたたましいヘリコプターの音と振動にはっとさせられて、心と体を揺すぶられるようにしながら、目が潤んでしまった。たくさんのご遺体があがった話を、ここで救助活動をし続けた知人からある日に聞いたことを思い返して、心に震えがやって来た。

心に残る風景、現実には残っていない風景。

私たちの記憶はもはや実在しない影だけが残り、実際の光景は消滅してしまったのである。ここに書く手紙だけがもはや私たちにとって唯一の確証なのかもしれなかった。

机の上に手紙を置いて、部屋を眺め渡して、ドアを閉めて駅まで歩いた。

頭の中であの色鮮やかに光る夏の海と、上空から眺めた津波の後の青くて重たい海とが重なり、新生活を送る彼との一抹の別れのさびしさと共に静かに心は騒いだ。

物書きとして何を書くべきなのか、どうして書かなくてはならないのか。

乗りこんだ電車の窓の景色が次から次へと移っていく。向かいの席のサラリーマンが小さなあくびをして、ゆっくりと立ちあがり、やがて池袋駅で降りていった。

それからさらに数年が過ぎて、つい最近のことである。帰省してきた息子と久しぶりに海へ車で出かけた。双葉町にある東日本大震災伝承館に足を運び、展示物を二人で眺めた。震災当時の彼は小学六年生だった。原子力発電所の一号機と三号機が爆発したので、すぐに妻の実家のある山形へ妻と息子は避難をした。たくさんの資料を前にすると、生々しい感じが思い出されてくる。

彼は幼い頃から動物が大好きであった。置き去りにされた牛たちがやせ細り川べりに倒れている姿の、鼻輪がつながれたままでそこから逃れようとして妙に鼻の穴だけが大きくなったまま死んでいる様子の、腹が減ってかじった木の柱の有様の……、様々な写真を眺めて思いがこみあげてきている様子だった。

水俣病という公害の現実を撮影し、世界中に伝え続けたアメリカの写真家のユージン・スミスは「写真は小さな声だ」と語ったが、沈黙の叫びが悲痛に聞こえてくる気がした。

展示室の隣の部屋で語り部のTさんのお話を聞くことが出来た。

この辺りは五十数軒ほどの家が建っていたが、奇跡的に二軒だけを残して、後は流されてしまったとまず語った。現在は車で片道二時間ほどかかる町にお住まいである。

庭師を生業としている。立派な顔と体つきである。雰囲気からして男の中の男という感じがある。当時、Tさんはこの地域の区長を務められていた。

津波の警報が出た。

軽トラックの荷台に人々を乗せて避難をさせようとして必死に動き回った。しかし全員はとても無理であった。津波が来た。やがて波に巻き込まれてしまった人々……。

物理的に難しかったということと……、海の近くに暮らしてはいたものの、これほどの波の恐ろしさを経験したことが無かったから、緊迫感を皆で持つことが出来なかったことも原因としてあったと振り返って話してくれた。

自分を責め続けた。眠れなくなった。もう少し何とかすれば、もっと助けることが出来たのではないかと悔しくなり、やるせない気持ちばかりが湧いた。

突然に福島弁で「ごせっぱらやげる」と言って、涙をわっと流した。

腹が立って仕方がない、という意味である。

それを聞いた途端、私も息子も目が潤んだ。そもそも人前で話すことが苦手だったのに、こうして語り部をしていることについて、自分のことながら本当に不思議だと思う。だがここで話すようになってから、前よりも眠れる気がする時がある……、と。


夕暮れになった。

辺りはすっかり整備されていて、広々とした敷地である。

見あげるほどの巨大な防波堤がある。

階段を二人で登る。見渡すと本当に平らな土地だ。整地の状態が分かるほどに、たくさんの人々の命と家とがすっかり奪われてしまったことがはっきりと感じられた。

日が沈み、星が光った。冷たい風に強く吹かれながら、息子がぽつりと話した。

お話を聞いた後だから悲しい光景だという思いがまず先にあるんだけど、上手く言い表せないけど、美しいとも感じているんだ、と。

祈りをこめて描かれた絵にどこか似ている感じというか……。

呟きを耳にした時に直感した。

波の青さが増していき、黒い色へ向かうと、たちまちに夜になっていった。

書くのだ、話すのだ。大きな黒い何かが防波堤の前から彼方まで広がっていく。

小さな声しか出せない私たちだが、何と向き合っているんだろう。

私たちを見つめているものとは。今ここで生きている、運命というものなのかもしれない。


ユージン・スミスさんは、水俣病の公害の実際を撮り続けた。

当時結婚していた三十歳ほど年下のアイリーン・未緒子・スミスさんと共に。

病の酷さや、公害がもたらした甚大な不条理、社会や企業の不正と住民との葛藤、人間の群像と歳月を渾身で写し取り、世界へ知らせ続けた。正に伝えるという運命を生き抜いた。ぜひ写真集「ＭＩＮＡＭＡＴＡ」（クレヴィス刊）を手に取って欲しい。

ユージンさんは他界なされている。アイリーンさんは現在、環境市民団体「グリーン・アクション」の代表を務められており、環境問題へのアプローチを続けている。

対談をさせていただく機会が先日にあり、お話を伺った。とても気さくにあれこれ教えて下さった。アイリーンさんは今も旺盛に社会活動をなされていらっしゃいますが、その原動力は何ですか……と、最後にお尋ねした。

少し間を置いてから、水俣病が最後には裁判で勝訴するのだけれど、その道筋がどれほど大変だったのか、あらためて話して下さった。

あらゆる苦難を乗り越えて裁判の判決は良い方向へ進んだ。その際に法廷で読みあげられた裁判長の判決文が、本当に素晴らしかったと話した。人類の財産とも言える文章だった、と。それを聞いているうちに、はっきりとこう感じたそうである。

火が点いた。

心に。

それから胸の中の炎は一度も消えることがない。しっかり相手を見つめて、時には弱い気持ちを貫くようにして話すアイリーンさんのまなざしと共に、飛び火してきた何かがあった。その火の種を今は大事に心の中にしまっている。やがて点火の時を迎えるために。

（ゆまに書房『大人になるまでに読みたい15歳のエッセイ』第2巻）

ただ野菜が嫌いだったというだけの話である。

私は幼い頃から野菜を食べるのがとても苦手だった。

タマネギ、長ネギ、ニンジン、ピーマン、白菜、ナス、キャベツ、ほうれん草……諸々。五十歳を過ぎた今では、ほとんど食べられるようになったし、中には大好物になったものもあるので、どうしてあれほど毛嫌いをしていたのか、不思議で仕方がない。

野菜と名のつくものが口に入ると身震いするほどだったので、催眠術にでもかかっていたのかもしれない。

食わず嫌いだとよく家族には言われていたが、いつの頃からなのか、大人になるにつれてパクパク食べられるようになるので、その通りだったのだろう（タマネギ、長ネギ、ニンジンはまだどこか苦手ではあるが）。

ところで私が子どもの頃（昭和）は、食べ物の好き嫌いを無くそうという考えが主流だったと思い返される。令和の今は、例えばアレルギー反応の多様化・複雑化の問題などがあり、だいぶ食事に関する事情や思想は違ってきていることは私が言うまでもない。ここから先は、四十年ほども前の時代の話だと思って読んでいただきたいと思う。

先に述べたようなことから、みんなが大好きな給食の時間であったが、私には野菜が悪魔のような目で待ち構えているという恐怖心がいつもあった。

調理されたものの中に苦手なものが入っていると、それとにらめっこするしかなかった。給食の時間が終わって、五校時、六校時、そして放課後まで、それは延々と続いたのである。周りは教科書とノートと鉛筆と消しゴムとそろばんが、それに対して私や同じように食べられない数人の子どもたちは、トレーと食器と牛乳瓶と残った食べ物が、まだ試合中のように机の上にのっていたのであった。

夕方までずっとにらめっこしていたことも何度もあった。当時の学校の日常としては当たり前の風景であったので（少なくとも私の通っていた小学校は）、誰もが仕方ないと思うしかなかった。

言葉に出来ない不安と恐怖心でいつもいっぱいであった。献立表を時間割表の隣に貼っていた。学校から家に戻ると、すぐさまそれを確認して、比較的食べやすいものだと分かるとほっとした。例えば八宝菜という事実を知ってしまうと、その晩は眠られないぐらい深刻に追い詰められてしまうのだった。

特に焼きそばやカレーライスなどは大人気のメニューで、前の日から話題にしてみんなは楽しみにしていた。しかし私は麺に混じるキャベツの芯や、ルーから顔を出すタマネギやニンジンの具などが嫌で仕方なかった。にこにこと朝に登校してくる表情の子どもたちに混じって、絶望にうちひしがれている、ランドセルを運命のように背負った私があった。

家庭訪問の折に担任の先生に、満を持して、野菜が苦手なので考慮して欲しいと母親からお願いしてもらったことがあった。その時に先生は満面の笑顔で「初めからそう言えば良かったのに、和合くん、ほほほ」と笑った。私は飛び上がるぐらいに嬉しかった。先生が神様に見えた。そもそもある時に読んだことのある、フランスの国民的英雄のジャンヌダルクの伝記の中の挿絵に描かれていた姿のように、きりりとして明るくて美しくて格好いい女性であった。そして翌日はきちんと野菜抜きのメニューがのっていたのだった。

これで人生に恐いものはないと思った。しかし、その次の日はすでに普通の分量だったのである。先生のほうをちらりと見たけれど、無視された。何だか完全に怒っているようにも見えた。必死で理由を考え続けたが、恐らく私だけいつも特別扱いとはいかなかったのだろう。

「ソフト麵」というものが導入されたことがあった。けんちん汁という野菜がたっぷり入った汁物に、ビニール袋の中のうどんの麵を入れて食べるという仕組みのものであった。長ネギ、ゴボウ、レンコン……。これらが白くて長い一本一本に絡みつくのだ。目が回りそうになった。とてもではないが、そこへ混入して食べることは考えられなかった。とっさに机の中に入れてしまった。汁は何とか飲み終えることが出来たので、そのまま片付けた。

珍しいぐらいに早く目の前から敵が消えた。こういう一日もあるのだ。安らかな心持ちで午後の授業と掃除とを無事に終えて、帰りのホームルームになった折に、先生に名を呼ばれた。机の中にあるソフト麵を今すぐ食べなさい、と。教室掃除の班の誰かが机の移動をしていて見つけたのだろう。それがきっと先生に伝わったのだ。私は顔が真っ青になった。黒板の前に来て、ここで食べなさい。

眼が白黒してしまった。みんなの前に立った。とても無理である。すぐにでも早く帰りたいというまなざしが肌に突き刺さってくる。言われるがままに袋から少し頭を出すようにして、何の味もしないぱさぱさのうどんをまずは一口だけ食べてみた。「うわあ」と、ほらあなの奥からのような声が女子から出た。どこかクスクスと笑いも漏れた。

まとわりついてくる何かを、無理矢理に噛んだ。呑み込んだ。完食した。

席に戻った。空気は刃のように鋭かった。そして全員が私も含めて同じ気持ちなのだと分かった。こっそり机に入れただろう。罰は当たり前だ。そして。和合は平気だ。慣れっこじゃないか。みんなが食べていない時に、食べるのは。愚かなまでに口を動かそうとするのは。なんてことないじゃないか。いつものことじゃないか。

次の日もまた昼が近づく。恐ろしくて心が震える。じっとしていられなくて、休み時間には教室のごみ拾いや机を並べたりした。昨日は悪いことをしました、しかし今日は良いことをしました、だから神様、給食を少しでも早く食べさせてください。いま思い返すと我ながら惨めにも健気にも思えてくる幼い懇願の念であった。しかし当時の自分はそんなことしか思いつかないぐらい、他に助けてくれる存在などなかったのだとも分かる。

しかしともかくも相手は、ジャイアンのようないじめっ子などではないのである。嫌いなものをとにかく無くしてあげようという気持ちが日々の教えの根底にあったのだから、厳しさは愛情の裏返しであったと言えたのだろう。ジャンヌダルクの生まれ変わりに間違いないほど、授業でも他のことでもいつも熱心で誠実な先生だった。子どもたちからとても好かれていた。みんな憧れていた。

最後は手をさしのべてくれるのだった。午後のどこかの時間で食べ残しを許してもらって、その後は全身から変な力が抜けていって安心した気持ちになって配膳室へトレーと皿と残りを持っていったものだった。その優しさに期待している甘えのようなものが食べ残す子どもたちにはそもそもいつもあったのかもしれない。それを見抜かれてしまった時の私たちへの態度は特に冷たく厳しかった。正に先生と子どもたちとの真昼の決闘であり、一進一退のせめぎ合いだったのだろう。

高学年になるとこうした日々が実を結んできて、しだいにすいすいと食べられるようになってくる。駄目なものは味わわずに噛んで水や牛乳でさっと流し込むというテクニックも覚えた。もともとひょうきん者で朗らかな性格で、目立ちたがり屋だったので、毎日の不安が消えてくると、その途端に教室の中でのびのびと過ごせるようになっていった。それまではいつも心配な顔をしていたからあまりいなかったのだけれど、しだいにたくさん友達が出来るようになった。

やがて学級委員長や生徒会役員（副会長）にダントツで選ばれるほどに、すっかり人間が変わっていくのだった。そうして先生に叱られてばかりだった子どもの話は、人の輪の中でわははと笑い飛ばす思い出話へ、私の心の中ではきちんと整理されていくのだった。

やがて教師になった。立場が変わると子どもたちへ教える行為の深さと大切さと楽しさと、時には見せなくてはならない厳しさと愛情を余計に知るようになった。仰げば尊し、我が師の恩。

しみじみ思うことが多くなった。先生はさぞかし大変だっただろう。彼女の性格だから本当は授業を楽しく活発にやりたかったはずなのに、昼間の給食の時間が終われない子どもたちに、負け試合の選手のような目で、じっといつも見つめられていたのだから。

四十数年の歳月が過ぎた。

近所のスーパーで、ばったりお会いした。彼女のほうから話しかけてきて下さった。すぐに分かった。ご高齢でありながら、背筋が伸びていて、変わらないジャンヌダルクの立ち振る舞いだったからだ。

久闊を叙して、あれこれ昔話をした後に、別れ際には先生のお宅を訪ねる約束も交わした。お話によれば、私の著作をたくさん持っている友人があり、その方も交えて近いうちにお茶会でもしませんかと誘われたのだ。

手帳に鮮やかに走り書きしてぱっと破いた、先生の電話番号のメモを渡された。必ず連絡を下さいね、と。あの明るくて素敵なスマイルも健在だった。ぱっと花が開くような笑い顔がみんな大好きだった。私もなるべく笑顔で生徒たちと向き合おうと思っているのは先生の影響かもしれない。美味しいお菓子などを持って、ぜひお伺いしてみようと思った。

それから何日かが経った、ある日の晩のことだった。

いつもの様に、眠る前の少しの時間に、書きかけの原稿を書いていた。筆が進まなくなったまま、ひどくおかしい自分に気づいていた。心に渦巻いている何か。それを色に例えてみるなら真っ黒だ。いや言わば黒よりも黒い、黒色なのだった。こんな色彩が心のどこかにあるとは思ってもみなかった。救いようのない底なしの、茫漠とした感情に襲われた。心に震えが来た。

宇宙飛行士があるエッセイで語っていたことを思い出した。宇宙の一部には、地球では味わえないような闇が広がっているところがある。色とりどりの銀河や星団が浮かんでいる一方で全く正反対の場所が必ずあるのだ。そこは黒を超えた黒色の世界であり、生命の存在など信じられないような、星の一点の光すらない空間である、と。

想像を絶する黒。

私は直感した。心の中にあるどうしようもないものが、この数日で知らないうちに広がってきている。それにたったいま気づいたのかもしれなかった。

当然のような面持ちで、机の脇にそっと置いてあった、連絡先を記してもらった小さな紙片を破いた。

何を自分はしているのか。

先生には本当に申し訳ない。

でも分かってしまったのだ。

そうか。

私は悔しかったのだ。

評論家であり詩人である若松英輔さんと、時折に語り合うことがある。近年に惜しまれながらご逝去なされた、作家であり詩人である石牟礼道子さんと、晩年にとても親しくされていた。物を書く原点を彼は石牟礼さんに尋ねた。「幼い頃の自分を救い出したい」という思いがあるからだと静かに話して下さったそうである。このエピソードを耳にして、それからはその言を、私はいつも大事に思っている。

何かを書いていて私がふと話しかけたくなるのは、昼が近づいてくるとうち震えるしかなかった小さな私なのかもしれない。書くという行為の時間の中でしか、そのときの自分と向き合い、助け出すことが出来ないのだとするならば、これからも幼い孤独な影と筆を握りながら生きていくしかない。

（ゆまに書房『大人になるまでに読みたい15歳のエッセイ』第3巻）

通勤の車窓から

肉声にすっかりとはまっている

福島に暮らしている。昨年の春に転勤。通勤で片道一時間。それぐらいは当たり前ではないかと想われているかもしれない。しかし私はこれまでの人生において職場まで十数分しかかからないところにばかり住んできたので戸惑う。往復で二時間も我が人生の一日から奪われることになった。仕事を終えた家での自由時間を読書と執筆に充ててきた自分にとってこの穴はあまりにも大きすぎる。

満員電車では文字がびっしりと並んだ本など、集中して読む気にならない。それでもインプットをしなくてはならない。ひとまずダウンロードできる講演などをポッドキャストで聴くことにした。例えば小林秀雄、開高健、井上靖、他……。恐らく車内でも、誰一人として聞いていないであろう、チョー文学的な話や歴史物。ボリュームを最大にして聴くのが気に入っている。

初めは洋楽やジャズを聴いていた。しかし途中で必ず飽きてしまった。ずっとこれらが好きでたまらないと思っていた私にとっては意外だった。四十も後半を過ぎると、音楽への体力のようなものが変わってくるのだろうか。

それに対して、人の声はいつまでも聞いていられる。肉声というものは圧倒的な存在感を帯びていることがあらためて分かった。会ったことなどなくても、繰り返して聴いていると、何だかそれぞれの人物の生きる姿勢までが分かってくるような気がする。人込みの中で気の合う友だちとおしゃべりしているという感覚が生まれてくる。共に語らい、過ごしたという偽の記憶すら生まれてくる。

思い返せば言葉というものとずっと向き合う生活をしてきた。ひたすら読み書きの日々を送ってきた。それをこの間だけ手放してみて、聴くということに徹してみると、全く違う横顔が言葉一つひとつに見えてくるような気がする。〈聴く〉という事実は〈読む〉という経験よりも肉体的で直截的な手触りを心にもたらす。言葉や語りが心の抽斗のようなものにいっぱいになっていく感触は一冊の読後感と、どこか変わらない気がする。

かつての会津藩には白虎隊も学んだ日新館という藩校があった。藩士の子弟たちはみな懸命に論語を大きな声に出して暗唱することから始まった。それは「会津論語」と呼ばれた。朝焼けの野原を皆と肩を並べて列車で通り過ぎる。幕末の故郷の子どもたちが懸命に言葉と声と向きあっていた姿を思い浮かべる。先日、会津の歴史をめぐる話を聴いたばかりだからだと分かる。

東京などの大きな書店でないと、なかなかそうした棚は無いのだが、最近は講演ＣＤなどを物色している自分に気づく。移動のみならず書斎や寝床でも流すようになってしまったのだ。五十枚もあった吉本隆明のＣＤブックをもうすぐ聴き終える。何にでも「つまり」「何といいますか」と前に置いてから話し出そうとする彼の独特の口ぐせがいつも頭から離れない。吉本との日々が耳に宿っている。

（「潮」二〇一五年十二月）

竹、竹、竹が生え。

日曜日の昼下がり。庭先で友だちと遊んでいた幼い息子が、玄関へ飛び込んできて台所に。冷蔵庫から牛乳を取り出してゴクゴクと音を立てて飲み干した。ああっと息を吐く。「行ってきまあす」と大きな声を誰ともなしにかけて、また出ていった。

バタンとドア。小さな嵐が去ったような玄関をしばらく見つめる。近所の子と夢中で話している声が窓から飛び込んでくる。最近また大きくなった。そういえば実家の裏山のタケノコの背が一夜にして伸びていて驚いたことがあった。どこか似ている。あんなふうに背丈も節もグングンと大きくなると良い。待てよ。ついには大人になり家を出ていってしまう日が来るかもしれない。涙が出そうになった。何としても阻止しなくてはならない。そうだ、夢を持たせないように育てれば良い。これは名案である。東京に行きたいとか外国に行きたいとか、絶対に思わせないことが肝心だ。妻に話すと冷笑された。しかしこれだけは誓った。学生時代に演劇サークルで知り合った二人は口を揃える。「演劇だけは×」。没頭して何かを見失いそうになった覚えがそれぞれにあるからこそ、夫婦は頷いた。当時、演劇や文学に夢中だった私は、止めどない青春の憧れを受け止めてくれるかもしれない東京へぜひ行きたかった。けれど事情があり行けなかった。これは宿命というものだ。それからは地方の暮らしと様々な仕事に満足して今を生活している。

だが、自分なりの納得に至るまでの数々の葛藤や苦しみを、出来れば味わわせたくない。やはり若者は、出会いとチャンスを求めて一度は都会へ出ていかなくてはなるまい。いや、だからそれはマズイのだ。だけど目標のない人生を歩むことを望むなどまず親としては失格だろう。結論。東京などへ行かなくても良い夢と生き方を目指すように育てよう。

物心がついた時には、電車の運転手になりたいといつも言っていて、電車ごっこを良くやった。これなら地元のJRに就職できると確信。よくおもちゃ屋へ出かけて、プラレールを買い集めた。タケノコと私はよく夢中になって、畳の上に線路と車両を並べた。

ランドセルを背負い始めた頃には図鑑が好きになり、いつも動物の写真を眺めていた。名前などをすぐに覚えた。動物の博士になりたい、と。山河に囲まれている福島にそれはいっぱい生きている。ふさわしい進路である。ふとタケノコはあれよと腰ぐらいになった。

小学校も半ばには、サッカーチームがある。サッカー選手に憧れた。地元の少年サッカーチームに入会。これもいい。故郷にもサッカーチームがある。地元を盛り上げるような選手になって欲しい。若竹は胸の上のあたりまでになった。しかしやがてサッカーから、作家へ転身。

中学校に進む。急に物を書く人になりたい、と。私の影響らしい。焦った。食べていくのは大変だと指導。ならば近くの会社などで働いて、趣味で物語を書く。茶の間できりりとした顔で人生設計を語って見せた。安心。なよ竹だったのに肩の高さを超えている。

何と、その日は突然、やって来た。高校に入学して、バスケットボール部の練習を見学に行ったはずの息子が、演劇部に入部届けを出してきた。最も恐れていた世界に没入していこうとしている瞬間であった。しばらくすると一年生ながら脚本も書き、演出もやり、主演もやることに。幹も太くなった青い竹はせわしく枝と葉を動かし始めてしまった。

初舞台の朝。父は緊張して目が覚めて歯を磨いていた。彼は勇ましく起きてきて、荒々しく洗顔。朝食を武者のごとくムシャムシャと平らげた。気合を入れて靴を履いた。

バタンとドア。台風が去った玄関を見つめて呆気にとられた。

荒れ野の竹のような野性味ある息子の姿を初めて見たからだ。初舞台を成功させるぞという意気込みに溢れていた。私も経験があるが、カチコチにかたくなってあたふたとしたものだ。彼は違う。根を張ろうとしている。姿を見送ると目頭が熱くなった。

破竹の勢い。東京の大学で演劇を勉強したいという夢を熱く語るようになった。地下茎はかなり深い。枝と葉の影を見あげるしかない。受験。ついにさらなる日はやって来た。

バタンとドア。それを閉めたのは私であった。妻と息子が大学へ手続きに出かけているうちに、私は彼の部屋に必要なものをホームセンターで買い足して設置し終えた。そして仕事があるので、先に福島へ戻らなくてはいけなかった。とぼとぼと駅へ。彼が毎日の様に通うことになる道のりをわざとゆっくりと歩いた。ロータリーの前で手をつないで歩く若い父親と幼い子の姿に見とれた。初舞台の朝。あの父の涙はこの日を分かっていたに違いない。そして今は何を予感しているのだろう。いや、これは直感である。光陰竹のごとし。早かった。ここまでの彼との歳月が終わった。楽しかった。笹の葉が揺れた。泣けてきた。

（日本経済新聞　二〇一七年六月）

その子守唄に耳を澄ませたい

「ふるさとは遠きにありて思ふもの／そして悲しくうたふもの」。中学の頃。机の上で国語の教科書を見るともなしに眺めていると、母が後ろから覗き込んできた。この世に数多くある詩の中で、これが一番好きだと言った。ちなみに母の故郷は隣町であり、バスで三十分ぐらいの道のり。例えばどんなに近くたって、簡単には帰れないものなのよ……。そのような会話をしているうちに、この二行から静かに染み入るような慕わしさと寂しさとが、少しずつ感じられてくるような気がした。

いつも気丈で明るい母も、このような切ない懐旧の想いを抱くのだと小さな驚きに似た気持ちが息子の心にあった。この詩句を通して室生犀星の存在を、強く意識するようになった。やがて二十歳前ぐらいから詩を熱心に書き始めるようになり、いわゆる近代詩人たちの作品を貪るようにして読み始める。萩原朔太郎の世界にまず惹かれた。彼の随筆などを読むと、詩友の犀星といかに影響を互いに及ぼし合っていたのかについて良く分かった。

それから朔太郎と共に犀星の詩集を持ち歩くようになった。詩作のためのノートと一緒に。気がつけばそれから二十数年があっという間に過ぎてしまったのだ。あらためて読み耽ってみると、書きはじめの頃に心が動いたものに目が止まる。詩作の感性の原点のようなものを、あらためて教わっている気がする。

「我は張り詰めたる氷を愛す／斯る切なき思ひを愛す／我はその虹のごとく輝けるを見たり／斯る花にあらざる花を愛す」（「切なき思ひぞ知る」）。氷の世界が簡潔に鮮やかに描かれていて、文語の調子がなおそれを彫刻のように浮き上がらせている。心が向かう一つの対象を凝視して、その意味の根源を問い続けようとする透徹した眼の力を感じることのできる詩だ。

「我は氷の奥にあるものに同感す、／その剣のごときものの中にある熱情を感ず、」。「奥」にあるものとは何か。研ぎ澄まされている冷徹で鋭い内部世界のそこに。そこには「剣」に譬えられるかのような鋭さと厳しさとがある。これはなお永遠にそこにある詩人の「熱情」そのものなのかもしれない。零度の冷気のようなものを帯びてたたずむ、隠された炎のごとき感情。冷たさと熱さの二律背反の調子を伴って、常に新鮮なものを読む私たちの心を満たそうとする。同詩集『鶴』におさめられている「行ふべきもの」という作品の中に「詩よ亡ぶるなかれ、／わが死にし後も詩よ生きてあれ。」と歌われてあるように、その時代のみならず後世へと向けて詩の確立を試みた意志そのものが、氷の中に閉じ込められた炎となってこちらに肉迫してくるかのようである。

このフレーズもとても味わい深い。「雪がふると子守唄がきこえる／これは永い間のわたしのならはしだ」（「子守唄」）。これを読むと切ない思いにかられた。犀星には幼い頃から母が居なかった。しかし不思議に雪の降る日には、どこからともなくきいたことのない節で聞こえてくるという場面である。犀星はむしろ、いつもそれを耳にしていたのではあるまいか。例えばそれが、じいいと鳴く蟬やこおろぎの鳴き声になったり、寺の庭に鳴る鐘の音になったり、白魚の眼になったりしたのではあるまいか。そのことを感じさせてくれるかのような息遣いがある。

「私はふと心をすまして／その晩も椎の実が屋根の上に／時を置いて撥かれる音をきいた／まるで礫を遠くから打つたやうに／侘しく雨戸をも叩くことがあつた」（「初めて「カラマゾフ兄弟」を読んだ晩のこと」）。この詩句は父を亡くした後に郷里から住まいに戻ってきて、夜に書物を閉じながら自分の残りの生涯を文学でなお生きていこうと、心に決めた後の詩である。私はこの作品の出だしの、「椎の実」の存在になぜだか惹かれるのである。母から教わった〈染み入るような慕わしさと寂しさ〉が、ここで木の実に成り代わっている気がするのだ。

彼が描く生物や植物の影、人や故郷、都会の景観。時に、どうしてこのようにも寂しいのか。それはそれらが、様々な不在の象徴だからではないだろうか。犀星の世界には在、不在の交代がいつもある。私は福島にて震災を経験して後、家族などの遺品を大切にしている人々と出会うことが多い。物を通してこの世に居ない人の姿に思いを馳せている姿があった。あらためて犀星の作品を読み返しながら、詩とは何かを問うてみる。言い知れない寂寞さと向き合い、それを胸にしてそれでもこれからを生きていくという心のありかが、それを宿していくのかもしれない。

（NOTE　二〇一五年十二月）

震災と賢治

宮澤賢治は生涯で二度の大きな天災を経験している。滲み出す何かがあるのだろう。震災の後、賢治の言葉は人々に力を与えてきた。「雨ニモマケズ」という一篇は、多くの人々に求められた。詩ばかりではない。例えば友人は、震災後の亡くなった知人を想って辛い時に、「銀河鉄道の夜」などが収められた童話集を開くと話してくれたことがある。

こんなこともあった。震災後、ある果樹農家の方に話を聞きに出かけた。昼夜問わず、必死で除染する姿に、私はその理由を尋ねた。「もうトシだから、実はこのまま果樹栽培は引退してもいいと思っている」という意外な答えが返ってきた。ただこの畑の除染を納得のいくまでやって、ここを子どもたちの遊び場にしたいと真剣な眼差しで語ってくれた。私はやはりある童話を思い出していた。主人公の虔十《けんじゅう》が、杉の苗を七百本植えて、それを守り続ける話である。やがてそれは子どもたちの遊び場になる。未来のために木を植えた虔十。どちらからともなく私たちは、この「虔十公園林」を話題にし始めた。この人の心の中に、賢治がはっきりいると分かった。

三月十四日。街の人々はたくさん避難していった。私は父と母が居るので残った。余震と放射能の不安にさいなまれながら、私は本棚にあった全集を開き、ある一つの賢治の言葉にたどりついた。「新たな詩人よ　嵐から雲から光から　新たな透明なエネルギーを得て　人と地球にとるべき形を暗示せよ」。極限の状況の中でしかし、これは私も含めた詩人たちへの謎かけのようになって、大地の震動と共に鼓動のように響いてきた。

明日にはもっと大きな地震が来るかもしれない、あるいはさらなる原発の爆発が起きるかもしれない……、そのような恐怖の中で、私は賢治の思想に縋るようにして、詩を書き始めた。それを今までなじみのなかったツイッターに書き込み、ツイートをした。三月十六日の夜の始まりに、こんなふうに記した。

「放射能が降っています。静かな夜です」。これを書くときにためらいはなかった。鬼になろうと思った。全てのことをありのままに、そのままに書く勇気を持とう。それはこの前に、このように記したことがきっかけだった。「行きつくところは涙しかありません。私は作品を修羅のように書きたいと思います」。書きつけた時、私の胸の中に、はっきりと賢治がいた。もはや私なのか、賢治なのか、区別がなかった。

始めの一か月で千数回の余震に見舞われた。辺りの放射線量は変わらずに高かった。不要な外出は控えるようにと呼びかけがあった。私は独房のような部屋で昼夜問わず詩作に没頭した。絶望の中に目覚めを覚えた。「正しく強く生きるとは銀河系を自らの中に意識してこれに応じて行くことである」。賢治がこんなふうに、心の中でいくつもつぶやいてくれたから、言葉の力を教えてくれて、祈りという感情をもたらしてくれたのである。

（初出不明）

空想書店

石巻の人々に古くから親しまれていた本屋さんが、津波で流されてしまった。しばらくして仙台の街に、新しくオープンした。いつも賑いを見せている。

ある日、私の新刊をめぐるトークとサイン会が行われた。店を愛していた人々が多数集まって下さった。あらためて故郷が波を受けるというのはどういうことなのかを感じた。署名のペンを持ちながらこの時、よく通った自分の町の本屋さんを想った。

大学を卒業して国語教師となり、南相馬市に赴任した。駅前の老舗の書店の棚で、青年の私はいつも刺激を求めていた。社会人になったばかりの給料の額など構わずに買い漁っていた。

ある時にはレジの奥にしまってあった、古いジャズのLPレコードをもらった。なじみの一人として認められたようで嬉しかった。ステレオを持っていなかったので、部屋の壁にたてかけてずっと飾っていた。

震災を経て今もまだ、その店のシャッターは閉まったままだ。店主も人の気配も戻らない。それを見かける度に、失われた青春のように感じられて切なくなる。

これは別の書店のことである。その当時、そこで開かれていた、小さなイベントによく参加した。十四、五人も入るといっぱいになる広さだった。常連のお客さんとはクラスメートのように仲良くなった。さらに輪は盛り上がっていき、花見やバーベキューなどもするようになった。しばらくすると残念ながら店は閉じられてしまったが、それでも十年来、変わらずに付き合いを深めていった。

しかしこのメンバーとは、三月十一日を境にしたまま、不思議と連絡を取り合っていない。あれほど多くを語り、打ち解け合ったのに。きっかけが欲しいと思っているが、集まることが出来ずにいる。四年間の不定形の傷を胸に抱えている。顔を合わせて感じ合うのをためらう。互いに距離を保ってずっと黙っている。あたかも棚の書物の隣に、戻していないそれの影が並んでいるかのようだ。

あの日からそれぞれは一冊の本なのだ。手に取って栞のはさまれている頁を、静かに読み合いたい。本と人。声と息。季節の高い窓を行く雲。失われた春を探してみたい。店のあの懐かしいぬくもりを空想する。

（読売新聞　二〇一五年三月）

「もう一本！」

五十歳を過ぎてしまった。年を取るというのはこういうことなのかと今までになくあれこれと現実的に考え始めてみたり、少し離れた年下の人を「若者」とか「若い人」など呼んでみたりしている、最近の私がある。

しかしそのようなことを話していると「まだ五十でしょ」と目上の方に言われることも数多くある。身の回りに、きびきびと若々しく動いている年上の世代の人がたくさんいる。その後ろ姿を見ているといつまでも大人にもなり切れていないのかもしれないなあとも思う。

光陰矢《こういんや》の如《ごと》し。

秋になると様々な記憶が心の中で色づいてくるかのようだ。尽きることのない森の奥深い泉のような若々しさに溢れていた少年や青春時代をあれこれとしみじみ思い出す。剣道をやっていた私であった。うだうだしていると、喝《かつ》を入れるべく、どこからか気合を入れようとする剣士たちの声が聞こえてくる気がする。「もう一本！」。

最初に思い出されるのは裸足の感触である。だから今も家では素足のままが好きなのかもしれない。例えば盛夏や真冬などの季節は足の裏へいつも厳しい表情を直接に投げかけてくるのだった。

うだるような暑い日は熱気がそこからのぼってきたし、凍《い》てつくような日の寒稽古はもはや痛みを覚えるほどであり、足の裏をもう片方の足の甲にのせたりして冷たさを凌《しの》いでいたものだった。しかし練習が激しくなってくるといつの間にか汗が滴《したた》るほどになるのだから、人間の体とは凄い仕組みなのだと、子ども心に感心をしたりもしていた。

私の通っていた道場は人数も多く練習も厳しかった。中でも一番辛かったのは、かかり稽古と呼ばれるもので、休まずに連続技を仕掛け続けるのである。面、小手、胴、小手面、面抜き胴……。

終盤にさしかかると手も足も限界でもつれてしまいそうになる。そんな時に熱くて鋭い声があちらこちらの剣士たちから掛けられていく。すると〈もう一つだけでも……〉という気持ちになったものだった。

強い者はこの苦しいところからさらにどんどん踏み込んでいけるのだ。力を出し切ったとしても、どう攻め込んでいくのか。パワーが枯渇してきた時、しかしそこからどうしようとするかで強さやたくましさが決まっていくのが練習していてよく分かる気がした。

土壇場で踏み込める人間になりたいといつしか思うようになった。極限のようなところに差し掛かった瞬間に道場内に飛びかう人々の声は、あと一本を打ち込む力をくれるものであった。

ところで防具をつけているから、あまり痛くないのではと思われがちだが、決してそうではない。竹刀の衝撃はそれなりにある。また防具から外れる場合もよくあり、そんな時は目から星がいくつも出るかのようだ。

小学校から高校一年の終わりまで続けたわけなのだが、特に高校は剣道の名門校だったので激しい練習ばかりの日々であった。体中アザだらけ。初めは紫だったり青だったりするのだが、少し経つと黄色くなった。色の加減でいつの練習のものなのかは大体見当がつくようになった。満身創痍になるほどに、私なりに夢中になっていったのだった。

しかしいつまでも上達しない。何か違うことをやってみたくなり、高校二年生の春に、ふと剣道をぱたりと止めてしまった。その後、ギターやドラムとか演劇とか、いろいろやってみたがどれも長続きしなかった。

進路に向けて勉強に打ち込みたいなどということも理由にしてはいたものの全く手をつけることもなく、エネルギーの向けどころのない悶々とした毎日を送った。剣の道から逃げ出したのだという、負けてしまったような気持ちがずっとあった。敗北感を抱えたままぶらぶらと若さを持て余す無駄遣いの日々。しかしこうした不完全燃焼の時を過ごしたからこそ、その後の人生において何かにもう一度向かってみようという気持ちにもなったのかもしれない。不惑から知命への今。プラスに思い返してみることにしている。

息が切れて続けられないという時に、わざと打ち込めるところを見せて相手は待っている。そして面の中から、こちらに大きな声を浴びせてくる。

限界なのに、そこに踏み込もうとする何か。いまそのような執念をあらためて五十路の私は持ち得ているだろうか。そして炎のようなかつての記憶があるからこそ、これからも私なりに生きていけるのではあるまいか。
足さばき。跳躍。
若鹿のような手足の感触。
体当たり。時にはよろめき、また竹刀を構えて。
掛け声が飛んでくる。ぶつかり合う。また声だ。
「もう一本！」

（「向上」二〇二〇年九月）

月に叫んじゃえ

五十を過ぎた。詩人を続けて三十年ほどになる。詩集は二十冊を超えた。どうしてそんなに詩がひらめくのですかとある方に問われた。いや反対に教えて欲しいです。するとアイディアの出る場所とは、昔から三つの上……「馬上」「枕上《ちんじよう》」「厠上《しじよう》」が最適とよく言われるそうです、と。なるほど。例えば私にとっての「馬上」はついこの間までは電車であった。窓を流れる景色をぼうっと見てると何かがひらめく。電車にもノっているし、執筆にもノっているという感じ。モバイルパソコンを膝に置きパチパチと打つ小気味よさ。有頂天となり乗り過ごしてしまうことも何度かあった。あるいは到着して降りたが勢いが止まらずホームの椅子に座りその続きを書いて小一時間ということも。詩やエッセイによく電車の場面が登場しますねなどと言われることもあるが、この移動書斎の所産である。

しかしコロナ禍になってしまい、その間だけでも車に切り替えることにした。途端に湧かなくなった。キーを叩く両手がハンドルに取られてしまっているからであろうか。もはや言葉の暴走、いや愛車の安全運転を心掛けるしかあるまい。

「枕上」に期待。そう言えば安部公房は枕元にメモや録音機材を置いていたそうだ。布団の中で小説の発想が浮かんだとしたら逃がさないためだ。寺山修司はベッドに寝ころんで映画や演劇の構想をいつも練っていたとか。

私も床に手帳を持ち込むことが良くある。カバーも紙もしっかりとしたものであれば仰向けになって書くにも困らない。つい愛用のボールペンを握ってしまう。ペン先が上向きになると、ボールが動かなくなる。あ、またやってしまった。そんなことをしているうちにすぐ寝落ちする。すると超傑作の詩を書きあげてしまう。ひょっとしてアレかも、天才かもと正しく夢心地に。というか夢。

誰しも途中から分かってしまい目が覚めてしまったことがあるだろう。その途端に覚醒を意識して懸命に数行だけでも覚えようとしている情けない自分がある。だけど起きた瞬間は決まってきれいに忘却していて、一つの言葉も持ち帰ることが出来ないのだ。神ならぬ夢頼みも通用しない。

残るは「厠上」。ここでふと武田信玄のエピソードが浮かんでくる。厠《かわや》でよく軍略を練っていたそうである。信玄はそこを「山」と呼んだらしい。

詳しい理由は謎だが一説によれば、そこには草木＝臭きがあるから……とか。面白い人だったんだなあと思いつつ、今や洋式のトイレにすっかり馴染んでいるが、子どもの頃に親しんだ和式のたたずまいが懐かしくなった。上品に座るのではなく、またいでしゃがむというあの独特の感覚は、今では日々のどこにも見当たらない。

恐ろしくすらある暗い穴の上で足を開き、特に冬の今頃の季節の朝などは下から風が入った。窓の外の夜明けの星を眺めながら、底知れない寒さと宇宙の広さを漠然と感じたのだった。

便器をしっかりと摑み、尻を出して考えていたのは、どうすれば学校から逃げられるかだった。勉強や給食が苦手だった自分はいつも先生にひどく叱られてばかり。食べられない野菜の入った食器を机の上に置いたままで、午後の授業を受けさせられたりしていた。現代では許されない体罰の一つだが、当時はこのようなことは当たり前の時代であった。放課後には罰則として廊下の雑巾がけをさせられたり、あれこれとキツイ言葉でなじられたり……、他にも嫌なことがあった。避けるようにするにはどうしたら良いかを必死に思案するが見つからない。家の小さなトイレの世界から出たら鬼の待つ学び舎《や》へ、向かわなくてはならない。

石牟礼道子さんがある時に、幼い時の自分の心を救い出すために創作活動をしてきたと語ったことがあったそうだ。それを知った折にすぐに、我が幼き信玄の時を思った。

アイディアをひねり出そうとしていつもウンウンと唸《うな》ってきたこれまでの歳月は、どうやら幼年の日々における心の傷によるものなのかもしれない。知命の齢を過ぎてなお命じてくるのか。囚《とら》われの厠から小さい私を救い出しなさい、と。

まあ今さらの話だ、肩の力を抜こう。信玄は心がゆるんだ時のひらめきをいつも求めていたのだそうだ。朝の個室の子どもよ。まずはリラックスをすべきだったのかもしれないね。

馬上、枕上、厠上。どれもその後も試してみたが、やはり書斎の机上が私には一番である気がする。今、叫び出したいほどに美しい詩がふわりと出来あがったから、月にウオオンと一発。いや、夢の話。

（日本経済新聞　二〇二一年二月）

ルミナスラインをあなたへ

長田弘

なくてはならないもの

長田弘

なくてはならないものの話をしよう。
なくてはならないものなんてない。
いつもずっと、そう思ってきた。
所有できるものはいつか失われる。
なくてはならないものは、けっして
所有することのできないものだけなのだと。
日々の悦びをつくるのは、所有ではない。

草。水。土。雨。日の光。猫。
石。蛙。ユリ。空の青さ。道の遠く。
何一つ、わたしのものはない。

空気の澄みきった日の、午後の静けさ。
川面の輝き。草の繁り。樹影。
夕方の雲。鳥の影。夕星の瞬き。
特別なものなんてない。大切にしたい
（ありふれた）ものがあるだけだ。
素晴らしいものは、誰のものでもないものだ。
真夜中を過ぎて、昨日の続きの本を読む。
「風と砂塵のほかは、何も残らない」
砂漠の歴史の書には、そう記されている。
「すべての人の子はただ死ぬためにのみ
この世に生まれる。
人はこちらの扉から入って
あちらの扉から出てゆく。
人の呼吸の数は運命によって数えられている」
この世に在ることは、切ないのだ。
そうであればこそ、戦争を求めるものは、
なによりも日々の穏やかさを恐れる。
平和とは（平凡きわまりない）一日のことだ。

本を閉じて目を瞑る。
おやすみなさい。すると、
暗闇が音のない音楽のようにやってくる。

『世界はうつくしいと』（みすず書房二〇〇九）より

詩もまた、前向きな力を得るためのスイッチとなる

今夏で五十歳になる。少年や青年の頃と何の進歩も成長も見られないのに、何と天命を知る年になってしまった。少し心の整理をしてみようかと思い立った。

少なくとも今の自分を語るには、何から始めるべきなのだろうと考えてみた。とりあえず私には、二十歳の頃から続けてきたことがある。果たして何？

それは「詩人」である。

詩人とは何か？　たずねられる時がある。自分であれこれ考えると口ごもってしまうから、この言葉を引き合いに出すようにしている。

「詩を胸に置いた生き方をしている人」。

そう語って下さったのは、母校福島高校の大先輩の詩人の長田弘さんだ。ならば三十周年。胸に置くことを続けてきたことになるのだろうか。

ならば詩を読むこととは何か？　他の何とも似ていない時間を見つけることだとまず思う。そしてそれを約束してくれるような詩や詩集と出会うことが大切である。私などはよく眼の前で書かれたばかりの子どもの詩にふと涙することもあるし、はるか昔に書かれた異郷の詩人の言葉の矢に心が射抜かれてしまうこともある。その時をとても幸せに思う。

しかしそう簡単に、これだという詩が見つかるものではない。

だからこそ求めよ、さらば与えられん。といつも私は私を励ます。

皆さんにお薦めしたい。「詩を胸に置いた生き方」を意識して、詩を読む時間、詩集を開く瞬間を大切にする生き方をしようとすることを、始めてみてはいかがだろうか。

長田弘さんの文章にこういうものがある。読書の楽しみが書かれている。

「読書とは、前向きな力を得るためのエネルギーのスイッチであり、一日一頁だけでも読むことが生きているということにそのままつながっていくものである。」

何とも本を読むための勇気が湧いてくるような文章である。このように書き加えている。「机に座る。電灯をつけながら夜更けに頁をめくることほどぜいたくな時間はない」。

あまり詩集になじみのない方も多いだろう。このような心持ちで詩集と向き合ってみてはいかがだろうか。本をめくることで、気ぜわしい日常の時間とは違う流れを感じてみることから始めてみてはどうだろうか。

いつも一日を誰かに背中を押されるようにして生きているからこそ、日常とは違う詩の言葉のもう一つの自然の世界のようなものに身も心も委ねてみる。それがもたらす時間の新しい表情を知った時に、生きているという実感が新鮮に芽生えてくるかもしれない。

さて、ここには「夜更け」とある。私は二十代から三十代にかけては確かに典型的な夜型の生活をしていた。昼間は教師をしているが、その後の夜更けの読書と執筆が辛くなってきた。自分なりにそれを切り替えていき、三十代の終わりから四十代は朝型の暮らしへ変えていった。今も朝の四時から五時の間に起きて机に向かってから、仕事に出かけるようにしている。

家や近所などまだ誰も起きていない時間に、窓が明るくなるその時々や小鳥の声を感じたりしながら頁をめくる。何ともいえないぜいたくな一日の始まりを味わうことができる。お薦めしたい。もちろん、長田さんが語っている夜の闇の中の孤独な静けさも、とても魅力的であるが。詩の中に、あなたにとって輝くようなフレーズが見つかるといい。それを「ルミナスライン」(光る詩の行)と呼んでいきたい。

長田弘さんの「なくてはならないもの」を、ぜひ紹介したい。「草。水。土。雨。日の光。猫。/石。蛙。ユリ。空の青さ。道の遠く。/何一つ、わたしのものはない/空気の澄み切った日の、午後の静けさ」。

詩を追いかけているうちに、色々なものを五感のようなもので感じたいと思っている自分に気がつく。優れた詩というものはこれらの感覚に訴えてくる見えない力を持っている。目は文字を見つめているのに、自分という全体は詩の中の言葉がもたらす広い宇宙へとつながっていこうとしていると思えてくる。
「特別なものなんてない。大切にしたい／（ありふれた）ものがあるだけだ／素晴らしいものは誰のものでもないのだ。／真夜中を過ぎて、昨日の続きの本を読む」。（ありふれた）ことの大切さ、素晴らしさ。詩を胸に置くこともまた（ありふれた）生き方の一つなのかもしれない。本を閉じる。眠りにつく。瞼の裏側で静かに輝きながら迫ってくるかのようなこの一節を思う。「おやすみなさい。すると、／暗闇が音のない音楽のようにやってくる」。

（「一個人」二〇一八年八月）

茨木のり子

学校　あの不思議な場所　　茨木のり子

午後の教科書に夕日さし
ドイツ語の教科書に夕日さし
頁がやわらかな薔薇いろに染った
若い教師は厳しくて
笑顔をひとつもみせなかった
彼はいつ戦場に向うかもしれず
私たちに古いドイツの民謡を教えていた
時間はゆったり流れていた
時間は緊密にゆったり流れていた
青春というときに
ゆくりなく思い出されるのは　午後の教室

柔らかな薔薇いろに染った教科書の頁
なにが書かれていたのかは
今はすっかり忘れてしまった
〝ぼくたちよりずっと若いひと達が
なにに妨げられることもなく
すきな勉強をできるのはいいなァ
ほんとにいいなァ〟
満天の星を眺めながら
脈絡もなくおない年の友人がふっと呟く

学校　あの不思議な場所
校門をくぐりながら蛇蝎のごとく嫌ったところ
飛び立つと
森のようになつかしいところ
今日もあまたの小さな森で
水仙のような友情が生まれ匂ったりしているだろう
新しい葡萄酒のように
なにかごちゃまぜに醗酵したりしているだろう

飛びたつ者たち
自由の小鳥になれ
自由の猛禽になれ

茨木のり子『見えない配達夫――茨木のり子詩集』（童話屋）

生徒たちの青春の日々は　教室という世界が　約束している

国語を教えている。もう十数年ほど前のことになる。ある放課後に用事があり教室に入った。誰もいなかった。鮮やかな夕日がさしていた。静けさだけがあった。昼間はあんなに賑やかだったのに。

こういう時、なんとなく不思議な気持ちになるものだ。

女子生徒の机の落書きに目を止めた。ふだんなら注意をするつもりで眺めるのだが、そこにはこんなフレーズが鉛筆でしっかりと書かれていた。「ぱさぱさに乾いてゆく心を／ひとのせいにはするな／みずから水やりを怠っておいて」「自分の感受性くらい／自分で守れ／ばかものよ」。茨木のり子の詩である。

教室の窓いっぱいに広がる夕焼けの眺めに感じ入りつつ、空からそのまま言葉が降ってきたような気持ちになって、思わず背筋が伸びてしまった。これはずっと消さなくてもいいかもしれないなどと思ったりしながら、見とれてしまった。

ここに座る生徒は合唱部の部長を務めていた。一生懸命に取り組む姿が印象的な生徒である。この詩は教科書に載っているものであり、彼女の心に真っすぐに響いたのだろう。こんなふうに大事にされるようなフレーズを自分も書いてみたいものだと思った。

さて先日、いよいよ五十歳になってしまった。教師生活を振り返ってみて、そういえばずっと教室にいるなあとあらためて思ってしまうときがある。

教師なのだから当たり前なのだが、つまりは学校に通い始めた子どもの頃からずっと家と学校との往復が続いていることになるのである。誰も居なくなったがらんとした教室に立って、生徒たちの青春の日々は教室という世界が約束しているのだと、あらためてあれこれ思いをめぐらせてみる。

あの東日本大震災の時に、激しい地の揺れで校舎は壊れてしまった。立ち入り禁止となってしまった。学校が奪われてしまった気がしたものだった。

しばらくして学校が再開となり、体育館をいくつかの壁で仕切って各クラスが割り当てられた。急ごしらえの教室が出来上がった。やがて生徒たちが集まってきた。遠くの避難先から次々と戻ってくる姿もあった。場と生徒とがあり、学び舎になるのだとあらためて分かった。ここは必ず帰る場所なのだ。教室とは学生たちの砦なのだと思った。

同じく茨木の有名な作品で「私がきれいだったとき」という詩がある。「わたしが一番きれいだったとき／まわりの人達がたくさん死んだ／工場で　海で　名もない島で／わたしはおしゃれのきっかけを落してしまった」。茨木の青春は戦争という苦難の時代の真ん中にあった。その悲しさや切なさが直接に伝わってくる詩である。

紹介したいこの詩も一連目は、そうした戦時中の緊迫した日々が描かれている。しかしこの詩行にどきりとした。「ゆくりなく思い出されるのは　午後の教室／やわらかな薔薇色に染まった教科書の頁」。ここだけとり上げるとゆったりとした鮮やかな詩句である。青春の記憶というものは心の中でゆっくりと育っていて、どのような状況の思い出であっても、時に優しく美しい映像を投げかけてくるものなのかもしれない。苦しい戦時の中にあっても、そこはやはりかけがえのない「砦」であったのだろう。

この詩の真ん中には辛い昔を思い出しつつも「すきな勉強ができるのはいいなあ」などと呟いている友と私の柔和なまなざしがある。

例えるのなら真冬のような時代に共に勉強をするしかなかったからこそ、今という季節を生きる春の陽ざしの中の子どもたちへ、希望を送っているのだろう。

二度とない学生生活を捧げるしかなかったからこそ、勉強の本当の意味を大人になり考えている。茨木や友にとって教室の記憶とは、いつまでも過酷な時代の青春を生きたという心の中の聖域であるのかもしれない。だからこそ振り返り、こうつぶやきたくなるのだ。「飛び立つと／森のようになつかしいところ」。

「自由の猛禽になれ」。なるほど、自由に学ぶ、感じることは空を飛ぶことに似ている。止まり木の森から思い切ってそこから飛び立った時、初めてその全体の姿を一心に眺めることができるのだ。それは心の「砦」を見守ることに似ている。

さて、あらためて女子生徒のあの落書き「ぱさぱさに乾いてゆく心を」のメッセージが浮かんでくる。自分の心の根や葉のようなものに美しく澄んだ水をあげることを心がけるべきであるだろう。それが生涯をかけて好きなことを追いかける勉強の意味なのだろう。夕暮れと誰もいない教室と、詩人の真っすぐな目を見つめた気がした。

（「一個人」二〇一八年十月）

いとう　りおな

先生のことば　　いとう　りおな

先生がふしぎなことばをいった
きゅうしょくのじかんに
「もっとかましなさい。」
だって
わたしはなにをすればいいの
となりのせきのりおくんが
そっとおしえてくれた
「かきまぜることだよ。」
へえ　さかなの名まえみたい
先生がふしぎなことばをいった

こんどは
「はだけでたべなさい。」
だって
どうやってたべればいいの
まえのせきののあちゃんが
そっとおしえてくれた
「おちゃわんのごはんつぶをはしであつめて、一つぶものこさずきれいにたべることだよ。」
へえ　ずいぶんみじかいことばだね

先生がふしぎなことばをいった
そうじのじかんに
「ごみをなげなさい。」
だって
ごみをなげていいの
ちかくにいたじんくんが
そっとおしえてくれた
「ごみばこにすてることだよ。」

へえ　びっくりした

先生がふしぎなことばをいった
かえりのかいで
「雨がふっているから　かさをかぶってかえりなさい。」
だって
かさをかぶるの
うしろのせきのあんりちゃんが
そっとおしえてくれた
「かさをさしてかえることだよ。」
へえ　なるほどね
りふにすんでいるときは
きいたことがなかったことば

先生のことばって
おもしろいね
いいことばだね

こんどわたしもつかってみよう

二〇一八年、小学生を対象とした第五十九回晩翠わかば賞受賞作品。『詩集登米』第五十一集に掲載。

ありのままの自然と、ありのままの言葉

よく日本各地へ出かけていく。食べたり、飲んだり、語り合ったり。小さな島国なのに、たくさんの方言があることにいつも驚かされる。

行く先々で色んな人々と出会う。初めは緊張してお互いに標準語で会話しているのだが、しだいに打ち解け合ってくると相手の語り口に少しずつ独特の訛りが出てきたり、すっかりと現地語で話してくれたり。様々な響きが耳に伝わってくる。

つい聞き惚れてしまう。言葉や声や息づかいに風土のありかのようなものが感じられる。山や町や海や川のたたずまいが、方言とその調子になっている気がする。それぞれの言葉は土地の歴史や歳月と共に生きているのだと直感する。

広い範囲の話ではなく、私が暮らす福島の中だけでも、方言の違いに気づかされることがよく

ある。山を越えると言葉が少しずつ変わっていくのだ。

例えば何かを確かめようとして相づちを打つ場合に「そうでしょ」という一言があったとする。これが私の地域では「んだべ」。山脈のようなものを一つ越えると「んだばい」。さらに進むと「んだっぱい」になる。車で一時間も行くと少しずつ形が変わっていくのが面白い。違いを比べてみるとそれだけで暮らしの何かがそこにある思いがする。

今回の作品は、以前にも紹介したことのある宮城県の子どもたちの詩のコンクールである「晩翠わかば賞」にて、一昨年に最優秀賞に選ばれたものである。

同じ宮城県内の利府から登米へと引っ越してきたばかりの女の子が、今まで聞いたことのない土地の言葉とめぐりあった感動が記されている。一つ一つを新鮮に感じている姿が伝わってくる。やがてその土地に慣れていき、成長していく子どもの気持ちの隣にいる気分になる。

隣に……。以前に谷川俊太郎さんにこんな話を聞いたことがある。人間の感性というものは子どもから大人へと地層のように積み上がっていくのではなくて、横並びになっているものである、と。例えるならバームクーヘンの輪の中に共に入っているかのように並んでいる。だから子どもも大人も気持ちの目線の高さはほとんど同じなのだ。一緒に心が動かされることがたくさんあるのだ。

この作品を前にしてあらためて、ありのままに伝えてくれる存在が大事であるということが分かる。共通語で話さなくてはならない、そして話し方もテレビやラジオで流れている通りにしなければいけないというふうに知らず知らずのうちに、日々に思わされている。右ならえをする必要はないのだと思う。授業中は正しい言葉遣いであったとしても、給食や休み時間、帰りのホームルームなどはこれで良いのだ。人と人との親しみとはこういうつながりから生まれるのではないだろうかと感じられる。

それにしてもやはり「かましなさい」「はだげでたべなさい」という言い方などは初めての子には想像がつかないだろう。魚の名前や短い言葉に込められた意味に感じ入っている姿がある。「ごみをなげなさい」「かさをかぶって」などは、本当に投げたり被ったりしてしまいそうになるだろう。転校してきたばかりの子に親切に教えてくれている席の周りの様子。そのやりとりの温度が伝わってくる。

新しい土地の人と風景。登米は私も何度か出かけたことがあるのだが、空が広くて緑豊かな山あいにある土地。田園の姿が美しくて、いつもそこを吹き渡る風はとても澄んでいる。

この詩を読んだ時にユーゴーの一節がふと浮かんだ。

「自然はやさしくほほえむ母のように、我々の夢を安らかに守ってくれて、空想を楽しませてくれる」（ヴィクトル・ユーゴー）という言がある。

ここで「自然」を、そのまま「方言」に置き換えてみる。この詩の魅力が静かに語られている気がする。なるほど。優しくこちらに母の微笑みを投げかけてくれているかのようである。

（「一個人」二〇二〇年二月）

関根弘

この部屋を出てゆく

関根弘

ぼくの時間の物差しのある部屋を
書物を運びだした
机を運びだした
衣物を運びだした
その他ガラクタもろもろを運びだした
ついでに恋も運びだした
時代おくれになった
炬燵や
瀬戸火鉢
を残してゆく
だがぼくがかなしいのはむろん

そのためじゃない
大型トラックを頼んでも
運べない思い出を
いっぱい残してゆくからだ
がらん洞になった部屋に
思い出をぜんぶ置いてゆく
けれどもぼくはそれをまた
かならず
とりにくるよ
大家さん！

『約束したひと』より（一九六三年）

片づけて深呼吸して

引っ越しをするとなれば、一度は呆然としてしまうものだ。何気なく暮らしていた身の回りのものが、これほど大量にあったのかと気がつくからだ。

ひとまず段ボール箱を前に置いて一つずつ入れていくしかない。果たしてこの家を全く何もない状態に出来るものなのだろうか。

特に「書物」はかなりの強敵である。最も量が多くて、いざ箱にびっしりと詰めてみれば重たくて運ぶのに厄介なのだ。

この詩の二連目で「書物」と先に書かれているのが良く分かる。本のみならず引っ越しの荷物は、そのまま自分の「時間の物差し」となるのだろう。だからその存在感にあらためて驚かされてしまうのである。

春がめぐってくると、ふと考えてみたりする。

これからの人生において、後何回ぐらい「引っ越し」を経験するものだろうか。世の中にはそれを趣味とする人もいるが、出来ればあんまりやりたくはない。

最近の引っ越しの記憶は、一人息子の大学入学による東京行きである。三月の終わりの日曜日にたくさんの荷物を運んだ。長い道のりを越えて、住むことになる新しい部屋にそれを積み上げて、ガスやレンジ、テレビやベッドやタンスを設置した。一通り住めるようになった後で、翌日の朝早くから仕事があるので、私だけ一人で福島へ戻ることにした。

帰りの新幹線の車窓を眺めながら、幼い頃からの日々を思い出して、思わず涙が出そうになってしまったことを覚えている。福島に着いてからの孤独な食事の寂しさは今も忘れられない。

帰宅するとがらんとした彼の部屋だけがあって、ああ出ていったんだなあとはっきりと実感した。それから毎朝のように出勤前に、庭から窓を見あげて、不在であることを確認したものだった。何だか空気がまるで違っているなあとも。

しかしあまりセンチメンタルになっても仕方がない。積極的な行動に出ることにした。やがてその息子の部屋を、書斎へ変えてみることに。あれこれと汚されると思って妻はあまりいい顔はしないのだが、電気スタンドや文房具などを買い込んだり本棚やその上に小さな時計を置いたりして、しだいにそのたたずまいになっていった。

勝手に「第二書斎」などと呼び始める。そうやってしばらくしているうちに、空気が変わってきた気がするのだった。それまでは元気な十代の若者の部屋だったのだけれど、しだいに何かを読んだり書いたりする顔つきになってきたように思う。

部屋の空気というものは生々しくも生きているものなんだなあとふと分かった気がした。彼の暮らしていた時間のかけらのようなものはだんだんと見えなくなっていく。壁を全く違う色で少しずつ何度も塗り替えていくみたいな気持ちで部屋の真ん中に座ってみる。しかし彼がたまに帰省する時はすぐに撤退することにしている。妻との約束だ。

「空気が変わってきた」というエピソードで思い出したことがあった。

ある旅先で朝の散歩をしていて、坂道にさしかかるところでレトロな雰囲気のカフェを見つけたのであった。ふらりと立ち寄り美味しいコーヒーを味わっていると、昔は由緒ある蔵だったんじゃないかということが何となくたたずまいで分かってきた。お客さんがまだいないのをいいことに、マスターと話し込んでしまった。

ここは地元でも有名な昔からの酒造りの蔵だったが、戦後は止めてしまってずっと人の出入りもなかった。彼はすっかり惚れてしまって地主から購入。そこから果てしなく片づけと掃除を始めることになる。

もはや単なる引っ越しや片づけのレベルではない。何しろ半世紀以上の歳月がここに眠っていたというわけである。酒造の機具だけではなく農機具や古いタンス、動かない自転車など。ありとあらゆる物を中から搬出することから始まった。脱サラをしたばかりの彼は、こつこつと再生に乗り出したというわけである。

物はしだいになくなった。壁や床や柱をとにかく綺麗にしたかった。しかしいくらやっても見通しが持てない気がした。作業をすることばかりになってしまって他のことは考えられなくなってしまったと彼は思い出し笑いをして、端正な店の中を隅々まで見回した。やり切ったと思っても、開店しようというきっかけがなかなかつかめなかった。

いつお店を開くことに心を決めたのでしょうか。

作業をし続けていたある時にはっきりと分かったそうである。

空気が澄んできた……、と。

その瞬間にオープンへ気持ちが動き始めたそうである。

時折、このマスターの語り口を思い出して、ふと深呼吸をしてみたくなることがある。

私たちは単なる物とだけ向き合って生きているのではない。

見えるものとおなじぐらいに見えないものも共にあるのだ。

だからこんなふうに、じっと部屋を振り返ってしまうのは、見えない歳月の空気と呼吸のようなものとの別れの時だからなのだろう。

（「一個人」二〇二〇年三月）

菊田心

ありがとう　菊田 心

文房具ありがとう
えんぴつ、分度き、コンパス大切にします。

花のなえありがとう
お母さんとはちに植えました。
花が咲くのが楽しみです。

うちわありがとう
あつい時うちわであおいでいます。

くつをありがとう

サッカーの時とってもけりやすくて、
いっしょうけんめい走っています。

クッキーありがとう
家でおいしく食べました。

さんこう書ありがとう
勉強これからがんばります。

図書カードありがとう
本をたくさん買いました。

やきそば作ってくれてありがとう
おいしくいっぱい食べました。

教室にせん風機ありがとう
これで勉強はかどります。
応援の言葉ありがとう

心が元気になりました。
最後に
おじいちゃん見つけてくれてありがとう
さよならすることができました

『ありがとうの詩』（二〇一二年）より。作者は当時気仙沼市の小学五年生

めぐる春に

震災の年の暮れに、宮城県の河北新報社主催の詩のコンクールの審査をさせていただいた。被災した方々から詩を寄せてもらうという内容であった。まだ震災のさなかといっていい時期に四百点を超える作品が集まった。一度も詩を書いたことのない方々の応募が多かった。家族や家を失った人々の切実な作品が数多く集まり、選ぶ立場の私自身が何かを問われているような気持ちになって読み進めていた。

この作品に出会った最初は、涙を禁じえなかった。震災後は気仙沼の避難所にいて、ボラン

ティアや支援者の方々の厚意や、全国からの救援物資などにとても助けられた。素直に感謝の気持ちを伝えたいと思い、この作品は書かれた。初めての詩作だった。「ありがとう」という言葉が繰り返されていて、実にたくさんの謝意が伝わってくる。そして最後のそれだけは全く違う響きでこちらに届けられる。

これを読みながら、いくつかが心の中をめぐった。これは相馬の避難所に支援に行った友人から聞いた話だ。朝になると施設の事務室にいつも、波にさらわれたご主人のことをたずねにやって来るご年配の女性があったという。顔を出していつも一言。「じいちゃん、見つかったかい」。依然として行方不明のままの状態。「まだ見つからないよ」と答えると「そうかい」と呟き、自分の場所へ戻っていく。

ある未明に夫と見受けられる男性のご遺体が、海辺にて発見された。朝早くにそのことを静かに告げると、女性は目を丸くしてそれを受け止めて、その後にぽつりとこう言ったそうである。「これで、やっと寂しくなることが出来るねえ」。私はそれを聞いて、発見されて家族の元へ戻ってくることがなければ、寂しくなることすら出来ないんだなあと実感した。しかし歳月が経っても未だに見つかっていない方が数多くある。

支援に出かけた別の知人がこんなふうに話してくれたことがある。皆が目覚める前の早朝に、静かに海辺を歩いていた。津波を受けた後の、家や舟や車や家財道具など様々なものがばらばらにある風景を見つめる男性を見かけた。漁師さんのような風貌のがっちりとした方だった。げんこつでごしごしと涙をぬぐっていた。立派な男の人があんなに悲しむ姿を見たのは初めてだった。

そう言いながら彼も涙を流した。

あるアナウンサーの友人から聞いた話の記憶も浮かぶ。避難所に取材に出かけた時に、元気な女性たちが洗濯機を前にして、立ち話をしていた。しばらくみんなで和気藹々と話し込んだ。みんな思ったよりも元気な語り口なので、マイクを向けながらも安心したのだそうだ。すると一人の方が命からがら避難をしてきた話をしているうちに、ふと涙ぐんだ。するとみんながそれぞれに泣き出した。

友人は思い出させてしまって、すみませんと即座に話した。すると、聞いてくれてありがとうという声が誰ともなく返ってきたそうである。本当は話をしたかったのだ、と。同じ思いをしているから口にしていないだけで、言葉にして語りたかったのだと言われたそうである。その友人も迷いの気持ちがあったが彼女たちに励まされて、各地の避難所にて色々な方にインタビューをし、熱心にたくさんの方々の気持ちを伝え続けた。

避難所には私も暮らしたことがあるし、人に会うためにあちこちの施設へ足を運んだ。震災を受けた三月が近づいて来ると、呆然としながらもみんなで声を掛け合って過ごしていた日々の光景が、ありありと頭に浮かんでくる。

当たり前のものが一つ一つ得難いものに思えた毎日だった。「文房具」「くつ」「クッキー」「やきそば」……。飾らない言葉だからこそ、真っすぐに届けられる真実がある。この詩に、当時のたくさんの大人たちが涙して励まされた。手帳に書き写している方があったり、その後にポスターになったり、メロディが付けられて歌にもなった。心の傷を抱えていた皆が、無垢な子どもの声を求めていたことが分かる。

よく遊びに連れて行ってくれて、優しくて大好きだったこの子の祖父は、二か月後に警察の方によりある海辺で見つけられた。再会した時には涙がたくさん出たそうである。たとえたった一言でも、その裏側に大きなものが湛えられていれば、人の心は動かされるということを教えてもらった気がした。この詩を今でも大事にしている。

当時の菊田くんは小学校五年生。私の息子は小学校六年生だった。卒業を控えていた。震災後の福島県の学校では卒業式がほとんど実施されなかった。様々な状況下でそれは仕方のないことであったが、父親としては味わわせてやりたい思いもあった。余震がおさまり、一時的に避難していた子どもたちがしだいに戻ってきた。息子も山形へ行っていたが、友だちが地元に帰ってくるというので一緒に通いたいという気持ちが強くなって帰還することにした。四月から地元の中学校に入学した。かなり後になってからその校舎の体育館を借りて、卒業式は実施された。入学式の後の卒業式だった。とてもありがたかった。

少しずつ春が近づいてきた。めぐる歳月に祈りたい。


（「一個人」二〇一九年四月）

吉野弘

冬の海　吉野弘

吹雪のなか　遠く　海を見た。

海は荒れていた。
そして　荒れているわけが　僕には
すぐ　わかった。

海は　海であることを
只　海でだけあることを
なにものかに向って叫んでいた。

あわれみや救いのやさしさに

己を失うまいとして
海は狂い
海は去り
それは一個の巨大な排他性であった。
吹雪のなか　遠く　走っている海を見た。
そして
海の走っているわけが
僕には　わかりすぎるほどよく
わかった。

詩集『消息』より（一九五七年）

冬の海、走る

詩人の吉野弘さんについてお話をして欲しいという依頼を、吉野さんの故郷の山形県酒田市からいただいた。スケジュールの都合で、ある年の一月の末にしていただいた。山形出身の妻に話をしたところ、その頃の酒田は大変な雪になる、と。地元の人が何よりも一番にそのことを分かっているから、誰も家の外には出ないかもしれない。その時期に講演会とは……と驚かれてしまった。とたんに厳しい真冬の風景が頭に浮かんだ。

担当の方と連絡を取り合うと「そうなんです。とても降るんです。雪で電車が止まってしまう恐れがあるから、仙台駅から高速バスで来ていただけますか」と。どれぐらいの時間ですか。「四時間半です」。おお。止まることはないのでしょうか。「おそらく」。やがて当日となり、夜の八時発、十二時半過ぎに到着する予定の最終バスへと乗り込んだ。運転手さんに同じ質問をすると「いやあ雪が多ければ、止まりますよ」。

緊張のあまりアルコールを売店にてたくさん買い求めてしまった。ビールやウィスキー、ピーナッツや乾きものなどのおつまみも万全。閉じ込められても何とか大丈夫であると思いつつ肝心の食糧らしいものがないことにも気づいた。宮城県から山形へとさしかかってもまだ白いものは見えない。スピードと共に飲む速度もあがり、小一時間のうちに熟睡。終点に到着ですというアナウンスで目覚めた。雪は全く無かった。運転手さんが降りる際に、これは珍しいことだ、お客さんは晴れ男ですかと言われた。投宿。

翌朝に目覚めると窓に映る美しい鳥海山の眺めがあった。青い空は凍えながらも広く澄み渡っている。影がどっしりとその真ん中に腰を下ろしている。とても雄大であり他の山々と比べて稜線の鋭さがどこか全く違う気がした。

朝食を食べて少し時間があったのでタクシーでふと日本海まで出かけてみることに。近づいていくと風が激しく吹きつけてきた。波は高かった。吠え叫んでいた。叫び返してみたくなった。運転手さんは不審なお客さんを乗せてしまったなあと後悔している様子であった。

今回紹介する「冬の海」の詩句が浮かんできた。ここにあるのは厳しい自然の最たる風景の一つだ。そしてとても孤独な情景である。読む度に心に迫ってくるものがある。生きるための力を真冬の厳しさに求めようとしている吉野さんのまなざしが感じられる。

荒れている。あらゆる記憶を洗おうとするかのように岩に激しくぶつかり、数メートルもしぶきがあがっている。波への恐怖感は東日本大震災の折に嫌と言うほど味わった。

強い風と鋭い雲。この詩の最終部分の、海が走る……という光景がよく分かった気がした。寒い風に吹きつけられて絶え間なく動き続ける様々な現象に満ちている。それらがここに渦巻く。正に走る……というイメージがぴったりである。

安穏と生きていると忘れてしまう激しさ。だからこそ何かを求めて、吸い寄せられるようにして、心の裏側にある何かを重ねて見つめてしまうのかもしれない。ただいまは車外に出て、物思いに沈むようにして眺めている最中であるが、いよいよ運転手さんの視線が気になってきた。

吉野さんはあるエッセイでこのように語っている。「雪国の人間というのは、雪で試されると思うんです。雪を知らない人たち、いつでも春と夏みたいな暖かい地方に暮らす人たちは、自然に恵まれすぎているために、かえって自然というものを意識しにくいのではないでしょうか。」と。確かに吉野さんの作品にはそれを歌っているものが多い。

例えば夕焼けや季節に吹く風や庭先の花など身近なものの描写へのこだわりをいつも感じるが、

このような厳しい風土に育ったからこそ研ぎ澄まされていった感覚がとらえている日常の自然への豊かな視線によるものなのかもしれない。

こんなふうにも述べている。「僕は、冬の激しさ、厳しさにさんざん痛めつけられていたから、穏やかさというもののありがたさを強烈に感じます」。季節の残酷さを知っているからこそ、その後めぐってくる春の有難さを語ることが出来る。

例えば悲しみや怒りにかられてしまい、自分の心をかばいきれない、なぐさめきれない時に、厳冬の情景を詩人は思い浮かべたのかもしれない。

やがて心に訪れる「穏やかさ」と「ありがたさ」と出会うために。

冬を知らなければ春を本当に語ることは出来ない。

彼の詩が奥底でいつも深い優しさや愛情を湛えている秘密が分かった気がした。

朝に眺めた大いなる鳥海山。

冷たくも明るい空がその先に広がっていて、光の兆しにあふれていたことを思い出した。

さてその後に講演会場へ向かった。四百人ほどのホールは超満員。天候の良さももちろんあると思われたが、地元における吉野弘さんの人気の高さがうかがえた。

前の席に素敵な女性が二人並んですわっていらっしゃった。主催者の方にうかがったところ、吉野さんの奥様と彼の詩に時折に登場してくる娘さんの奈々子さんであるとのこと。

え、ええ? お二人の前で吉野さんについて語るとは。緊張が一気に高まってしまった。プレッシャーが先ほどの海のように心の中で大きく波浪し始めた。

（「一個人」二〇一九年十二月）

金子みすず

不思議　金子みすゞ

わたしはふしぎでたまらない、
黒い雲からふる雨が、
銀にひかっていることが。

わたしはふしぎでたまらない、
青いくわの葉たべている、
かいこが白くなることが。

わたしはふしぎでたまらない、
たれもいじらぬ夕顔が、
ひとりでぱらりと開くのが。

わたしはふしぎでたまらない、
たれにきいてもわらってて、
あたりまえだ、ということが。

ごろごろ、さわさわ、すぱっ

真冬。車窓より下関の海を眺める。しばらく散策したいものであるが、今回の旅も電車にて通り過ぎるだけである。残念。港の海の光を眺めながら、金子みすゞの詩をいくつか思い起こす。アメリカから戻り、山口へやって来た。そして福岡へ。旅から旅を新年から続けている。いささか疲れているけれども予定があるから仕方がない。

左に下関の町をとらえて右に山々を眺めてみる。あそこをずっと超えるとその先の長門へ続く。金子みすゞが暮らした町。

下関の光とともにこの「不思議」という詩を口ずさんでみる。金子の詩を読むと幼い頃を思い出す人が多いだろう。私なりの不思議を思い浮かべてみる。

例えばこの詩の、黒い雲からふる雨の記憶から始めてみたい。

私の実家は福島の田舎であり、窓の大きな平屋建てで育ったのだった。

夏の盛りのある日にクワガタが一匹、開けっ放しの縁側に飛び込んできた。

大喜びで捕まえて、手を這わせたり、廊下を歩かせたりして遊んでいた。みるみるうちに雲が黒くなってきて渦巻くようだった。その速さに見とれていた。

やがて号砲のように大きな雷鳴が。叱られているような気持ちで見つめた。

空が光った。その度に小さな叫びを幼い私はあげ続けた。雨が降るぞと身構えた時、その一瞬のすきをついてクワガタが羽根を広げて、吸われるようにして飛んで行ってしまった。そのとたんに銀色の豪雨となった。

空がクワガタを食べて雨を降らせているような気がした。

次に青い桑の葉と白い蚕の記憶が駅のホームに立っている。

山間の親戚の家に連れられて行ったことがある。これもまた暑い盛りの夕方であった。茶の間からトイレに行き、戻るときにさわさわと雨の降るような音が。

表にはそのような気配がない。そちらのほうへ行ってみると、大きなかごに桑の葉があり、空気を滑るようにして白い虫が懸命に食んでいるのが、うっすらと見えた。

暗闇から聞こえてくるその音は、風の吹きすぎるようでも雨が降りつけるようでもあり、いっせいにささやかれている感じでもあった。じっとそこにたたずんだまま、もはやどうしたら良いのか、途方に暮れてしまった。

最後に夕顔の記憶だが、これはあまりない。

同じツルを伸ばす植物としてスイカの形が今、列車を追いかける雲と一緒に浮かんできた。

ある日、庭先でいたずらして飛ばした種子から芽が出ていることを発見した。

それがみるみるうちに蔓を伸ばしていき、やがて花を咲かせて、実を結んできた。げんこつぐらいとなり、しだいに真面目に丸く大きくなってきた。正に「たれもいじらぬ」不思議さでもって、やがてバレーボールぐらいのボリュームになっていった。

それからはいつも食卓ではスイカの話になった。

明日は切ってみようと言い、翌朝には、もう少し待ってみようの繰り返し。

いつしかみんなで真っ赤な果実を夢見るようになった。

夏も終わりにさしかかり、祖母に誘われて、いよいよ思い切ってみた。

収穫をしてテーブルに乗せて、祖母が音をとんと立てて、包丁ですっぱりと切った。

果たして中は真っ白であった。二人で大笑い。

楽しかった。戻りたいものだ。良い天気に導かれるようにしていくつもの駅のホームを過ぎていく。真冬なのにそのような春から夏の光景ばかりが浮かんでくる。

金子の詩の人気の秘密の一つはみずみずしい四季の姿がいつもあるということだと思う。

そこにはありのままの自然の姿が分かりやすい言葉で綴られている。

雨が銀色に光るとか、かいこが白くなるとか、夕顔がぱらりと開くとか。

春から夏への季節を代表する景物が命を宿して、あたかも自分の意志で生きようとしているかのような擬人の瞬間がとらえられている。

「ふしぎでたまらない」とあるように、初めてそうしたものと出会ったかのような子どもの目でそれらをとらえて呟いている。

長年にわたり児童詩の研究をしてきたある詩人から「眼聴耳視」という言葉を教わったことがある。「眼で聴いて耳で視る」ような心持ちで読まなければ、子どもの詩は分かりませんよ、と。

「たれにきいてもわらってて、／あたりまえだ、ということが」という私なりのルミナスラインをそっと口にしてみると、どこにでも詩の種子が隠れている気がしてくる。

わずかな時間でもいいから、ふと眼と耳を向けて懐かしい何かを探り当ててみようとすると「ふしぎでたまらない」ものが静かに潜んでいることに気づかされるだろう。

遠い日の空の雷鳴、葉を食べている蚕の響き、包丁ですぱっと切った音。

私にとって季節を生きている幼い眼と耳の瞬きが確かにそこにあったのだ。

金子の詩はいつも呼び覚ましてくれる。

（「一個人」二〇一九年三月）

高橋順子

ジーンズ　高橋順子

ジーンズを洗って干した
遊びが好きなものっていいな
主なんか放っといてジーンズのお尻が言ってるよ
このジーンズは
川のほとりに立っていたこともあるし
明けがたの石段に坐っていたこともある
瑠璃色が好きなジーンズだ
だから乾いたら
また遊びにつれてってくれるさ
あいつが　じゃなくて
ジーンズがさ

海にだって　大草原にだって
きっと

高橋順子　『詩集』（思潮社・二〇〇一年）

どこかへつれてってくれる「瑠璃色」のジーンズ

ジーンズが干されている。洗われて、さっぱりとした感じ。いろいろな場所へ出かけた記憶も一緒になって太陽の光に照らされているかのようである。この詩を読むと何だかいつも風の音や草いきれや、波の音などが一緒になって聞こえてきて、思わず青い空とジーンズを見あげてしまっている気分になる。

水にぬれている時はどこか色あせて重たい感じがあるが、しだいに乾いてもとの深い青に戻っていく様子が見えてくる。

「瑠璃色」という響きがとても若々しく伝わってくる。誰しもが青春時代に一度はジーンズの独特の色合いや手触りに憧れるものだ。そしてどこかへ出かけたいと心が誘われるものだ。新鮮さが全体に宿っていて、青い時の輝きのようなものを味わわせてくれる。一読すると登場する「あいつ」への失恋の気分が描かれていると想像することができるが、読後の印象はとても明るいものがある。

高橋順子の詩はさらりと書かれていて、親しみやすく、どこか懐かしい感じがする。何だか自分にも書けそうな詩だなと思って、こっそり真似をしてみるとそう簡単に書けるものではないことに気づかされる。かつて詩人の入沢康夫さんは「きわめて独特の感受力と、かなりの年季をかけた努力」をそこに見出していて、「洗練の極みを尽くした作品群」とその魅力を評している（洗濯ならぬ「洗」の字をここにも見つけることが出来た）。

これは授業でも多くとりあげられる作品だ。私も何度かとりあげたことがある。男性なのか女性なのか最初は主人公の性別が気になるところだが、十行目の「つれてってくれる」で女性だと生徒たちははっきりと分かるようである。一人ぼっちになってしまったけれど、かわりに付き合ってくれる相手がいる。人間ではないものを人間にたとえて用いられるいわゆる擬人法とは、こんなふうに見えない命を与えて場面を生き生きとさせていくことができるのである。

二行目の「遊びが好きなものっていいな」の呟きも面白い。とにかく家の中に閉じこもっているよりも、雲を追いかけるようにして野山に連れ立って出かけていった二人だったのだろう。

ところで「遊び」について五十歳を過ぎて何かを忘れてしまっているなと感じ入ることがある。たまに休日があると、映画のＤＶＤを観たり、また違うものを観たり……ぐらいしか今の私にはやることがない。これは完全なる暇つぶしなのである。自分が本当に求めたい「遊び」とは実は違うのではないかとふと考えると、では何なのか？
はっきりとそこから先が思い浮かばなくなってしまう。例えば釣り、競馬や鉄道模型、ゴルフやバンド活動など熱狂的に趣味に生きている友人がそれぞれにいるのだが、やってみてもにわか仕込みなだけであり今一つ夢中になれない自分にも気づかされている。

日々忙しくて無理をして見つけることではないものだと自分に言い聞かせているところもあるのかもしれないが、少なくとも何かに心が誘われたり、若々しく憧れつづけたりする心は失くしたくない。五十の手習いという言葉もあるじゃないか。まずは時間を見つけて習い事を始めてみるのもいいかもしれない。あらためて考え始めてみようとこの詩を久しぶりに読み返して思った。

「明けがたの石段に坐っていたこともある」のフレーズを読むと何度か繰り返してきた懐かしい風景が心に浮かぶ。車の免許を取る二十歳前の頃によくやっていたことだ。

大学まで自宅から自転車と電車を乗り継いで通っていた。学校が終わっても家にそのまま帰るのがもったいなくて、用もないのに友だちのアパートなどに転がり込んで夜を明かしたものだった。

家に戻るには途中で大きな川を越える。眠たいのを我慢して明けがたに自転車を漕ぎつつも、ふと川原の草の上が気持ち良さそうで、車体を投げ出して寝転がった。

真っ青な空が少しずつ明るくなる。どうせ後は寝るだけだ。近くの階段の石の上に坐って夜明けを待つことにする。缶コーヒーなんかをすすったりして。

友だちとさっきまでずっと語り合っていたことを思い出す。あれこれとした他愛のない話や、真面目な人生や仕事や文学やの話、そして終わりのない恋愛論……。

時間は長大にあって、命は無限にあって、いくらくたびれてもすぐにリセットすることが出来て、夜が明けるように新しいエネルギーが湧いてきて。

どんなにひどい失恋や失敗をしてもしばらくすると仲間と笑い合ったりして。

そんな青春の記憶の小さな風景が愛おしい。

あの頃から三十年ほども経ってすっかりオジサンになってしまったけれど、でも変わらないものがまだあるんじゃないのか。

どこかへつれてってくれるものがあるんじゃないのか。

探してみよう。

久しぶりにジーンズでも履いて。

海に。

大草原に。

人生に。


（「一個人」二〇一九年九月）

高村光太郎

冬が来た　高村光太郎

きつぱりと冬が来た
八つ手の白い花も消え
公孫樹《いてふ》の木も箒《ほうき》になった

きりきりともみ込むような冬が来た
人にいやがられる冬
草木に背かれ、虫類に逃げられる冬が来た

冬よ
僕に来い、僕に来い、
僕は冬の力、冬は僕の餌食だ

しみ透れ、つきぬけ
火事を出せ、雪で埋めろ
刃物のやうな冬が来た

『道程』（一九一四年）より

冬の寒さに向き合い、生きる力へ変えていく

秋がしだいに過ぎていき、冬がやってくる。この季節、好きですか、嫌いですか。当然のことながら寒い。この寒さは心にも体にも、様々な負荷を与えるし、インフルエンザなどの風邪が流行したりするのもこの季節である。今回はいささか気が早いかもしれないが、冬の訪れを話題にした詩をお届けしたいと思う。

この稿を書きながらあらためて思ったのは、日本は縦に長くて（つまり経度が）、この島国の北から南まで、それぞれの地域に訪れる冬の表情は一様ではないということだ。例えば北国は一

面の銀世界、だけど西日本や九州などは全く雪は降らない。雪害というよりは寒さによる乾燥や凍結などに悩まされる（北国もそれはありますが）。冬がやたらに長い山や村もあれば、あっという間に春がやって来る町も。これは面白いことであるらしい。

ある時、シンガポールへ行った。日本に留学した経験のある大学院生とあれこれと話していたところ、ぜひ今の大学の研究を終えたら、日本に住みたいという熱い想いを話してくれた。なぜ？　と聞き返したところ、日本には四季があるから、と。

つまりシンガポールはずっと一年中、二十七度から三十度の間を行ったり来たりしていて、いつも夏のような陽気。乾季と雨季という移り変わりはあるが、それでも二十七度あたりを下回るということはない。寒い冬にはひたすら耐えるしかない東北地方に暮らす私にはとてもうらやましい話だが、むしろそれこそに心惹かれるのだ、と。

その学生さんはこれまでシンガポールやマレーシアに、生まれてからずっと暮らしてきた。この気候が当たり前だと思っていたところ、日本にしばらく滞在して、四季を知った。「シンガポールはずっと夏だから、暮らすのに飽きた」などと冗談めかして呟いた。

私が暮らしている街は福島市。言わば東北の入り口にあたる。東京から新幹線で仙台を目指していくと、その前に位置しているところ。雪は多くないが、その代わり、冬の冷えは大変。零下の世界が続く。路面は鏡のように凍る。今はまだ秋の終わりの紅葉の風景だが、もうしばらくすると零下が当たり前になる。

いくら寒い冬を過ごしても、やがて春になるし、夏の終わりには、どんなにその夏がとてつもなく暑くても、冬へと向かう秋がやって来る。四季があることは私たちの心に新鮮な何かをずっともたらすことなのかもしれない、と日本が大好きなその若者と話をして直感した。ちなみに北海道への移住をもう計画しているらしい。雪が凄いだろうなあ。

そのようなことを話しつつ、あらためてご紹介したいのは、高村光太郎のこの詩である。

「きつぱりと冬が来た／八つ手の白い花も消え／公孫樹の木も箒になった」。私はこの作品に出会ったとき、まず驚いた。

冬という季節とこのように向き合い、あたかもライバルであるかのように強い意志を持って呼びかけ続ける詩人の姿が、まずここにある。

高村光太郎は、一八八三年生まれにて、七十三歳まで生きて、この世を去った。彫刻家高村光雲を父に持ち、自身も彫刻の道を志した。しかし、いわゆる職業彫刻家に疑問を抱きはじめ、道を違えるようになる。そして詩人としてやがて確固とした地位を築いていく。

時代は太平洋戦争へ突入し、その際に光太郎はたくさんの戦意高揚詩を書いた。敗戦後はその責任を負うようにして、花巻の山奥へ隠棲しながら七年ほど暮らし、やがて晩年を迎える。そのような人生を歩んだ光太郎の詩には、いつも何かを詩に刻みつけようとするかのような、鋭く無駄のない簡潔さがある。

光太郎自身も、詩は言葉の彫刻だと思っていたところが多かった様子であり、彼の書いたエッセイを読んでいると、それにまつわることがたくさん記されてあることからも察せられる。目の前の言葉に彫るという一心のエネルギーに彼の詩はいつも満ちている。

誰にとっても「きりきりともみ込むような冬」「人にいやがられる冬」「草木に背かれ、虫類に逃げられる冬」であるはずなのに、「冬よ／僕に来い、僕に来い、／僕は冬の力、冬は僕の餌食だ」と呼びかけているところに、そのようなものだからこそ、そこから生きる力を得ようとする敢然とした姿が見えてくる。季節そのものを擬人化している視点に、この詩人のスケールの大きさが感じられる。

この詩において向き合っているのは冬の厳しさだが、ぴんと張りつめた何かが、満ち満ちている。それが例えば父親だったり、大きな山だったり、牛だったり、そして『智恵子抄』というあまりにも有名な詩集があるが、愛する妻の智恵子だったり……。

彫刻家があるものと向き合って掘り始めようと彫刻刀をふるいはじめる時の一刀目の瞬間のようなものが、いつも鋭く新鮮に詩の中にあるのではないだろうか。

その緊張感が光太郎のみならず、私たちに力を満たしてくれているように思う。冬の寒さを、むしろ生きる力へ変えていく。そんな生き方があるのかもしれない。

（「一個人」二〇一八年十二月）

三好達治

鷗　三好達治

ついに自由は彼らのものだ
彼ら空で恋をして
雲を彼らの臥所とする
ついに自由は彼らのものだ

ついに自由は彼らのものだ
太陽を東の壁にかけ
海が夜明けの食堂だ
ついに自由は彼らのものだ

ついに自由は彼らのものだ

太陽を西の窓にかけ
海が日暮れの舞踏室だ
ついに自由は彼らのものだ

ついに自由は彼らのものだ
彼ら自身が彼らの故郷
彼ら自身が彼らの墳墓
ついに自由は彼らのものだ

ついに自由は彼らのものだ
一つの星をすみかとし
一つの言葉でことたりる
ついに自由は彼らのものだ

ついに自由は彼らのものだ
朝やけを朝の歌とし
夕やけを夕べの歌とす
ついに自由は彼らのものだ

三好達治　詩集『砂の砦』（臼井書房・一九四六年）

五月の波の音に

五月の夜。眠るまでの時間に、どのようなことをして過ごしているだろうか。

ここで一つ、合唱をおススメしてみたい。これまであまりなじみのない世界だと思う方もいるかもしれないが、コンサートホールに足を運ばなくても、楽しめる方法がある。

現在、ユーチューブに演奏の動画がたくさんあがっており、かなりレベルの高い合唱を味わうことが出来るのだ。夜更けの時間に声の調べはとても耳に心地良く、やがて静かな眠りへ誘われていくだろう。

三好達治のこの作品は数多く歌われている詩の一つである。

「ついに自由は彼らのものだ」という、三分の演奏時間で九回も繰り返されるリフレインのフレーズがとても印象的で、繰り返し聞いてしまう。

三好達治といえば、「太郎を眠らせ、太郎の屋根に雪降りつむ／次郎を眠らせ、次郎の屋根に雪降りつむ」を思い浮かべる方も多いことだろう。小学校の国語の時間に、この短い詩に出会った時の驚きは忘れられない。

たった二行の世界に、詩とはこういうものだと教えられた気がしたのである。「こういうもの」というのが何なのか、それはいまだに上手く説明できないが、生きることや季節や命の意味と言葉とはみな一つにつながっているとこの時に分かった気がしたのである。

ところで鷗は子どもの頃からずっと親しさを感じてきた。良く父と幼い頃に相馬の海へ魚釣りに出かけた。なかなか釣れない私をからかうようにして気持ち良さそうに潮風を誘いながら彼らは飛び回っていた。かん高い声が波の音と重なって、何ともいえない良い響きで海辺を満たしてくれる。空の下にも、海の上にも、そして地上にもその姿は白い絵の具を塗ったようにしていつもあった。言わば陸海空を制覇している鳥なのだと気づき、幼心に何だかうらやましいと思った。

一瞬の隙をついて父の糸の先に一羽がひっかかったことがあった。釣り糸がなかなか切れなくて、ゆっくりとリールを巻き戻しているうちに、鳥は目の前までやってきた。捕まえて、糸を外して逃がしてあげた。声をあげて大騒ぎをしながら、やがて空へ消えていった。

その様子を隣で見ていたが、間近で目にすると岸辺から眺めた印象とはかなり違っていた。思ったよりも大きくて、勢いがみなぎっていて野性的であると感じた。平和に海の景色を飛び回っている姿は消えていて、声を出してもがいて、少しも弱気を見せずに空をにらんでいた。そして私たちの心を掠めていくかのようにして、彼方へと羽ばたいたのだった。

この詩を読む度に、その時の記憶が重なる。ほんの一瞬の束縛から解放されて、「自由」を手にして必死に生き生きと羽根を動かして、滑空しようとする力強い鳥の影。

ここのフレーズも好きでメロディをよく口ずさんでいる。「彼ら空で恋をして／雲を彼らの臥床とする」。何ともおおらかな時間が描かれているではないか。

寝床を意味する「臥床」。雲と風の雄大なベッドの下に、豊かに広がる水平や地平を想像してみる。

言葉はその背後に大きなものをたたえているほどに、どんなにそれが簡潔であったとしても、それを通して伝わってくる鮮やかさがあると三好の詩に教えられる。

しかし、どうしても引っ掛かり、気になるところがある。「ついに」という一言。何を受けて「ついに」なのか。調べてみることにした。

この詩は戦争直後に発表されたものであることが分かった。

三好は他の詩人たちと同じように戦時中に戦争賛美の詩を書いていたが、とてもやるせない深い思いを抱いていたそうである。

出陣する学生へはなむけの講演をした際に、「なぜ君たちのような若者が戦場へ行かなくてはならないのか」と語って、号泣したというエピソードが残されている。詩の中の「鷗」とは出征しなくてはならない学生たちの白い制服をたとえていると言われている。

「ついに」とは戦争の終結を表しているのだ。「彼ら」とは戦死した若者たちのことであると知り、意味が胸に迫ってきた。

魂となった「彼ら」は自由に空を飛ぶことが出来るのだ、と。

そのようなことを思い浮かべて合唱を耳にしていると、一筋の祈りの光がさしてくる感じがある。昭和から平成に移り、それも終わったばかりだ。戦争が無かった平成時代ではあったけれど、震災による津波で多くの命が失われていく光景を目の当たりにしたことを思い返す。この詩に込められた鎮魂の歌の調べに、時の波音を思って、令和時代の最初の五月を過ごす。

（「個人」二〇一九年六月）

室生犀星　1

卵　室生犀星

卵をじっと見ていると
お母さんがおもい出されてくる。
どこがお母さんと卵と似ているのか、
お母さんが似ているのか、
卵が似ているのか
卵を手にとって見ると
まんまるくて懐かしく、
少しおもくて何やら悲しい、
なぜかといえば、
卵がお母さんにならないから。
きょうも

卵を見ていると
お母さんのどこかに似ている。

室生犀星『乙女抄』(偕成社・一九四二年)

まんまるくて、おもくて、寂しさが増していく

そもそも卵に深い親しみがある。

幼い頃には家で鶏を飼っていた。祖父が小屋に朝早くに取りに行こうとする姿を見つけると、嬉しくなって必ずその後ろを追いかけていったものだった。

祖父と二人で鶏たちをすり抜けていき、小屋の金網越しにのぞいてみると産み落とされたばかりの真っ白いものが一個から二個、小さな息をしているかのようにそっと巣に置かれていた。それを静かに手のひらに乗せてもらうのだった。

いつもその不思議さを確かめるのだった。どうしていつも同じ重みと形なのだろう。

一つ一つに何だか全てが充満しているかのようで、とてもかけがえのない気がするのだった。

新しいそれがやって来る。命の誕生を毎朝のように子ども心に感じていた。祖父に遅れをとらずに明日も早起きしなくてはなどと思いながら一日を過ごしていた。

また野山で遊んでいるといろいろな卵と良く出会ったものであった。

蛙の卵などを見つけると必ず網ですくってバケツに入れて家に持って帰った。母に見つかると捨てられてしまうので、こっそり玄関の靴箱の下に隠した。

カマキリの卵も良く見つけた。こちらもやはり見つけられてはマズイので、ランドセルのポケットなどに忍ばせておいた。

ある日一斉に孵化をして部屋中が小さなカマキリでいっぱいになったことがあった。

とにかく持ち帰ってしまう子どもだったが、それは卵そのものに親しみと愛着と、どこかもう一方では儚さのようなものも覚えていた。だから余計にその全てを手にいれたかったのかもしれない。

りんご畑で作業していた近所のおばさんから鳩の卵をもらったこともあった。一日ぐらいかけて手の中に入れて一生懸命に温めたのだが、うんともすんとも言わなかった。

とにかく鳩のヒナが孵ることをずっと夢想していた。

卵の肌触りはずっと冷たくて硬いままだった。ついにあきらめることにした時は、卵に情が移ったとでもいうべきなのか、それを握ったまま何だかとても切なくて、涙が出そうになったことを覚えている。

室生犀星と言えば「ふるさとは遠きにありて思ふもの」という「小景異情」の詩があまりにも有名である。この詩は実は私の母が好きで、幾度となく呟かれたフレーズを耳にしてきた。子ども心にとても寂しい感じに響いてきたものであった。

実は母の実家は車で三十分もすれば着いてしまう隣町であった。すぐにでも帰れるじゃないか、近いじゃないかと母に切り返したものだった。「そういうものじゃないんだよ」と母は言った。

それは例えば距離や空間というよりは、時間や歳月を回顧する思いだったのかもしれない。故郷の日々の記憶や、もう戻らない過去への郷愁なのだろう。私も五十を過ぎて同じような思いに駆られることがある。

そして幼少の頃から複雑な生い立ちを重ねてきた犀星がこの一行に込めた気持ちは、ただ懐かしいというだけではないのだろうと想像する。幼少期、青年期、壮年期などの人生の季節における様々な切なさや悲しさを、室生犀星は数多くの詩に丁寧に書き続けている。

この「卵」という詩についてあれこれと思いめぐらせてみる。もう戻れないというよりは、そもそも大きな不在がそこにあったのだろう。

犀星は、実の母を知らなかったのであった。

手に入れたくてもできない存在が母だったからこそ、「卵がお母さんにならないから。」という一節には、心の奥底で実感してきた真のかけがえのなさへのメッセージが宿っている気がする。染み入るようにしてこちらに届けられてくる感じがある。

「まんまるくて懐かしく、」という一節に、不在だから、より本能的に求めようとする、その心にいつも映されている母が感じられる。「少しおもくて何やら悲しい」。重みを手ざわりとして実感できるから、余計に寂しさが増していく感じがある。

長い歳月の中で折り重ねてきた気持ちを「まんまる」と「おもくて」という簡潔な言葉で言いあらわしている。

手のひらに心そのものが乗っている。

それを手応えとして感じている詩人の姿がある。

この詩を読み返す度に、鶏の卵を手のひらに乗せてもらった朝のことを心に浮かべる。

命の一個の重たさをそのまま祖父にもらっていた毎日だった気がする。

鳥小屋の網戸の前で息を凝らしていた私を、いつも思い出させてくれる。

（「一個人」二〇一九年七月）

室生犀星　2

遊離　室生犀星

ひさしぶりで街へでて見たくなった
家のものをさそうて
ぴつたり戸締まりをして
みんな電灯を消してでかけた
家のなかは暗く陰氣になつてみへた
そとへ出て一度ふりかへつて
あんなに家を暗くしておかなければよかつたと思ひ
うちの道具るゐ冷たくなつたやうで
變に可哀想な氣がした

街はにぎやかだつた

喫茶店へも寄り
すこしばかりの買ひものもし
暗い停車場でおりて歩きにくい道をあるき
うちの前へかへつてくると
どこかの賃家のやうに寒そうに見へた
ガタガタした戸をあけると
妙にその音がひびいて淋しかつた
いきなり一づつの室にみな電燈を點した
室はみな息をふき返して生きかへつた
あるべきものはあるところにあり
べつに何のかはりもない
しかしすぐに座ることのできないやうな氣がした
もの珍しさうな氣がするのだ

『寂しき都会』より（一九二〇年）

あるべきものは　あるべきところにあり

室生犀星の詩を読むと彼の故郷である金沢の町並みが浮かんでくるかのようだ。

私は暮らしたことはないのだけれど、幼い父や叔母たちはその町で生活したことがあった。だからなのだろうか。不思議にぼんやりと懐かしさを覚える。私のみならず、日本人の誰の心にもある郷愁の思いを喚起させてくれるような力が犀星の詩にはあるのだろう。

心や風景をテーマにしてたくさんの詩を書いている、日本を代表する抒情詩人である。この詩を紹介させていただきたい。いくつか心に思い出が浮かんでくる。

私の福島の実家は祖父母が必ず居たので、誰も家にいなくなるということがまずは一度も無かった。ある日に年老いた祖父の病状が悪化して危篤となってしまった折に、皆は急いで病院へ行き、風邪をこじらせていた子どもの私だけが残されたことがあった。

まもなく坂を上ったところにある隣の家に行き、家族の誰かが病院から帰ってくるまで、隣家の窓から自分の家を見下ろすようにして待っていたのだった。

いつも誰かが居て、どこかに明かりがあるはずの一軒。我が家。

全く違って見えて、びっくりした。心細くなった。もう会えなくなるのではという祖父への心配が重なって、涙が出そうになった。いつもの家は抜け殻になってしまったかのようにひっそりとしていた。

この詩を読むと、その時の気持ちが写真を眺めるようにして思い出されてしまう。それであり、それではない風景。当たり前の何気ない日常が、さっと変わってしまうことがある。そのような不思議さに、幼い私の心は震えて打たれたのであった。

記憶は現在へ飛ぶ。この秋は台風や雨が続いた。

福島の様々な町に被害が出た。私の職場のある駅は湖の真ん中にあるかのように水に囲まれてしまった。

東日本大震災の記憶が蘇り、またも被災してしまった感覚に襲われた。引けるまで数日。その後浸かってしまった、たくさんの建物や施設、家などの復旧作業に追われることになった。学校の生徒たちと一緒にボランティア作業に取り組んだ。

一階の天井まで水がやって来た家へ向かった。畳をあげる作業から始まり、タンスやテーブルなどの家財道具を運ぶ。泥をかき出す。

水を含んでいるので畳や布団はとても重たくて一人では持ち上げられない。次から次に家の中のものを運んでいく。家の方々と共に作業をしているのだが、なじんできたこれらの家財を庭へ運んでいき、トラックで運んでいく心持ちはどれほどだろうと感じた。

これまで親しんできた暮らしのありかが、全く違うものに見えてしまっているのだろう。何度も心が苦しくなった。大事に壁などに飾っていたと思われる家族写真や絵や賞状などが泥の中に埋まっていて、それを取り出して家族の方に手渡すと、作業を止めて涙ぐまれていた。

この詩に記されている「あるべきものはあるべきところにあり」という一節を思い返して、

メッセージのように思えて切なく思えてきた。

いつもすぐ近くにあるものは、実はとても遠い何かなのかもしれない。

青春時代に船旅をして、自分の暮らす町の近くにある港を出発して、長い歳月をかけて各地の港を転々とめぐりながらようやく地球を一周し、たどりついた最も遠い場所がその出発した見慣れた港であったという話を知人から聞いたことがある。

そのような感じをこの詩を読み返す度に覚える。

私たちは最も親密で最も疎遠なるものに囲まれて暮らしているのかもしれない。

それがふとしたきっかけで、全くの別世界に見えてしまう。

その瞬間をとらえる詩人の視線は、暗くなっている部屋に一つの明かりを灯して、室内ばかりではなく心のなかも照らし出そうとしている。新鮮な息吹を私たちの心に与えてくれる。矢のように一年は去り、新しい年がやって来る。


（「一個人」二〇二〇年一月）

草野心平　1

秋の夜の会話　　草野心平

さむいね
ああさむいね
虫がないてるね
ああ虫がないてるね
もうすぐ土の中だね
土の中はいやだね
痩せたね
君もずゐぶん痩せたね
どこがこんなに切ないんだらうね
腹だらうかね
腹とつたら死ぬだらうね

死にたくはないね
さむいね
ああ虫がないてるね

『定本　蛙』（日本図書センター　二〇〇〇）より

蛙や土のイメージは、福島の風土そのもの

私が暮らす福島の秋の夜は、虫の声に満ちている。夏に満ちていた蛙の声に変わって、ある時はにぎやかに、またある時はささやくように聞こえる。それを耳にしながら灯りの下で本をめくったり、浮かんでくる詩や文章の言葉を帳面にメモしたり、早めに布団に入って目を閉じたりするのが好きである。いつもあれこれと聞こえる声色に耳を澄ます。例えば都会の真ん中では味わえない秋の庭に満ちる調べである。

今年の夏の暑さはこれまでになかったので、早く秋が来て欲しいと願ったものであるが、いざこうして過ごしているとたまらなく寂しい気がする。しかしまた独特の季節の寂しさと実りの気

配とが自分の何かを鏡の様に映してくれるような気がする。〈寂しさ〉とは一枚の澄んだ鏡のようである。声音に耳を傾けながらたった一人であることをはっきりと意識した時に、紛れのない今の自分と出会うことが出来る気がするものである。

「さむいね／ああさむいね／虫がないてるね／ああ虫がないてるね／もうすぐ土の中だね／土の中はいやだね」。この詩はそんな秋宵に、心に浮かんでくるものである。虫たちの声に紛れて、夏の主役だった蛙たちが、このような会話をしているのだと思うと切なくなってくる。言わば大先輩の福島の詩人、草野心平の代表作の一つである。私はこの詩にあるように草野が記す蛙や土のイメージが、福島の風土そのものの気がして好きである。

例えば出身地のいわきへ出かけてみてはどうだろうか。

郡山発の在来線に乗り込み、夏井川渓谷を過ぎて、草野の故郷である小川郷へ。緑にあふれた阿武隈山脈の膝元をすり抜けるようにして、列車はゆっくり滑っていく。やがて「背戸峨廊」と呼ばれ親しまれている美しい渓谷の入り口のあたりを抜ける。ここは心平さんが名付けた景勝地である。ズバリ命名することがとても得意だったとか。

列車は進む。そこだけ突起しているかのようになって、ギザギザの岩山の影が見えてくる。阿武隈山脈の姿を描いた詩「嚙む」という一篇は、こんなふうにまとめられている。

「なだらかな阿武隈の山脈のひとところに。／大花崗岩が屹ッ立ってゐた。／鉄の鎖につかまってよぢ登るのだが。／その二箭山のガギガギザラザラが。／少年の頃の自分だつた。」。少年の影は、あたかもそのまま小さな命の姿へ化身していくかのように感じる。そのままそれを「よぢ登る」

蛙の姿として想起してみる……。

高村光太郎はこのように述べている。「彼（草野心平）は蛙でもある。蛙は彼でもある。しかし又そのどちらでもない。それになり切る程通俗ではない。又なり切らない程疎懶ではない」。どこか一点の生き物を真ん中にして阿武隈の景色そのものが草野心平の心象風景に見えてくる。それを眺めたいと思って時々その方面へ小さな旅に出かけることがある。

心平さんは生前、特に彼らに深い愛着を抱いていた。たくましく、したたかに生きていくその姿を、いつも追いかけて飽きることなく描いてきたことからも察することができる。例えばこの詩「かえるのうたのけいこ」は蛙の大合唱の場面だ。

「ぎゃわろろろりッ　そらにはまんげつ。／まんげつのまわりにはおおきなかさ／さあ　みんないっしょに　げんきにうたおう。／いち　にい　さあん。／ぎゃわろッぎゃわろッぎゃわろろろろり／ぎゃわろッぎゃわろッぎゃわろろろろり」。

夜の地べたを這いながら生きている、強い声と生命力。生活に苦しみながらも詩を書くことを第一に生きてきた心平さんの後ろ姿が、これらの詩群に宿されているとも感じられはしないだろうか。

震災後、心平さんの故郷も含めた浜通りは、これまでに体験したことのない未曾有の被害を受けた。津波もさることながら、近隣の原子力発電所の爆発により、避難を余儀なくされていった。心平さんの書斎などがあった「天山文庫」のある川内村においても、ほとんどの方が避難をせざるを得なかった。その後にわずかではあるが、人は戻ってきた。七年が経過した現在も、人口については横ばいの状態が続いているのである。

帰還した方々はかつてのように農業を再開している。田に再び水が引かれた光景を眺めて、人が戻ってきたと村人たちは実感する。それは響き渡る蛙の叫びが大地に充ち満ちた瞬間でもあった。私にこんなふうに言ってくれた方があった。「その声を聞いて、心平さんが弱気になっている私たちを励ましてくれているような気がしましたよ」と。福島で暮らしていると、こんなふうに心平さんの心がいつも傍らにあるような気がする。

ところでこの詩は後半にはますます寂しくなっていく。春から夏へと王者のように夜に君臨した蛙たちの何とも弱弱しい姿である。

「どこがこんなに切ないんだらうね／腹だらうかね／腹とつたら死ぬだらうね／死にたくはないね／さむいね／ああ虫がないてるね」。

かつて幼い息子を膝の上に乗せてこの詩を読んであげた時に、何だか悲しいと言った。特にどこがと聞くと「腹とったら」と答えた。小さな子どもでもこの詩のルミナスラインが分かる。肝のようなものがはっきりと分かる詩。こんなふうに詩は書かれなくてはいけないのだ。恐るべし草野心平さん。未熟な後輩ですがあなたの詩をこれからも追いかけていきます。高村光太郎は次のようにも草野の魅力を述べている。私はこの一文が特に好きだ。「この世に詩人が居なければ詩は無い。詩人が居る以上、この世に詩でないものは有り得ない」。

（「一個人」二〇一九年七月）

草野心平　2

凧　草野心平

ははこぐさなずなホトケノザ点々。
そして狐色の枯草の畔の。
なんとそっくり。
五十年前の磐城の国小川村田ん圃とダブって。
秋津凅れ田の大キャンパス。
即ちおれの凧の場である。

ヨコタテ一米半の花川戸助六は
いまはちっちゃな絵ハガキになり。
まひるの太陽をイナイイナイする。

近すぎる過去。
短い未来。
実に。
未来は短かく。
天の絵ハガキ。

玄よ。黒よ。
あれが見えるか。
(永遠のなかのひとりぼっち。)
てのひらに伝わる。
かなしい。
充満弾力。

Ⅱ

糸まき用の大金槌を霜柱の土堤に突き刺し。
おれは一服する。
一服して枯れ草に火をつける。

けむりのはるかにゆれる絵ハガキ。
オーボエの。
風。

タコタコ、アガレ。

小学校の高学年になって、凧作りに熱中していたことがある。自分で本や材料を買い込んできて、見様見真似で作ってみると、案外に上手く出来たのだった。絵を描くのも好きだったので、一生懸命に色を塗った。

ゼンソク持ちで寒いところにいると発作を良く起こしていたが、この頃になると体も大きくなってきて、それを作り終えるとすぐに飛ばしに行きたくなった。特に寒くて強い風の吹くところに出かけていった。発作などは忘れてしまっていた。

やがて校庭で、手作りのものによる凧揚げ大会があった。かなりの自信を抱き参加した。とても上手く揚がった。友だちの何人かは凧がすぐに落ちてしまった。その子から糸を貰って、継ぎ足していった。

一番高くまで揚げることが出来て有頂天になっていると強い風が吹いてきて、さらわれるように予想外の方向へなびいた。高い電線に引っかかってしまった。後で担任の先生にかなり叱られたことを覚えている。

しかしそれからもよく凧は飛ばしていた。考えてみると、何一つ取り柄のなかった自分に初めてもたらされた、自慢できる何かだったのかもしれない。必死になって何だか冴えない自分を変えたかったのかもしれない。

それから息子が生まれて凧揚げを何度もやったが、今はもう二十歳を過ぎてしまったのでさすがに遊んでくれない。今でもこの季節になると飛ばしたくなるものだが、五十過ぎのオジサンに許されるものなのだろうか。

そんな時にあらためてこの詩に出会った。許されるのだと思った。この詩の面白さはまず、草野心平らしい空間の大いなる広がりが味わえるところにあるだろう。

カラフルな歌舞伎役者の「花川戸助六」が描かれた凧を絵葉書に見立てている。太陽を隠して「イナイイナイ」と悪戯をするようにしてわが物顔で空を泳いでいる姿を思い浮かべることが出来る。

見あげながらふと浮かんだかのように記された「近すぎる過去。／短い未来。」の一節も、時空間を超越するのが得意な詩人である心平ならではの印象深い、カッコイイ詩句である。

「なんとそっくり。／五十年前の磐城の国小川村田ん圃とダブって。／秋津澗れ田の大キャンパス。／即ちおれの凧の場である」。分かりにくいかもしれないので解説をさせていただくと、幼い頃に良く凧揚げしていた彼の故郷の福島県いわき市の小川郷の風景と、現在に住んでいる東京の秋津の近辺の冬田の様子がとても似ていると語っている。

「ははこぐさなずなホトケノザ点々／そして狐色の枯草の畔の。」などと冒頭にあるが、秋津に生えている雑草の様子が故郷の冬の田園ととても似ているということを嬉々として語っている。ここにもこの詩人の特徴がある。とにかく小さな植物や動物の種類や生態にとても詳しい。他にもそれらに目を向けている作品は数多いのだ。

ヨーロッパへ旅した折の心平の紀行日記にも、立派に植生している樹木や可憐な花々などではなく、盛んに日本と同じ雑草を探している様子が記されているところが見つけられる。この詩人らしくてクスリとしたくなる。

天の絵ハガキをつなぐ凧糸は季節のからからの風を受けてぴんと伸びている。大空と向き合っている詩人の姿がある。それはまた彼の創作の主題でもある宇宙と、そして時空間との対峙でもある。ここで「玄よ。黒よ。／あれが見えるか。」と呼びかけているところがある。「玄」とはいくつか意味がある。まずは色彩の「黒」を表す、あるいは「天」を表す、また「万物根源としての道」（老荘思想）や「深遠な道理」などもある。

近いものはやはり「天」だろうか。一つに絞らなくていい気がする。それらを総合した絶対的な何かとしてこの語は受け止められるだろう。こういうものに友だちのように呼びかけてしまうのもまた、心平の独自の感じ方であり、魅力である。

永遠のなかのひとりぼっち。大いなるものの下で生きていく。オジサンでもいい、たった一人の遊びでもいい。オーボエのような風の音を聞きに出かけてみよう。せっかくなら手作りがいい。まずは材料を買いに行くことにしよう。

（「一個人」二〇二〇年四月）

大岡信

炎のうた　　大岡信

わたしに触れると
ひとは恐怖の叫びをあげる
でもわたしは知らない
自分が熱いのか冷たいのかを
わたしは片時も同じ位置にとどまらず
一瞬前のわたしはもう存在しないからだ
わたしは燃えることによってつねに立ち去る

わたしは闇と敵対するが
わたしが帰っていくところは
闇のなかにしかない

人間がわたしを恐れるのは
わたしがわたしの知らない理由によって
木や紙やひとの肉体に好んで近づき
身をすりよせて愛撫し呑みつくし
わたし自身もまた
それらの灰の上で亡びさる
無欲さに徹しているからだ
わたしに触れたひとがあげる叫びは
わたしが人間にいだいている友情が
いかに彼らの驚きのまとであるかを
教えてくれる

大岡信『自選 大岡信詩集』（岩波文庫：１１８）

火とは人々の生活のありか。どこか懐かしくもあり、心の火の親しさを届けてくれる

最近になって、詩人の大岡信が十九歳の頃に書かれた恋愛詩が自宅にて発見された。「いけない、いけない、こちらを向いては。黒々とした瞳の奥に、おそろしく深い湖がある。ゆらめく波が私の心に餘波を起す。私はあなたを恐れてゐる」。静かな情熱が伝わってくる詩である。十代の終わりの若者のためらい、恐れ、恋慕。青春のみずみずしさと共に既に成熟している筆の技術の高さも伝わってくる。大岡は名高い「春のために」など数多くの恋愛詩を他にも書いてきた。

情熱の炎ならぬ「火」にまつわる作品の一つである「炎のうた」を紹介したい。火を人間のようにたとえている。ユニークな視点が伝わってくる作品である。「わたしに触れると／ひとは恐怖の叫びをあげる／でもわたしは知らない／自分が熱いのか冷たいのか」。

誰にでも火に興味を持ったという経験があると思う。時に子ども時代の「火遊び」を思い出すことはないだろうか。

私はある時にどうしても我慢ができなくなり、こっそりとマッチを借りて、裏庭で小枝のようなものに点けてみたことがある。煙をあげて目の前で燃える炎を見つめて、何か大いなるものを征服したように思ったものであった。

跡が分からないように燃えかすを土に埋めて、マッチ箱も元の場所に戻したが、犯行現場に証拠となるものが何かしら残ってしまったようであり、すぐに見つかってしまい、とても叱られたことを昨日の様に思い起こす。その後も我が家の笑い話となったのだが、三つ子の魂百までなのだろうか。火への憧れはずっと消えない埋火のようなものになって、今も胸の中にある。

私にとっての火のイメージは祖母の姿にもつながっていく。

朝の四時頃に目を覚ましてトイレへ。未明の廊下を行くと台所の暗がりからよく声を掛けられたものだった。驚きつつも振り向くと、祖母はもう目覚めてはっきりとした表情で、暖炉の炭火を前にしてお湯を沸かす準備をしていた。私はこの光景と匂いが好きだった。

火とは人々の生活のありかなのだ。

その赤々とした炭の火の色が一日の始動を象徴しているような気がしたものだった。

夜明け前にそれを見てしまったかのような気持ちで、布団に潜りこみ寝返りを打った頃が懐かしい。「わたしは闇と敵対するが／わたしが帰っていくところは／闇のなかにしかない」。

稿を書くにあたり何度も読み返すうちに、作家の開高健のとある講演の中で、人類にとって最大の発見の一つはまず言葉であり、特に「夜」と「火」という言語の発見・創出がまず最初だったのではないかと語っていたことを思い出した。

人類は夜にあらゆる獣たちの脅威と恐怖から身を守らなくてはならなかった。

光の無い怖ろしい闇の世界を「夜」と呼んだ時に、そこを照らす明かりと熱とを与えてくれる絶対的な存在を「火」と呼び、皆で共有したのではないか、と。

なるほど「火」という一語とは、言葉と暮らしの原初・原点だと言えるだろう。原始と現在の時をダイナミックに結び付けようとする、詩人のひらめきも感じられてくる。

ところで、どんなふうに大岡は想を得ていたのだろうか。評論集「紀貫之」などに代表されるように、彼は古典から現代まで旺盛な評論活動を展開した。特に古今東西の詩歌の魅力的な一節を、美しい解説を加えて紙面にて紹介した朝日新聞連載の「折々のうた」は、愛好者のみならず幅広い支持者を獲得した。

博覧強記ならではの様々な視点による引き出しにいつも発想はあったのだろう。今昔の時間を背景とするイメージが、有形無形に盛り込まれている感じがある。

「わたしに触れたひとがあげる叫びは／わたしがにんげんに抱いている友情が／いかに彼らの驚きのまとであるかを／教えてくれる」。

火がもたらす恐怖と親愛の念が詩句の中で混ざり合う時に、何か清新な意味が心にもたらされてくる。それは火のみならず、生きるとは何かという問いのメッセージにも思えてくる。「友情」という言葉でもって火と人間の暮らしの歴史を伝えることができる巧みさと冷静さとがこの詩句にはある。

情熱と冷静。なるほど。だからこそ大岡の数多くの恋愛詩も、独りよがりに溺れることなく私たちにその心の火の親しさをいつまでも届けることができるのではあるまいか。

（「一個人」二〇一八年九月）

大和田千聖

ちさと、おせ。もっと、おせ。　大和田千聖

ちさと、おせ、
もっと、おせ。
まわしもって、おせ。
こしおろして、おせ。
こうちょう先生のこえがきこえる。

こうていの、まるどひょう。
まい日、
こうちょう先生と、
すもうのれんしゅう。
夏休みの日も、

朝一番に、
こうちょう先生がまっている。
ぶつかる、おす。
まい日、
あつくてもれんしゅう。
こうちょう先生の大きな体に、
ぶつかる、おす。
びくともしない。
ちさと、おせ、
もっと、おせのこえ。
おしても、
おしても、
うごかない。
あたまからぶつかる。
なん回も、
なん回も、ぶつかる。
ちさと、おせ。
ちさと、もっとおせ。

こうちょう先生のこえがきこえる。

ちびっ子ずもう。
こうちょう先生の、
いつものこえがきこえる。
ちさと、おせ
もっと、おせのこえ。
おして、
おして、
まっすぐにおした。
こうちょう先生の、
いつものこえがきこえる。
ちさと、おせ、
もっと、おせのこえ。
力がどんどんわいてくる。
じしんがわいてくる。
おして、
おして、

おしまくった。
はじめてのすもうで三い。

こうちょう先生の声がきこえる。
ちさと、おせ
もっと、おせのこえ。
なんでも　がんばれる。
なんにでも、がんばれる。
こうちょう先生のこえ、
まほうの力をもつこえだ。

二〇〇八年小学生を対象とした、第四十九回晩翠わかば賞受賞作品。「作文宮城」第五十六号に掲載。

もう一本

晩翠わかば賞・あおば賞という長い歴史のあるコンクールがある。宮城県の小学生、中学生の詩を読み、十数人に賞を与えるというものであるが、公募はもとより文集なども全て対象になる。夏の終わり頃に届けられる七百から八百篇の詩の全てに、私を含めた選考委員が丹念に目を通す。秋の始まりの頃の選考委員会で丹念に選んでいく。作品の向こうには子どもの姿があるので選ぶほうも責任重大である。

紙の束を前にしてにらめっこの日々になるのであるが、大人の作品では味わえない感動やおかしみがある。不意に涙がこみあげてくる瞬間がある。心の中で眠っているものが目を覚ますかのようである。子どもの時分の日々を決して忘れているわけではないのだと分かる。ただ引き出しのようなものにいつしかしまっているだけなのだろう。読み進めているうちに、それをあちらこちらと引いている自分に気づく。懐かしい服のように畳まれていた心の一つ一つが動き出している。

ちなみにこれまでたくさんの詩を読んできたのであるが、大人の作品で思わず涙が出てしまったことはあまりない。ここには大人の筆にはないものがある。ほとんど初めて書かれた子どもたちの詩のそれぞれには飾りのない簡潔さがある。曇りのない真っすぐな言葉の力がある。たとえわずかな呟きのようなものであったとしても、小さな瞳で見つめている世界が豊かであるほどに、その言葉の背後の何かに読むほうの心が動かされてしまうのである。

今、夏を前にして紹介したいのは、そうしたことを深く思わせてくれた小学生の一つの詩である。書けない漢字は全て平仮名であるのも微笑ましく可愛らしい。いわゆる子どもたちの相撲大会＝「ちびっ子ずもう」に出場するための、普段の日や夏休みなどの練習風景が前半には描かれている。朝から土俵で待っている校長先生の熱血ぶりが伝わってくる。

ちなみに作者は女の子である。

まず印象的なのが、「おせ」の言葉の繰り返しである。「まわしもって」「こしおろして」などいつも練習の際に言われているのだろう。読んでいるこちらも力が入ってきてしまう。「こうていの、まるどひょう。」からも、東北の小学校などでよく見かける、広いグランドの脇に土が盛られている風景が浮かんでくる。緑に囲まれた校庭で夏の稽古に励んでいる様子は、それだけで気持ちが励まされてくるというものだ。

「ちさと、おせ、／もっと、おせのこえ」。先生の声にはとても存在感が感じられる。小さな子どもたちにあれこれと難しいことを教えようとしているのではない。「おせ」「もっと」という掛け声の中に、これから大きくなろうとする小さな樹木たちに懸命に水を注ぎこもうとしている姿がうかがえる。そこに指導者の全身の力が宿っていて、とても簡潔な響きで読むほうに迫ってくる。

後半では試合の場面になる。「もっと、おせのこえ。／力がどんどんわいてくる」。二人の心のつながりの深さがうかがえる。「じしんがわいてくる」の一行。こうした経験の積み重ねにより、自信というものが芽生えてくるものなのだろう。夏の暑さに負けずに続けてきた練習の成果が発揮できたようである。三位入賞。日頃から掛けられている声の大きさと強さによる勝利ともいえるだろう。

私は小学校の高学年から高校の真ん中ぐらいまで剣道をやっていた。夏の盛りにやる「土用稽古」と呼ばれる練習会のことを思い出している。ただでさえ暑いのにそこに防具までつけるのであるから並大抵ではない。特に休みなく動き回る「かかり稽古」は、とにかくも必死の覚悟になってやらなければこなすことのできない恐怖の時間であった。へとへとになっていると良く先生が気合を入れるようにして言った。

「もう一本」。

技の受け手になっている先生からの、ともかくも休まずにもっと面や小手や胴を打て、という指示なのであるが、もはや手も足も動かず、息はあがり、目には汗が入ってくるままだ。もっと大きな声で先生は叫ぶ。すると周りの剣士たちも声を合わせる。「もう一本」。必死に打つ。また声があがる…。

天の声なのか。五十歳を過ぎてなお、いろいろなことで道に迷ったり、へこたれそうになっている時に、時折、聞こえてくる気がするのだ。「もう一本」。私にとっての「おせ」「もっとおせ」の声だ。この詩を読む度に私もまた「こうちょうせんせい」から気合をかけられている気になり、目頭が熱くなる。

前へ。もっと前へ。

（「一個人」二〇一九年八月）

谷川俊太郎

二十億光年の孤独　　谷川俊太郎

人類は小さな球の上で
眠り起きそして働き
ときどき火星に仲間を欲しがったりする

火星人は小さな球の上で
何をしてるか　僕は知らない
（或いは　ネリリし　キルルし　ハララしているか）
しかしときどき地球に仲間を欲しがったりする
それはまったくたしかなことだ

万有引力とは

ひき合う孤独の力である

宇宙はひずんでいる
それ故みんなはもとめ合う

宇宙はどんどん膨らんでゆく
それ故みんなは不安である

二十億光年の孤独に
僕は思わずくしゃみをした

「二十億光年の孤独」（一九五二年）より

どんどん膨らんでゆく孤独を笑って

谷川さんとの出会いは、かれこれ二十年程前になる。同じイベントへ向かう飛行機の中で席を隣り合わせていただいた。初対面だったのでかなり緊張したことを覚えている。谷川さんの詩や文章を昔からたくさん読んでいるのだが、詩人が隣にいると思うとあらためて何を話して良いやら分からなくなってしまって、飛行機に乗るのが好きか嫌いかなどという他愛もない質問を初めにしてしまったことを覚えている。ちなみに好きだというお答えであった。

このことがきっかけで、その後も対談のお仕事などをご一緒にさせていただく機会を得た。初めて自宅にお伺いした日のことが思い出される。前の晩に駅からの道順を電話でご本人からお聞きした。あまり細かく聞いていないのにすっかり分かったような気持ちになってしまった。翌日に行ってみたが案の定、すぐに迷ってしまった。道行く人や交番で聞けば良いと安易に考えていたが、私のような不審人物に教えてはくれなかった。

今考えれば当たり前のことである。最終的には再度ご連絡して、ご本人に迎えに来ていただくという結果となった。初夏の雲の下の路地から、サンダル履きで軽快に現れた。「本当に人に聞いてたどりつけると思っていたの。面白い人だねえ」と笑い飛ばされてしまった。にこやかに案内して下さった。きちんと片付けられ整理された家の中を抜けて、一番奥のソファのあるリビングへ。部屋のほとんどに机が置いてあって、どの場所でも気が向いたら何かを書くことができるようになっていると教えて下さった。

詩を書くことのコツなどをあれこれと聞き続けた。今はパソコンで詩を作ることが多いけれど、書き始めまでは無意識の状態のままで全く何も考えない。電源を入れて、モニターが明るくなり、原稿を書く画面に切り替わるまでの間にふと浮かんできたことを、そのまま記していくだけだ。

例えば画面が現れるまでに時間がかかったりすると忙しい人はイライラするが、そのわずかな時を大事にしているのだ、と。

特別に中原中也が父の谷川哲三さんに贈った、第一詩集「山羊の歌」の初版本を見せて下さった。ガラスケースにとても大事にしまわれてあった。また草野心平さんとのエピソードも色々と教えて下さった。仲人をしていただいた経験や座談の名手ぶりなど。かつて中也や心平をめぐるイベントを行った時にゲスト出演をお願いしたところ、スケジュールがいっぱいだったのにやり繰りして会場にお越し下さったことがあったが、特別な思いがあったからだとあらためて知った。

今回ご紹介したい「二十億光年の孤独」は、谷川さんが十八歳の時に書いた詩の一つである。いつも自然科学の世界を意識して創作している。研究が進んだり、それにまつわる状況が変わったりして、時間が経つ知識や常識が変わっていくのも面白いと語っていた。この詩を書いた当時は宇宙の大きさは二十億……ぐらいだと言われていたのに、今は一三七億光年まで広がっている。正しく「宇宙はどんどん膨らんでゆく」のだと笑った。

現在もなお、若々しい感覚で詩集をコンスタントに出し続けている。世の詩人の誰よりもこつこつと書き続け、なおかつ新しさに熱心に挑んでいる。気がつくと書店に並んでいる新詩集や彼の詩のアンソロジーなどを見かける度に、同じ詩人として頷いてしまう。彼ほど詩を書くことを選び、また詩のミューズに選ばれている人はいないのではあるまいか、と。

同じ庭の敷地内に音楽家として活躍している、息子さんの賢作さんのご一家が住んでいるけれど、ご自宅ではずっとお一人で暮らしている。

詩を書こうとしてなかなか思い浮かばない時に、時折、谷川さんのお宅で味わった美味しいお茶とたたずまいの静けさを思い浮かべてみることがある。いくつかの部屋のどこかの机に座り、パソコンのモニターが明るくなるのを見つめている詩人の姿を。無の心になって自然に浮かんでくる言葉をじっと待っている瞬間を。

二十億、いや、一三七億光年の孤独を思う。

私もまた待ってみる。

（「一個人」二〇一九年十一月）

中原中也　1

宿酔《ふつかゑひ》　中原中也

朝、鈍い日が照つてて
　風がある。
千の天使が
　バスケットボールする。

私は目をつむる、
　かなしい酔ひだ。
もう不用になつたストーヴが
　白つぽく銹《さ》びてゐる。

朝、鈍い日が照つてて

風がある。
千の天使が
バスケットボールする。

『山羊の歌』（一九三四年）より

千の天使のドリブルが優しく深く

忘年会や新年会のシーズンだから、この詩を紹介したいということでは決してない。ただ年末から新年の宴会の数々にきちんと出席をして、翌日の朝にこの詩を愛唱している自分に気づいてしまっていることが多い。

もう十年以上も前になるだろうか。あるビール会社の工場の総会の後の講演をお引き受けしたことがある。夕方からの講演となった。その後は忘年会の予定である。

「〇〇ビール大好きです」などと冒頭で挨拶のかわりに話したところ、工場長はじめみなさんが手を叩いて大喜びして下さり、ついにはビールの瓶とコップとが各テーブルにずらりと並べられ、シュポシュポとあちらこちらから栓を抜く音が飛び交った。

あんぐりと口を開けているとステージにいる私にも注ぎに来て下さった。たちまちのうちに乾杯となった。ビール工場の主催だから許していただきたいところであるが、人生において飲みながら講演をしたのは後にも先にもこの時だけである。コップが空になると誰かが急いで満たしにやって来る。ぐいっと飲むと拍手が起きる。もちろん話はきちんとやり終えた。そして最後にこの詩「宿酔」をみんなで声に出して読んだのである。

ううむ、ほどほどにしなければ、あるいは明日はこの覚悟でもう一軒……。それぞれに思いをめぐらせながらもみんなでこの詩を味わった。気持ちが一つになったかのようだ。中原中也の詩には酔っ払いのオヤジたちを唸らせる力があるとこの時に分かった。

それにしても長年にわたり詩を読み続けているが、これほど飲みすぎの翌日を美しく描いた詩はあるまい。その良さを語る前にアルコールにまつわる彼の別の詩をもう一つ紹介したい。「渓流」である。その冒頭。「渓流《たにがは》で冷やされたビールは、／青春のやうに悲しかつた。／峰を仰いで僕は、／泣き入るやうに飲んだ」。この詩に出会ったときにもやはり驚いたものだった。せせらぎの清新さと水の冷たさと瓶の姿とが浮かび、そして「青春のやうに」とたとえて飲み干そうとする若い詩人の姿が見えた気がした。これほど涼し気な詩があるだろうか。

例えば虹の中にいると虹を見ることは出来ないものだが、青春のさなかにあって、それを見つめるまなざしを持っていたと直感した。このように続くのである。「ビショビショに濡れて、とれさうになつてゐるレッテルも、／青春のやうに悲しかつた」。瓶のラベルに視線が投げられているのだが、剝がれそうになっている細部まで目と心とが注がれているかのようである。

さて二日酔いを経験したことがあれば分かると思う。軽度なら何とかやり過ごせるが、程度がひどいと何も手につかない（だから書かれていないのではあるまいか（笑））。このことについての作品は今のところこの「宿酔」しか知らない。そしてここにも同じように虹の中で虹を見ている視線を感じてしまう。重たい頭と気分を抱えながら、酔った後の翌朝の陽ざしへのまなざしはとても穏やかであり、そして風の細かな音を良く感じ取っているのが伝わってくる。

私にとってのルミナスラインは「千の天使が／バスケットボールする」である。細かさから転じてこちらはダイナミックであり、おだやかで美しい。例えば「レッテル」にあるような洒落た語感が「バスケットボール」などにある。持ち前のユニークさが分かる気がする。

こうして考えてみれば「汚れっちまった悲しみに／今日も小雪の降りかかる」（「汚れっちまった悲しみに」）で始まる有名な詩とか、死んだ後の自分の骨を「ホラホラ、これが僕の骨だ、生きてゐた時の苦労にみちた」（「骨」）などと言いながら眺めている奇妙な作品からも分かるように、向き合っている何かとの不思議な距離の取り方はなるほど独特のものであると言える。

この詩も「かなしい酔ひ」がテーマとなっている。昨晩の酒は癒してくれるものだっただろうか。杯は進んでしまい、どこか心が破産を抱えるようにして翌朝の目覚めへと向かってしまったのか。こういう時は次の日には深酒の後悔だけを残滓のように重たく残しながらもひたすら酔いの後の苦しみに耐えるしかない。

不毛な酒飲みの人生であるけれども、それを浄化しようとするかのように「千の天使」たちはボールを手にして、詩人の頭と気持ちに響かせながらドリブルを……。言い表せない悲しさの中にも自分の愚かさや寂しさをクスリと笑ってしまっている感覚がある。

彼の詩は子守歌にたとえられることも多いのだが、口ずさんでみればとても心地よいのが分かるだろう。一連と三連の静かなリフレインから受ける柔らかくユーモラスなムードに誘われるようにして、次もまた懲りずにアルコールと親しみ始めてしまうのだろうかなどと少し予感しながら、酔い覚めの明け方などにつぶやいてみてはどうだろうか。

さらに一つ。彼の酒にまつわる詩で忘れてはならないのが「冬の長門峡」だ。「長門峡に、水は流れてありにけり。／寒い寒い日なりき。／／われは料亭にありぬ。／酒酌みてありぬ」。最愛の幼い長男の病死。その苦しみに精神に変調をきたしていく中で書かれた詩句。絶望の酔いのさなかに、このように峡谷の川の激流を見つめている。「水は、恰も魂あるものの如く、／流れ流れてありにけり」。

この翌年に、中也もその後を追うようにして病にて世を去っていったのであった。

（「一個人」二〇一九年二月）

中原中也　2

湖上

中原中也

ポッカリ月が出ましたら、
舟を浮べて出掛けませう。
波はヒタヒタ打つでせう、
風も少しはあるでせう。

沖に出たらば暗いでせう、
櫂から滴垂る水の音は
昵懇《ちか》いものに聞こえませう、
――あなたの言葉の杜切れ間を。

月は聴き耳立てるでせう、

すこしは降りても来るでせう、
われら接唇《くちづけ》する時に
月は頭上にあるでせう。

あなたはなほも、語るでせう、
よしないことや拗言《すねごと》や、
洩らさず私は聴くでせう、
——けれど漕ぐ手はやめないで。

ポッカリ月が出ましたら、
舟を浮べて出掛けませう、
波はヒタヒタ打つでせう、
風も少しはあるでせう。

櫂を握って

夏の終わり頃に久しぶりに息子が帰ってきた。東京で大学に通いながら、劇団を旗揚げして芝居をやることに熱を上げている。たまたま時間が空いたので、二人で出かけた。都会の一人暮らしに少し慣れてきた様子だ。あれこれと道すがら日々の話をしてくれる。幼いころから原稿を書いている私の姿を見てきたからなのか、書いてみたり読んだりすることが好きで、詩も幼いころから親しんできた。今は台詞を書くことに夢中だ。

中原中也賞をいただいた時と彼が誕生したのがほぼ同じであった。山口市の湯田で行われた表彰式には乳母車を押して出かけた。その後も何度も一緒に足を運んでいる。当時は中也の妹さんなどに、小さな頭を撫でていただいたりもした。今は二十歳を過ぎた青年であるが、こうして考えてみると、「中也賞」という言わば詩人の運転免許状のようなものをいただいて以来、その歳月を共に過ごしてきたことになる。

温泉までやって来た。これも幼い頃からの彼との習慣のようなもので、時間が空くとあちらこちらへと入りに出かける。あれこれと彼は軽快に語り続ける。やはり演劇の内容が多いのだが、何かのきっかけで中也の話になった。

しだいにどの詩が一番好きなのかという話題になり、あれこれと例を挙げているうちに、中也が長谷川泰子という恋人を失った際に書かれた失恋の詩が心に刺さると言い始めた。なぜなのかは聞かないことにしたが、息子もきちんと青春の日々を生きて青年の独特のセンチメンタルな感覚をしっかりと分かっているのだなと直感し、なぜなのか頼もしくすら思って（親ばかですみません）いるうちに、二人ともものぼせてきた。

さてまだお互いのベストワンは定まっていない。ここからしばらく車で坂を上っていくとダムがある。風呂上りなので涼しさを求めて眺めに出かけてみることにした。この摺上川ダムはとても大きくて福島の街の水を守っているところである。ここにはかつて集落があり、ダムの底にはまだ昔の名残が残っているという話を耳にしたりする。この美しい水の風景の底にそれがあるのだろうか。どこか不思議に心がしんとしてしまう。

坂道を行くと公園のある入口にさしかかるが、水の向こうの反対側に出かけてみた。立ち入り禁止かと思いきや片側だけ進入できるようなので下っていく。何となく吸い込まれるようにして車を降りて岸辺まで行くと、水着にライフジャケットを着て、ボート遊びをしている家族たちを発見した。驚いた。最近、貸し出しをここでしているらしい。

ボートに乗ろうとする父と兄と弟を二人で眺めた。なかなか初めは上手く漕げないのだが、しだいにバランスをとって進み出した。兄はふざけて船から水に飛び込んで岸辺へ泳いで戻っていく。それを見送りながら父と弟が静かにゆっくりと滑るようにして水面の真ん中へ向かっていく。しだいに調子に乗ってきた様子だ。父の握っている櫂がリズム良く水の中を探るようにして動いていく。

岸辺からすっかりと離れていった。真ん中辺りで止まった。やはり同じように小さな息子と別の湖だったが舟で遊んだことがあった。そんなことを思い出してあの男の子の遠くの影に幼かった彼のあどけない姿を重ねていると、息子のほうは全く違うことを考えていたようだ。急にさっきの話だけど……と切り出してきた。何だっけと尋ねると、ベストワンは何かという話題の続きであった。

「湖上」が好きだ、と言った。ベストワンというわけじゃないけど、とも。舟を見つめながら、そう話した。また父が櫂を漕ぎだした。

水のしたたる音がこちらにも届いてくるかのようだ。彼と同じ青年の頃、その詩を読んで自分も心が動いたことを思い出した。相変わらずお兄ちゃんは岸辺でふざけていて、何度も飛び込んではしゃいでいる。ついこの前まではあんなふうにおどけていたのに、今はきちんと人生の青い時を過ごしているのだった。この後に数日だけ居て東京へ戻っていった。夏が終わった。「湖上」を読み直してみた。

（「一個人」二〇一九年十月）

田村隆一

帰途

田村隆一

言葉なんかおぼえるんじゃなかった
言葉のない世界
意味が意味にならない世界に生きてたら
どんなによかったか

あなたが美しい言葉に復讐されても
そいつは　ぼくとは無関係だ
きみが静かな意味に血を流したところで
そいつも無関係だ

あなたのやさしい眼のなかにある涙

きみの沈黙の舌からおちてくる痛苦
ぼくたちの世界にもし言葉がなかったら
ぼくはただそれを眺めて立ち去るだろう

あなたの涙に　果実の核ほどの意味があるか
きみの一滴の血に　この世界の夕暮れの
ふるえるような夕焼けのひびきがあるか

言葉なんかおぼえるんじゃなかった
日本語とほんのすこしの外国語をおぼえたおかげで
ぼくはあなたの涙のなかに立ちどまる
ぼくはきみの血のなかにたったひとりで帰ってくる

田村隆一『言葉のない世界』（昭森社・一九六二年）より。

いざ鎌倉

春の空に誘われて旅へ出かけたいものである。例えば鎌倉あたりを、久しぶりにぶらりとしてみたい。先輩の詩人の城戸朱理さんをたずねていくことが多い。これまでもあれこれとお寺の周辺や海沿いを散策したり、食通の城戸さんのおススメのお店で彼の気のおけない知人や仲間も加わって楽しい酒杯を傾けたりしてきた。

更なる大先輩でもあり、「鎌倉詩人」の元祖と言えば田村隆一である。生前にお会いしたことは一度もなかったのだけれど（テレビや雑誌などで一方的に拝見していたが）、七回忌にお誘いをいただき、法事に参列させていただいたことがあった。

法要の後はお墓参りもさせていただいた。墓石には「田村隆一」と名前が刻まれていた。手を合わせながら、そう言えば自分の没年を言い当てている詩篇があった。そこでは『１９９９』という詩集を出してからその年にと明言しており、その通りに最後にあたる詩集を製作して、幕を閉じるようにして世を去ったという事実を思い起こした。私の後ろに立っていた方がワンカップを開けて墓石の全体にお酒を静かにかけていた。この人とどんなふうに飲み、語り、親しく過ごしたのだろう。それに見とれてしまった。

その後の偲ぶ会にも参加させていただいた。振り返る直接の思い出があったわけではなかったが、生前に親しくしていた方のお話を伺っているうちに、ご本人とお会い出来たような親しい気持ちになった。不思議なものである。

鎌倉駅近くの銀座アスターという名店にて会は行われた。このお店が好きで田村さんは良く訪れたそうである。その前に城戸さんに、やはり彼が良く通ったとされるカフェにも案内していただいた。なるほど、詩人が愛したお店がここにはたくさんある。文士の町、鎌倉。人物や作品に思いを馳せながら、それらをめぐるのもまた楽しみの一つ。特に田村さんは小料理屋や喫茶店や銭湯を好んだそうである。面白い逸話をたくさん聞いた。

特に奥様のお話が面白かった。ある時、夜に迎えに行った折にも詩人は若者たちと通りで話し込んでいたそうである。あまりにも親しげなのでよく知っている人たちなのかと思いきや、後で確かめたところ出会ったばかりだったそうである。あれこれと語り合っているうちに酔いが回ったのか、手すりのようなところに腰をかけたら、その勢いでふと後ろに倒れ込んでしまって、慌ててみんなで抱き起こした……など。

酒好き、話好き。さぞ言葉と友にあふれた人生であっただろう。だからこの「帰途」という詩の「言葉なんかおぼえるんじゃなかった」の冒頭のフレーズと出会った時には、はっとさせられた。心の裏側では沈黙を一方ではいつも決して忘れていなかった姿がはっきりとうかがえる。言語の存在しない、ノンバーバルな世界への独特な創作への志向が映されているような始まり方である。

読み進めていくうちに私たちは立ち去りたいのではなく、むしろ言葉があるからこそ、そこに立ち止まりたいのだというメッセージが伝わってくる。「涙」の底に「果実の核ほどの意味」を、

「夕暮れ」のどこかに震えるような「ひびき」を知ろうとする。心という不可視なものを言葉にしようとすることで、視えないものを視よう、聴こえないものを聴こうとする研ぎ澄まされた眼と耳の力が感じられる気がする。

教科書などによく掲載されている「木」という詩も少し紹介したい。冒頭の一行は「木は黙っているから好きだ」。「見る人が見たら／木は囁いているのだ　ゆったりと静かな声で／木は歩いているのだ　空に向かって／木は稲妻のごとく走っているのだ　地の下」という部分があるが、場面が生き生きと言葉の力で伝わってくる。

沈黙の中に聞こえない命の響きを深く感じとり、その影を見あげようとしてきたことが分かる。視えないものや聴こえないものとの眼と耳の無言の対話。澄み渡っていくかのようにあらわになっていく言い表せない感覚は、例えば仏教の教えにある、眼で聴き、耳で視る「眼聴耳視」の姿がここにあるのではないだろうか。田村さんが記すこれら「夕暮れ」「夕焼け」や「木」などの平易な言葉に自然の奥の深さと歳月の陰影を感じる。飾らない鎌倉の風景の中に立ったり、広がったりしている自然の景物を材にしているのではないだろうか。

帰りの電車にて田村さんと親しくされていた詩人の飯島耕一さんと一緒になった。緊張しながらも色々なお話をさせていただいた。どんな詩人を読んでいるかとたずねられたので、いくつかの日本の詩人の名前を挙げた。それも勿論、良いのだけれど、ぜひ海外の詩を読むことにしてみてはとアドバイスをいただいた。一日一頁でも良いから、と。

この詩のようにいわば私も「ほんの少しの外国語」を覚えているに過ぎず、あまり英語などが得意ではないことを伝えると、翻訳されたもので良いと言われた。海外の詩は日本で書かれたものとどこか根本的に違う。そういうものを読んで新しい詩の可能性をいつも追いかけることが大事だと教えてくれた。

田村さんに直接に告げられたような気がした。彼が詩にもたらす軽妙で洒脱なユーモアやウイットは、ジャンルは違うけれど数多のミステリー小説の翻訳などを手掛けていた経験によるものが大きかったのかもしれない。確かに他の日本の詩人には探すことの出来ない味わいがいつも作品にはある。戦後すぐの日本の詩の世界に「荒地派」という新しい日本の詩の流れを築いた人でもある。「きみの血のなかにたったひとりで帰ってくる」。だけどこうして読み返してみると、日本語ならではの詩の奥行がまずはあらためて感じられてくる。

変わらなさと新しさ。

あたかも田村さんの言葉の網目に憧れの鎌倉の春景が映し出されてくるかのようだ。

（「一個人」二〇一九年五月）

野口武久

キャッチボール　野口武久

父親と少年が
キャッチボールをしている
雨のあがった休日
あかまんまが咲いている道
父親のミットに捕球音が響く
身体の芯が熱くなるまで投げ込め
咽喉につかえたものを吐き出すように
真っ直ぐ投げろ
込み上げる優しい涙は
胸から放れればいい
どんな球でも

父親は君の球を受けてくれるだろう
変化球は覚えるな
器用な生き方は
いつかきっと人を悲しくさせるから
あかまんまの咲く小道
父親と少年の
キャッチボールは響く
あと何年
この親子のキャッチボールは続くのか
なんどでも
なんどでも父親を弾きかえすまで
強く心に納得する響きを投げろ
道行く人の心に響く球を投げろ

『野の道　野口武久詩集』（思潮社）より（二〇一三）

春色の白球に

キャッチボールがそもそも好きである。向き合ってボールを放り投げる感覚はとても心地が良い。放物線を描きながら、球が行き交う。空から落ちてくるものがグローブに収まる時の捕球音や投げ返す瞬間のかすかに風を切る感じも良い。五十歳を過ぎるとやろうとも誘われないし、しようとも持ちかけないので機会はないのだが、ひそかに相手はいないものかなどと思っている。

息子とグローブを買いに出かけた時のことも思い出す。冬から春へと切り替わるようなうららかな日にお揃いの新品のものをスポーツ店から二つ買い求めてきて、広い場所を見つけて投げ合った。しかし間もなく東日本大震災に見舞われてしまい、原子力発電所の爆発があった。それどころではなくなってしまった。三月を過ぎて四月に学校が再開。妻と息子は山形の避難先から福島へと戻ってきたが、しばらくの間、外で遊ぶことはなかった。

下駄箱にしまっていたので、いつも新しいグローブとボールの匂いが充満していた。良く玄関先で二人で手にはめたり、ボールを触ったりしてみていたが、表に出て投げ合う気持ちにはずっとなれなかったことを悲しく思い出す。新型ウイルスの感染の恐れに面している今と同じ状況である。見えないものへの不安を抱えながらマスクをかける日々。過去の記憶と二重写しになって感じられてしまう。

グローブを眺める日々を過ごしながら出会ったのがこの詩であった。白球が飛び交う感じがとても良く描かれていて、音が聞こえてくるかのようであった。精一杯外で球を投げ合ったり、駆けまわったり出来ること。当たり前のことがどんなに大事なのか。それが染み入るように分かった。公園や野辺で遊び回るのは子どもたちの特権であるのに、それをしてあげられないという思いに、親として大人としてさいなまれていた。

しかしこれを読み返しているうちに、こうも思った。ここにあるように、たとえどんな状況であったとしても、子どもの力の限りを受け止めてあげることだ、と。こんな風に力一杯に向き合うことが何より必要なのかもしれないと思った。その時からついにキャッチボールをする機会はそのままなくなってしまったけれど、形は変わったとしても見えない何かの投げ合いっこはしてきたつもりである。

大学で目下演劇の勉強をしている息子が久しぶりに東京から戻ってきた。半日ほどドライブに出かけた。二十歳を過ぎて一回り大きくなったように見えた。アルバイトや主宰する劇団や音楽に夢中になっている日々だ。友だちもずいぶんといる様子で、やっと居心地が良くなったようである。酒が強くなったという話もしている。就職の希望についてもあれこれ語っていた。二泊だけしてまた帰っていった。

実はウイルス感染の恐れから、二月の中頃から四月の終わりぐらいまで、自分の講演や講座などの予定が一気に全て中止となってしまった。かなりあれこれと準備をしてきたのにとすっかり力が抜けてしまって、T・S・エリオットの詩の一節の様に「残酷な季節だ」という気持ちになっていた。息子が大分しっかりとしてきているように見えた。父さんも前向きに行こうよと肩を叩かれた気がした。

それにしても休日に家に閉じこもっているとかえって体に良くない感じがある。人混みは避けてということで、時折ジョギングをしに行っている山のふもとの公園へ出かけてみる。同じことを考えている人は多いということなのか、あちこちに人影があった。友だちと一緒だったり、家族連れだったり、いつもよりにぎやかな感じがある。オジサン一人はいささか寂しい気もするが、少しいつものように走り出してみた。

小一時間ほどで休憩。良い音が聞こえてくる。あの頃に読んだ時は作品の中の父と子は当然ながら自分と息子だったのだけれど、今は父子を眺めているこの詩人の視点になって静かに見守ってみた。まだ小さい少年は時々にボールをこぼしてしまうのだけれど、それを拾いに行くときの姿と笑う父の顔がある。微笑ましくもうらやましい光景である。息を整えながら、こちらも良い白球を手渡された気がしてシューズのひもを直す。

その間もグローブにおさまる音が聞こえる。響きが野辺に広がっていく。こんなふうに聞かせることが大事なんだ。球のやりとりに励まされることがあるのだ。そんなことを独り言ちながら、もう少し耳を澄ませてみる。春の気配。


（「一個人」二〇二〇年五月）

石垣りん

シジミ

石垣りん

夜中に目をさました。
ゆうべ買ったシジミたちが
台所のすみで
口をあけて生きていた。

「夜がアケタラ
ドレモコレモ
ミンナクッテヤル」

鬼ババの笑いを
私は笑った。

それから先は
うっすらと口をあけて
寝るよりほかに私の夜はなかった。

シジミ汁、山もり飯。

久しぶりの休日。山の野道や川べりを散歩してみようと思い立った。中原中也が愛したそぞろ歩きなんぞを。人気のいない場所をぶらぶらと。向暑の季節の道なき道へ。

目に青葉、山ほととぎす、初鰹。五月は過ぎてもうすぐ入梅だからどうかと思ったけれど、思ったよりもその鳥の声が野辺に満ちていることに気づかされる。どんな音楽よりも心地良くて、イヤホンを外して聞き惚れてしまう。

水の音に耳が吸い寄せられていく。近くに小川があるのだろう。せせらぎのありかを探してみたくなった。コロナ禍の日々にずっと家に閉じこもっていたので気持ちが乾き切っていたのが分かった。蛇や蜂などがいないことを確かめながら繁みをかき分けてみる。陽の光がこぼれて、黄金色の小さな網が投げられているかのようにして水面がゆっくりと動いているのが分かった。誰もいないのでマスクを外して深呼吸。どじょうが一匹、その底を動いていくのが見えた。

懐かしさが込みあげてきた。祖父がどじょう汁を好んでいて、時折食卓に登場したものだった。その前の晩にはたくさんの彼らが、流し場に置かれた小さなたらいの底で休んでいた。その姿を発見すると明日はこれだと分かったのだった。

川底に小さな二枚貝も見えた。淡水に棲むマシジミというものだ。

そういえば、大きめの器の中で静かに黙っている貝たちの姿も良く見かけた。例えば蛇口をひねる時など、明日になれば食べられてしまうことも知らずに水の中で静かに息をしているその群像を見つめて、何とも言えない切なさを覚えたりしたこともあった。

この詩に描かれているように、口をうっすらと開けている。時にはそこから小さな気泡が浮かんできた。

夜更けの台所で貝と私がお互いに言葉を交わしているかのような不思議な気持ちになったのだった。

祖父はやがて他界し、その後に父の転勤があり、両親と離れて祖母と二人だけで暮らしていた時期が長くあった。祖母は戦後を生き抜いた気丈な性格で、朝の四時からきちんと家事を始める人だった。

お椀にさわやかな湯気を立てながら、たっぷりと盛られた一杯のシジミ汁となってテーブルに乗っている。センチメンタルな少年の気持ちなど翌朝には一掃されたかのようになって、けろりと忘れて当然のごとく満腹になるまで味わうのであった。

やがて一回りも二回りも縦にも横にも成長していくにあたり、祖母は大変だったと思う。何しろどんぶり五杯から六杯などが当たり前であった。これぞ一家の主婦として生きてきた者の意地だったのかもしれない。いつも我が旺盛で新鮮なる食欲に対応してくれた。

「粗末なものは食べさせられない」というのが口癖であったが、それはそもそも山形生まれの女性の気質によるものであるらしい。すっかり平らげて「ごちそうさま」と言うと「おそまつさま」と必ず返ってきた。

晩年は老人ホームに入所した。あんなに世話になったのに、あまり会いに行けなかったのが今でも悔やまれる。面会に行くと無理して起きてベッドに座り込み、精一杯に手を伸ばして引き出しの中から丸くて長い缶をつかんだ。蓋を開けてみせた。中に二人の大好物の落花生がぎっしり入っている。それを一個ずつきちんと剥いてくれて、一粒ずつ眼の前に並べてくれるのだ。自然と口に運んでいたが実は目頭がいつも熱くなっていた。何かを私に最後まで食べさせようとしてくれたことを今でも宝物のように思っている。

野原と記憶を散策中。

祖母のシジミ汁と山もり飯が懐かしいと思っていると、突き抜けるような青空の下で果てしなく腹が減ってきた。

石垣りんさんも戦後の日本を生きて、強い精神力で家族を食べさせてきたに違いない。降りてくる光に手を合わせたい気持ちになる。

ホトトギスの声。

さてここで告白すると、少年の私は一人で寝るのがどうしても恐くて祖母の隣に布団を敷いて、中学生になってもしばらく寝ていたのであった。

途中で目を覚まして水を飲みに行き、前述したように台所でシジミなどと見つめ合い、ますます眠れなくなってしまったこともしばしば。

その時はどうしたか。

よく熟睡している祖母を揺すった。

しばらく一緒に起きてくれていたが、またすぐに目を閉じてしまうのだった。

起こす、眠る、起こす……。

そんなことを繰り返しているうちに、少年も眠りに落ち始めていく。

それから先は、うっすらと口をあけて、寝るよりほかに私たちの夜はなかった。

やわらかな笑いが浮かぶ……。

（「一個人」二〇二〇年六、七、八月合併号）

和合亮一（わごう・りょういち）
1968 年福島市在住。詩人。国語教師。中原中也賞、晩翠賞、萩原朔太郎賞、NHK 東北放送文化賞などを受賞多数など受賞。2011 年、東日本大震災直後の福島から Twitter で連作詩『詩の礫』を発表し続け、国内外から注目を集めた。2017 年 7 月、詩集「詩の礫」がフランスにて翻訳・出版され、第 1 回ニュンク・レビュー・ポエトリー賞を受賞。フランスでの詩集賞の受賞は日本文壇史上初となり、大きな話題を集めた。また英訳詩集『WAGO RYOICHI / SINCE FUKUSHIMA』が 2024 年度の全米文学翻訳者協会の翻訳賞にノミネートされるなど、詩人として国際的な評価が高まっている。新聞や雑誌へのエッセイの連載や合唱の作詞、ドラマやオペラの台本なども数多く手掛けている。親しまれてきた詩や合唱曲は、小中高の教科書に多数掲載されている。ポエトリーリーディングを盛んに行い、国内のみならず、海外のステージもこなしてきた。音楽家の坂本龍一氏や女優の吉永小百合氏、紺野美沙子氏や様々なアーティストとのリーディングのコラボレーションの機会を重ねてきた。「あいち国際芸術祭 2022」日本代表アーティストに選出。最新刊は詩集「LIFE」（青土社）。福島県教育復興大使、福島大学応援大使。

田畑書店

エッセイ三昧《ざんまい》

2024年11月20日　印刷
2024年11月25日　発行

著 者　和合亮一

発行人　大槻慎二
発行所　株式会社 田畑書店
〒130-0025　東京都墨田区千歳2-13-4　跳豊ビル301
tel 03-6272-5718　fax 03-6659-6506
装幀・本文組版　田畑書店デザイン室
印刷・製本　モリモト印刷株式会社

Printed in Japan
ISBN978-4-8038-0452-2 C0095
定価はカバーに表示してあります
落丁・乱丁本はお取り替えいたします